灯下香草 ◎ 著

有之生年

As Long As I am Alive

当代世界出版社

图书在版编目（CIP）数据

有生之年 / 灯下香草著. — 北京：当代世界出版社，2018.9
ISBN 978-7-5090-1444-8

Ⅰ.①有… Ⅱ.①灯… Ⅲ.①故事—作品集—中国—当代 Ⅳ.①I247.81

中国版本图书馆CIP数据核字（2018）第199232号

书　　名：	有生之年
出版发行：	当代世界出版社
地　　址：	北京市复兴路4号（100860）
网　　址：	http://www.worldpress.org.cn
编务电话：	（010）83908456
发行电话：	（010）83908409
	（010）83908455
	（010）83908377
	（010）83908423（邮购）
	（010）83908410（传真）
经　　销：	全国新华书店
印　　刷：	北京盛彩捷印刷有限公司
开　　本：	880毫米×1230毫米　1/32
印　　张：	9
字　　数：	209千字
版　　次：	2018年11月第1版
印　　次：	2018年11月第1次
书　　号：	ISBN 978-7-5090-1444-8
定　　价：	46.00元

如发现印装质量问题，请与承印厂联系调换。
版权所有，翻印必究；未经许可，不得转载！

在人生的长河里,在浩瀚的人海里,我活了好多年,见过、听过、经历过很多人和事,这些故事一直停留在我的脑海里,流淌在我的血液里,随着我的呼吸渗透在我的生命中。有一天,我提起笔,将所有被我私藏的过往诉诸笔端。亲爱的,当你翻开这本书的时候,我们的分享开始了……

——灯下香草

看的是别人的故事,思索的是自己的人生!
愿每个人,平静,安好!

目录

贰 那山水，那土地，那世人

我的伴儿 / 109

杀儿的母亲 / 117

过往 / 123

会算命的那位大叔 / 130

那个人死了 / 136

两个爹的孩子 / 143

一枚祖传戒指 / 151

我和一个男老师的故事 / 158

春姐之死 / 169

肖美丽和她的狗 / 175

目 录

壹 那温暖,那疼痛,那爱情

我是他永远过不了门的妻子 / 03
婆婆的爱情 / 15
红姑奶奶和她的半截男人 / 22
顺子和他的相好 / 28
我和唐欢喜的情事 / 34
张大花捍夫 / 45
有情人终是兄妹 / 54
不是因为新欢放弃旧爱 / 69
一生所求 / 86
我活我的,与你无关 / 101

目录

叁 那苦乐，那年华，那血脉

老爹 / 185

无处安放的灵魂 / 192

做鞋 / 200

爷爷 / 206

后妈 / 214

被姑姑托起的人生 / 221

她有一个出轨的母亲 / 230

站在爱情之外 / 238

哥哥 / 244

和恶婆婆过招 / 251

吵架 / 264

咱俩不结婚，我也可以爱你一辈子 / 269

壹

那温暖,那疼痛,那爱情

我是他永远过不了门的妻子

我叫于小悦,他叫石大强。

初中时我俩是前后桌,我在他前面,他在我后面。

我明明是个女孩子,活得却像个假小子。

那时候,男生和女生相互不讲话,怕传出闲言碎语。可是谁都不怕和我讲话,别说讲话,就算有的男生拍拍我的肩膀,大家都司空见惯——我太像男生了,只是长了一张女生的脸而已。

我和石大强都是语文课代表,语文老师特喜欢我俩。

石大强的字写得特好,作文写得也不错,不过只在班里当范文读一读。我的字写得虽然不好看,但作文超级棒,不光在班里读,还在当地的刊物上发表,时不时还拿点稿费。

别看我平时留个短发,大大咧咧的,但普通话说得好,有时候还显得蛮文静的,只是有时候。

那时候，老师要求我们每天都写日记、练字帖，还要每周检查。我和石大强每次每人要抱着一大摞本子给老师送去。路上，我俩总是不停地相互攻击，有时候用手，有时候用脚，更多的时候用语言，攻击过程中，怀里的作业本不停地往地上掉，然后我们就不停地捡，有时"哗啦"一下全掉了，两人无奈地对视一眼，再蹲在地上一起整理。

都说我和石大强像哥们儿，我一个小小女子，怎愿意跟他称兄道弟？

一次中午快上课的时候，石大强刚回座位，我就听后头"吭噔"一声，回头一看，石大强后面的同学用脚把他的凳子勾走了，他一屁股蹲在地下，周围的同学哄堂大笑。

我皱着眉头看他坐在地上疼得咧嘴，就冲他后面的男生喊："胡闹，你不怕把人摔死吗？"

"石大强，你搭档心疼了嗨！"那个男生阴阳怪气的，没看到石大强摔得眼泪都快出来了。

周围的人笑得更热烈了。

我生气了，直接走到那个男生旁边，一把将他推倒在地，又把他的凳子踹到他身上。

这是我第一次跟男生动用武力。

别人都不敢笑了。

"喂，你太狠了吧？"那个男生边爬起身边冲我喊。

我回他一句："我没拿凳子砸烂你的头，已经很仁慈了。"

我把石大强从地上往起拽，其他同学看着他站起来都困难，有些怕了，旁边两个同学一块帮我将其往起搡。我把凳子塞在他屁股底下，他一坐又站了起来："哎哟，疼！"

我皱着眉头把自己课桌里的大红围脖拿过来，叠好，垫在凳子上让他坐。他有些不好意思道:"你这……我这……我再给你坐臭了……"

"臭了还我条新的!赶紧坐吧!老师要来上课了。"

后面那位同学有些紧张地把头伸了过来:"喂喂,大强,对不起啊!我只想开个玩笑,没想到你会摔这么重。不过,悦哥已经把我揍了,她替你报仇了,你原谅我哈!"

我冲他一瞪眼睛,他又赶紧把头缩了回去。

……

第二天,石大强一瘸一拐地挪进教室,怀里抱着个棉布垫子。

我惊讶地望着他问:"你咋瘸了?昨天放学看你走的时候没事啊?"

"睡了一宿差点不能走路,骑自行车都抬着屁股。我妈给我做了个棉垫,还你的大围脖,我让我妈给洗了哈,你闻闻,香的,上面没有屁味。"

那段时间,石大强挺可怜的,课间操不上了,体育课不上了,早晨上学时直接带饭来,中午不回家了。住校的可以去宿舍休息一下,石大强是走读生,吃完饭就在桌子上趴一会儿,有时候坐久了,屁股也受不了,就再站一会儿。

那段时间,我中午不回宿舍了,也在教室里吃。收发语文作业时,我也不让他动,自己来,石大强总是不好意思,说:"老于,你辛苦了,总是让你一个人忙活。"我回他一句:"歇着吧你,腚不疼了再说!"

从那以后,班里没有同学搞勾凳子的恶作剧了,都怕把人摔成他那副惨样。我冲他翘大拇指:"石大强,你的腚没白疼。"

后来,我们一起去县城读了高中。他在一班,我在四班。

高中要买的课外习题集特多,我俩都是手里没余钱的困难户，如果他买数学，我就买语文，两人换着用。

慢慢地，一班和四班的同学都知道了……唉，说来惭愧，都知道我是石大强的悦哥。其实这时的我已经不和男生大吵大嚷大喊了，在新同学眼里是一个文文静静的女孩子。

好多人都奇怪石大强为什么喊我"悦哥"。

石大强跟人解释："你们要是认清于小悦的本质，也会称她'哥'，大气、仗义、文武双全、天不怕地不怕，能替小弟出头……"

那天，他在我们班教室门口这么夸我的时候，被我听了个正着。我走进去拿出他要取的那本习题集，递给他说："赶紧滚，以后别在我的教室门口胡嘌吧！"

"是，悦哥。"

别人都笑了，我也笑了。

有一天，石大强跟我来借钱，说他喜欢上他们班的一个女孩，对方马上要生日了，想给她买个礼物，可钱不够。

我瞪他："你不好好念书瞎折腾啥？"

"我真的很喜欢她，看不到她心里就跟猫抓似的。你帮帮我嘛，我要追她。"

看着石大强那可怜兮兮的贱样，我心软了，把钱掏出来给他。

我心里恨恨地、咬牙切齿地说："天天整这些个男盗女娼，要是考不上大学，不被你爸妈削死才怪。"

"放心吧，不耽误念书，啥时候都是我悦哥给力。"他拿着钱欢天喜地地跑走了。

之后有十几天，我顿顿吃馒头，然后买一份可以无限续碗的紫菜蛋花汤，照着自己脸的倒影稀里呼噜地喝。

那段时间，石大强很忙，忙得连换习题集的时间都没有，都是我到点给他送过去。我没问他喜欢的女孩是哪一个,默默地想象过很多次他追女孩的样子——他到底会怎么追?

那天,我又在食堂稀里呼噜地喝汤,见石大强和一个女孩走进来,他先用手擦了擦座位,让对方坐下,然后自己去窗口打饭。

我坐在角落里,斜眼看着他们。

石大强的脸笑成一朵花,屁颠屁颠地给女生夹菜,递纸巾。

那女孩的头发长长的,扎成马尾,垂在背上。她还有一张白皙的脸,但脸上没有表情,既不快乐也不忧伤的样子。

我看着石大强贱不拉几的样儿,心里替他不值。这么一想,我看不下去了,直接走出餐厅。

后来,又过了一段时间,石大强来找我,少了平时的嬉皮笑脸,多了几分忧戚。

不等我问,他自己开口了:"追了那么长时间也没追上,她跟六班一个学画画的好了。"

"强扭的瓜不甜,专心学习吧!想想明年要考哪个大学。"

"唉,学习!我要学习!我要考山大,我的目标是山大。"

石大强拿着习题集走了。我望着他孤单的背影出神。

后来高考前的几次模考,石大强竟然也进了年级前十,虽然还是排在我的后面,但我知道他真的用功了。

自从那个女孩拒绝了他,我感觉石大强变了,好像一夜之间长大了,再也不是那个嬉皮笑脸的小男孩了。

再后来,我和石大强都考上了山东大学。

拿到录取通知书的时候,我打电话给他,石大强非常意外:"你的目标不是人大吗?"

"我怕我适应不了北京那个大城市,也报了山大。"

"那敢情好啊,咱俩又在一块了嘿!"

是的，我俩又在一块了。

我们一同在山大上了不同的专业，还是时常见面。

一次，我看到他和几个男生在操场上打篮球，旁边有个女生很乖地在那里坐着，当他们停下来休息的时候，女生给石大强递上一瓶水，石大强开心地接过来，猛灌一气。

这家伙这次真的是恋爱了。

我走开了，微风吹着我的长发，对面有几个男生走过来，其中一个对我吹口哨。是的，我再也不是假小子样了，我长大了，变美了，进入大学后再也没像以前那样大喊大叫过，我很女生，很文静，很秀气。

我冲那几个男同学微微一笑，吹口哨的男孩脸红了。

我突然莫名地想哭，为什么冲我吹口哨的人不是石大强？为什么他看不到我变美的样子？

在校园里，一直是我独自走在风里，走在雨里，走在盎然春意里，走在夏季的热浪里，走在秋风的萧瑟里，走在冬天的皑皑白雪里。

这些年，我都是独自一个人，一直一个人。

我希望石大强陪我走在一起，希望在我身边的一直是他，永远是他。可是，石大强离我越来越远。

有一天晚上，石大强打电话给我，要我和他一起去吃饭。那是他第一次主动约我。

我穿着厚厚的靴子开心地踩在雪地上，脚下"咯吱咯吱"地响着。我用我的大红围脖把脸紧紧地裹住，只露出两只眼睛。在橘黄色的路灯下，我快乐得像只在雪地里雀跃的精灵。

到了地方才发现石大强已经喝了好几瓶啤酒了。

"悦哥，坐，咱哥俩喝。"他醉醺醺地对我说。

"你又咋啦？"

"老于，你说为什么……为什么她不要我了？她为什么要跟我分手？"他嘤嘤哭起来，像个孩子。

"你何必呢？"我坐下来，也给自己倒上一杯酒。

"于小悦，你什么都不懂，来，喝！"

我和他碰一下杯子，一饮而尽。

"我那么爱她，她却不要我。"此刻的石大强像个怨妇。

我白他一眼，又给自己倒满一杯酒，梗着脉子灌下去。

石大强一把鼻涕一把泪地哭着，真是脏死了。

"走，别喝了，我送你回宿舍。"我把他拉起来，把棉衣的拉链给他拉好，摘下我的红围脖，把他的脸围得严严实实的，结账后，搀着他往外走。

外面全是雪，很白，很厚，很冷。

石大强的胳膊挂在我的脖子上，我一只手抓着他的胳膊，一只手环住他的腰。他还是呜咽地哭着，像只受伤的狗。我的心很疼，鼻涕和眼泪在脸上乱飞。

石大强嘴里不停地念叨："我好爱她，我真的好爱她，可她为什么非要离开我？"

"够了！"我一下子把他扔在雪地上，"瞧你这怂样，为一个女人，你至于吗？"

"至于！"他趴在地上冲我喊，"你没爱过，不知道爱一个人心里有多痛！"

"你个王八蛋！"我在他屁股上踢了一脚，"就你懂爱情，就你是情圣！痛吧，痛死你个王八蛋。"我用袖子抹一把眼泪，气呼呼地往前走。走了五六米，我又返回来。石大强还趴在雪地上呜呜地哭。

我抓起一把雪往他脸上搓:"你给我清醒清醒!什么狗屁爱情,能扔下你的都不是真爱。"

"你不懂,你不懂,我的心好痛啊!"

我一把薅起他的衣领,哭着冲他吼:"你以为只有你懂吗?你以为只有你痛吗?你跟所有人介绍我是你哥们儿的时候,你知道我心里有多痛吗?看着你对别的女孩献殷勤的时候,你知道我心里有多痛吗?看着你为别的女人变成这副烂泥样儿,你知道我心里有多痛吗?你以为只有你懂爱?你以为只有你的心痛吗?"

石大强愣住了,像被施了定身法。

冲他吼完,我放开他,坐在雪里哇哇大哭。

石大强慌了,从地上爬起来扶我:"于小悦,你别哭,别哭。"

"你知道我为什么要打那个让你摔得腚疼的男同学吗?我的东西别人连摸都不能摸,我为什么愿意把我的围脖垫你腚底下呀?我为什么放弃人大和你一块考山大?我为什么学着你喜欢的女孩,留起长发?你光知道为别人心痛,你从来没看到过我为你心痛。石大强,你就是个王八蛋!"我自顾自地哭,自顾自地骂。

"好好,我是王八蛋,你快起来,地上凉。"

"知道凉你还在地上趴那么长时间,你不是人。"

"好好好,我不是人,你赶紧起来。"

石大强把我拉起来,把我的大围脖从脖子上摘下来,又围到我脖子上,搀着我朝宿舍走去。

到现在我还一直奇怪,他怎么一下子酒就醒了?是我的话把他震醒的吗?

我一路嘤嘤地哭着,扒开围脖,把鼻涕眼泪全往他身上抹。

到了宿舍门口,宿管阿姨看着我俩问:"怎么了,这是?"

"阿姨,她喝多了,您把她扶上去吧!"石大强一脸无辜地说。

我瞪他眼,抹一把眼泪,把围脖摘下来,用差不多可以把他勒死的力气围在他的脖子上,然后说:"赶紧滚!"

宿管阿姨神补一句:"哟,小两口吵着架,姑娘都忘不了心疼小伙子。"

我脸一红,转身上楼了。

第二天舍友跟我说:"于小悦,外面有人找你呢!"

我在窗口朝外张望,石大强脖子上挂着我的红围脖,站在下面的雪地里等我。

我换上雪地靴,裹上羽绒服,跑下去。

石大强看见我,不好意思地笑了笑,然后把围脖从脖子上摘下来,认认真真地给我围好。

"咱在外面走走吧!"他提议。

"你不冷啊?"我傻乎乎地问。他的头光着,我看着冷。

"你要是怕冷就先上去,以后咱俩再聊。"

"我没说我,我是说你的头。走吧!"我沿着马路向前走去。

石大强怔了一下,然后把羽绒服上的帽子戴上,收好帽绳,说:"这样不冷了。围脖上面都是鼻涕,我昨天晚上给你洗了,放在暖气片上烤了一夜,干了。"

"嗯。"

"于小悦。"

"嗯。"

"你为什么不早说啊?"

"嗯?"

石大强停下脚步:"悦悦,我一夜没睡,你给我点时间行吗?"

石大强有史以来第一次没喊我"老于",没喊我"悦哥",没喊我"于小悦",而是喊了我的小名"悦悦"。

　　我说:"我前一阵在学校的支教团报了名,四月初名额就会分下来,到八月份我就要去内蒙支教一年,这些时间够吗?"

　　"你去那么老远?"

　　"我又没想到你突然失恋。"

　　2007年8月,我要去内蒙,石大强来为我送行。火车站,我们相互对视。

　　石大强笑着说:"等你回来,咱俩一起考研。你要是没有考研的计划,咱俩就一起找工作。"

　　我点点头。

　　我从车厢里朝外看,石大强在站台上挥动着手臂。

　　石大强的身影太帅了,这些年他已经从那个嬉皮笑脸的小男孩长成了高大帅气的大白马。

　　我心里想着他刚才说过的话,心里美得开了花。

　　在内蒙的日子,我几乎天天能接到石大强的电话,虽然他始终没说过一句关于爱我的话,但我知道他在等我。我不在乎他爱过别的女人,只要此生,他的心在我这里停留,然后扎根,发芽,开花,结果。我,别无他求。

　　夏去秋来,冬去春来,我的爱情一直向着太阳勇敢地生长。

　　等到八月份支教满一年,我就回去,回去和石大强一起,不怕考研,不怕找工作,只要在一起,我们前途灿烂,我们前景光明。

　　5月12日,四川汶川发生大地震,举国上下一片哀痛。

　　那天,我和学生们在教室里看电视新闻的直播。

　　石大强给我打来电话:"悦悦,我要去汶川做志愿者。"

"你怎么去？跟谁去？"

"好多民间志愿者团队，我和他们一起去。"

"你要注意安全。"

这是我和石大强在世上的最后一次通话。

他到达汶川后，有两天的时间我都联系不上他。第三天，我收到他发来的短信："悦悦，所有网络中断，电话打不进也打不出，不知道这条信息能不能发出去。太惨了，死了好多人，我心里悲痛地哭不出来，喊不出来。我天天跟着救援队一起挖人，挖出来的有尸体、有活人，有身体完整的、有身体残缺的，有的尸体腐烂，各种气味充斥着鼻腔。我吃不下，也喝不下，强迫自己喝水吃东西。废墟底下有好多人等着救，我必须要有力气。悦悦，活着真好，等着我回去，然后我们永远在一起。"

我哭了，疯狂地打他的电话，一直都是无法接通。我给他发信息："爱你，等你。"

半夜，我又收到他的信息："我也爱你。"这是石大强第一次说"爱我"。

后来的一天，他又处于失联状态。等我再打通他电话的时候，他人已经不在了。

志愿者团队的人说，探测到断裂的楼层下面有生命体征，他们在挖人的时候来了一波余震，就是很小的余震，除了身体随着晃动了一下，并没什么感觉。可是楼上面的断层有块水泥板落下来，直接砸到了石大强身上。其实，水泥板砸不死我的石大强，救援人员说，水泥板上有根钢筋，直接从后背刺进了他的心脏。

我在学校外面那个山坡放声大哭，哇哇地哭，拼命地哭，抱着一棵歪脖子树。我哭瘫了，哭傻了，感觉心脏都要从胸腔里哭出来了，感觉哭死了。

学校的老师们把我拽到宿舍里。村医给我打了一针,然后,我睡着了。

醒来的时候,我还以为石大强的死是自己做的梦。但看着同事围坐在我床前,我知道,我的石大强没了,真的没了。

我爱了十年的石大强。

已经说了"爱我"的石大强。

等我回去,等他回来,我们就要在一起的石大强。

他走了。

我从内蒙赶回老家的时候,石大强的骨灰已经被送了回来。石大强的爸妈姐姐痛不欲生。我陪着石大强的家人将他下葬。

别人问我是谁,石大强的父母说,是强子的同学。

我说,不,我是强子没过门的媳妇。

后来,我又回了内蒙,支教满一年后,我没回山东。我在内蒙留了下来,一直支教,一直到现在,十年。

有时候,我坐在山坡上望着远方,有学生问我,"老师,你在等人吗?"

我笑笑,我谁也不等,谁也不会来。

此生,再也没有那么一个人,看到他笑,我会唇角轻扬,看他皱眉,我欲以身代劳。

其实好多人已经见过这辈子的最后一面了,只是我们自己不知道而已。

婆婆的爱情

婆婆出生于一九四九年农历七月。那个年代出生的女人，经历过的艰难和困苦是我们这个时代的人难以设身处地体会到的。

婆婆是个心高气傲的女人，在那个年代把书读到了高中。有文化的人多少都有些自傲，找对象的时候难免挑拣。二十七岁的时候，婆婆通过媒人介绍认识了小她两岁的公公。

婆婆能嫁给公公据说就是看上了对方的倜傥俊朗，一表人才。两人学识相当，公公似乎比婆婆还要自傲清高，这样的两个人生活在一起难免就有谁都不服谁的味道。

公公的毛笔书法极好，谁家有个什么红白喜事，都要找他写对联、喜帖，记红白账，写讣告，仅凭这点，公公似乎就占了上风。

公公那辈有兄弟姐妹七个，他是老幺，自然在父母兄姐庇护下长大，少不得娇气，不能吃苦，力气活干不了很多，还爱喝酒，自恃清高，尤为享受写书法时被围观的感觉。

这一切成了婆婆看不惯公公的理由。在她长年累月的唠叨里，公公练就了充耳不闻、自得其乐的本领。所以夫妻俩在外人眼中看起来是一对璧人，实际过着一地鸡毛的日子。

两人生育了三个儿子，每个都教育得讲究礼数，在村里见了长辈必须问好，勤奋上进，懂得孝敬父母。

我是同村的王家女儿，和爱人同一年出生，几乎是一块长大，所以对他是知根知底。他的两个哥哥也是如此，温和、敦厚、善良，又有责任心。

生活中，二老矛盾重重。我刚嫁过来的时候在老家里和他们生活过一段日子。

公婆都爱喝酒，是白的，除了早上吃饭不拿酒杯，午饭、晚饭都是无酒不欢。可公公身体不好，四十来岁的时候胃就喝出了毛病，按说该戒掉才是，可他没有毅力，病中下决心戒酒，病好后就说少喝点没事，慢慢又恢复到尽兴方止。

公公动过两次手术。第一次生病时，比我们大四岁的二哥退了学，他学习很好，尤其字写得漂亮，这一点随公公。大约过了五年，公公再次因贪杯坏了身子，住进医院，轮到和我同岁的老公退学。

所以，婆婆总爱说是公公拖累了整个家，也拖累了儿子的前途。每次吃饭看到公公倒酒，她就气不打一处来，各种唠叨，各种数落，各种恨铁不成钢的瞪视。

很多人或许以为公公是那种无酒不欢的酒鬼，其实不然，他为人稳重，酒量极高，喝多少都不会醉，这亦是令我感到特别奇怪之处。别人喝多了易犯困，还要耍酒疯，更有越喝越兴奋上蹿下跳的。可公公无论喝多少，依旧面色不改，还可以文质彬彬、不紧不慢地与人话家常。我无数次看着公公喝酒，从未见他失态过，顶多感觉稍有不适，在床上躺上半天。

因为喝酒，我们小辈也经常劝他少喝，最好别喝，免得身体遭罪。他每次都哼哈着应下来，却从来不落实到行动上。时间长了，我们也泄气了，只好由他去了。只有婆婆每顿饭不厌其烦地数落丈夫，可她也喝酒，于是就形成了一个奇怪的现象：婆婆一边喝酒一边骂公公改不了恶习，公公则置若罔闻，照喝不误，被说急了回上一句："有本事你也别喝，先戒给我看看！"其实，婆婆也戒不了酒，然后两人都没了下文，继续对酌。

平时有好吃的东西，婆婆总是留给公公，但态度从来不友好，一副很嫌弃的样子。

一次，我无意中听见公婆吵架，婆婆说话特别狠："就算你死了，我都不会掉一滴泪。"

我惊愕道："妈，夫妻拌嘴是常事，但这样的话不要说啊，爸爸会伤心的。"

婆婆白了公公一眼说："他伤心？他就跟没听见一样！"

公公一脸无所谓地走开，留下婆婆在那里，一脸气急败坏。

我曾对婆婆说："妈，你其实很爱爸，但你们一直在相爱相杀。"

婆婆特别嘴硬，说："我就后悔跟了他，和他没感情。我是看着三个儿子活到现在。"

婆婆对公公的爱以一种令人费解的方式存在着。

有一次赶上我在老家，看到公公洗衣服，急忙把那盆衣服搬过来，让老人家歇着。

公公没说啥，到一旁喝茶抽烟去了。

婆婆看了不干,拉着我说:"不要给他洗,他一身臭毛病,嫌别人洗的衣服不干净。我从来不给他洗衣服,都一辈子了,你个做儿媳妇的更不要管他。"

我惊讶于婆婆说的一辈子。

"他嫌我给他洗得不干净,我再也不管他了,都是他自己洗。"婆婆气哼哼地解释。

"我什么时候嫌弃你洗的衣服不干净了?"公公反问。

"结婚以后,我第一次给你洗衣服的时候你说的。我受累不讨好,还落埋怨,就再也不给你洗了。"婆婆越说越气。

就为一句话,婆婆跟公公置了大半辈子气。

夫妻可以吵闹,却不应该把不愉快的事情记在心头一辈子啊!

婆婆又开始数落公公喝酒的恶习,抱怨他给这个家带来的拖累。

那天,家里就我们三个,我和公婆谈了很多。

我说:"爸的身体不好,的确给家里带来过拖累。至于拖累了儿子的前途,这帽子扣得有点大。儿子有出息与否都是靠他们自己的努力;再说,我们都过得很好,在城里都有房子,有固定收入,您何苦总把爸对家的拖累挂在嘴边呢?让他活得内疚,还是给儿子的不求上进找理由?

"爸,你的态度也有很大问题。你这样最容易激怒妈,干吗总对她的话充耳不闻?妈是为你好,心疼你的身体,你就算不听劝,也不应该无视她的存在。你们是结发夫妻,我们小辈能在你们身边待多久?一直都是你们两个相互陪伴,你们肯定一开始很相爱,但生活让你们的爱改变了方式方法,但千万别相互置气,都想让对方臣服自己,那样得到的不是爱,天天打打杀杀,时时针锋相对,多深的感情都会被消磨得越来越淡。"

两位老人听我谈到"爱情"二字,有些不好意思,也许是回忆起了从前,他们都不那么强硬了。

生活一如既往地继续,公婆二人还是没有脱离原来的生活方式,我想,他们是习惯了吧!

两年前,公公生病了,很突然,进食还好,排泄不畅,肚子胀得像鼓。医生告诉我们,公公体内的肝、肺、肾都已衰竭,几乎要停止工作了,这跟他常年饮酒关系密切。

后来,公公在腹痛难忍中撒手人寰,从生病到离世,十来天的时间。这对我们的打击很大。

公公去世的那天夜里,恰巧我们让婆婆回家休息了,没让她在医院守着。公公住院那么多天,唯有那天她没陪在他身边。也好,否则看到公公当时腹痛的模样,不知她会怎样难过和心疼呢!

本地出殡都是三天。第一天,公公躺在灵棚的冷冻棺里,接受亲朋乡亲的吊唁。那天,婆婆一直很平静,还劝我们小辈不要哭坏了身体,要我们好好吃饭,该走的就走,活着的还要好好活,不能不吃饭。看着婆婆给每个儿孙辈的孩子手里挨个递馒头,递筷子,我满心悲怆。第二天,公公的遗体被拉去火化,我们跟在殡仪馆的车后哭得昏天黑地。葬礼的总管安排两个人和二哥一起跟去火葬场,我们这些人在家里等。

返家后,我们看到婆婆一个人坐在空空的灵棚里号啕大哭,哭公公这辈子不听她的话,最终死在喝酒上;哭她自己没能管得住公公的习惯,让他早早离开了人世;哭自己命苦,公公狠心撒下了她。她边说边哭,惹得村里人都跟着落泪。

农历八月十四是公公离世的第三天,老人入土为安。

当晚,婆婆说,"感觉你爸没走,就是喝了酒不舒服,还在床上躺着呢!夜里感觉他在旁边睡觉,好像还听见他喘气的声音。"她的口气很平和,公公走了,一起带走了妻子的尖锐和强势。

公公下葬的第二天是中秋节。吃过早饭,婆婆就张罗着过节,安排我们准备这个准备那个,水果糕点、鸡鸭鱼肉,一样不差地准备。我们在婆婆虚张声势的平静里慢慢平复悲伤,强迫自己坚强。婆婆还是这个家的主心骨和领路人。

婆婆说得对,爸爸走了,活着的人必须好好活着。好好活着的方式就是,该吃饭吃饭,该睡觉睡觉,该过节还要过节,压住悲痛,日子还得朝前走。

公公走了,婆婆就孤苦了。我们多次劝她村里的口粮地不要种了,跟着我们到城里去住。婆婆说什么也不同意:"不行,咱家的口粮地里埋着你爸呢,咱要是不种了,村里分给别人种,别人会欺负你爸的坟,会把坟头给弄小,或者会嫌弃你爸的坟碍事,给挪动地方,我得把你爸的坟守好了。"

说实话,婆婆种的那几亩口粮地每年也就四五千块钱的收入,每次收粮食我们小辈都回去帮忙,耽误一天工作损失的钱是那几亩地的收入远远比不了的。但我们都不跟婆婆讲这些,感觉只要她活得高兴,一切遵从她的意思就是了。

几次接婆婆来城里,我们都想方设法哄她多住些日子,期望她住惯了就留下来,可她最多住一个星期就非要回老家,说家里的狗和鸡不能总让亲家帮忙照料。我们就说,他们也养了狗和鸡,顺带着的事情,根本不麻烦。婆婆没辙,最后撂下一句,"我就是想回去看看你爸的坟。"

是的,这才是婆婆真正舍不下的原因。她怕公公的坟被雨水冲了,被野兔扒了,怕坟上长满野草。婆婆心里是有多思念公公,大家都能体会到。我们也只能由着婆婆住在老家,然后轮流回家陪伴她。

有次，我和婆婆睡在一张床上聊天。婆婆说："我和你爸感情挺深的，只是我们就是这样一种生活方式，真要是不吵不闹了，就感觉别扭了。以前你爸在，我睡觉从来不拉窗帘，现在不拉上窗帘不敢睡，没了他，真就是不行呢！"

我把脸埋在枕头里，不敢让婆婆看到我脸上的泪。

公公走了，婆婆变成了一个孤单的孩子。我们这些晚辈始终带不来公公曾给她的那种心安理得。

婆婆的爱情就这样存在着，看得见，也摸得着。

红姑奶奶和她的半截男人

　　红姑奶奶九十多岁了。她的名字叫红,村里年龄比她稍小的喊她"红姑娘",有些高龄老人喊她"红姐姐",稍年长些的有人喊她"红姑姑",我们这些小辈人喊她"红姑奶奶",再小的就叫她"老姑奶奶""太姑奶奶"。
　　红姑娘是我们村里活着的,唯一一个小脚女人。
　　她是村里的老姑娘,虽然守着自己的男人过了一辈子,但也算一辈子没嫁出去。
　　红姑娘十七八岁的时候,和邻村一个小伙定了亲,结婚日期两家人也定下了。当时,红姑娘的哥哥结婚两年,生了个儿子叫大刚,才一岁多点,还不会走路。
　　那个年代虽然战争四起,但我们那个闭塞贫瘠的山村还算清静,尚未被日本鬼子荼毒,远方的炮火声虽让人惴惴不安,但尚能平静度日。谁也没想到在抗日战争胜利在望之际，国军来到镇子上，派给政府一个艰巨的任务：交出一定数额的兵源，规定"成年男子人人都有义务当兵"。可一年四季庄稼地里进出的老百姓都被多年的战争吓怕了，没人愿意上战场。国民党当局的征兵工作遇到巨大困难，索性来硬的——强征新兵，就是后来老百姓说的"抓壮丁"。

就在那次抓壮丁的浩劫中，红姑娘的哥哥和邻村的未婚夫被抓走了。很多人家只留下了老幼妇孺。

过了多半年，抗战胜利了，一家人以为被抓去的男人应该回来了，等啊，盼啊，内战开始了，还是没把人盼回来。留守女子都不知道自己的男人到底在什么队伍，听说附近村里有人回来了，就连忙跑去打听。

二十里外有个男人回来了，说是九死一生，被抓去的路上，好多地方都荒凉极了，不但没有东西吃，连水都没得喝。沿途一路被抓的人不计其数，根本没有准备伙食，有的地方能有口吃的，就吃一点，没吃的，就饿着。可是有人看押着，不能停下来，只能拉着两条腿往前走。只知道向南走，却不知道终点在哪里。碰到有水洼的地方就喝一肚子水，喝了以后，好多人拉肚子，患痢疾，又没有药，沿途大部分人都死了。

这个男人说，自己在途中晕死过去，醒后大部队已经不见了，才一步步沿途乞讨回来，历尽了千辛万苦……

听说这些情况以后，好多人家等待的希望慢慢破灭了。

红姑娘的嫂子就是如此。不久，她就改嫁了，人还那么年轻，不能让人守一辈寡啊！

其间，也有人上门给红姑娘提亲，可是她没答应。可能是怕年迈的父母和年幼的侄子没人照顾，也可能是她一直爱着自己的未婚夫，还在等他回来。后来，红姑娘的父母去世了，只剩下他和侄子大刚相依为命。

再后来。新中国成立了，听说国民党的军队都去了台湾。台湾在哪里？好像是天的另一边。就算男人还活着，但走到天的另一边，还能回得来吗？

谁也没想到，新中国成立两年后，红姑娘的未婚夫真回来了，可回来的是半截人——双腿没了，屁股下面绑着一截木头墩子，胳膊下面架着双拐。就这样，男人架着拐，用胳肢窝撑着，把身子往前扔，就这么一下一下地把自己从南方某个地方扔了回来。

男人说，红姑娘的哥哥死了，是在途中拉痢疾拉死的，一开始拉肚子，后来拉血水，再后来就拉血，拉着拉着就死了。几个同乡一起求押送壮丁的人停下，共同挖了个浅坑把他埋了，好歹算没暴尸荒野。

他们一路向南行进。几百个人手与手用绳子系成一串，集体大小便，如果便不出来，就没机会了，只能拉尿到裤子里，否则押送壮丁的人拿鞭子抽他们，哪怕被抽得皮开肉绽，也不手软。

男人说自己的腿是烂掉的，路上经过各种烂泥地，也被各种毒虫袭击啃噬过，双腿先是溃烂起泡，再是流脓流水，最后烂皮烂肉，被队伍拿绳子拖着走。再后来，有的地方烂到骨头，队伍就把他遗弃了，扔在路边让他自生自灭。

后来，他被好心的老乡搭救，给水喝给饭吃，又被拖到村里，找郎中来看病。虽然两条腿被截掉了，但命保住了，又在村里养了一年多的伤，东家给口饭，西家给把米，南家送口汤，北家送碗水，靠着众人接济，总算活了下来，伤口也慢慢愈合了。

然后，他在自己的下半身绑上一截木墩子，请人按他的尺度做了一副双拐，就这样一下一下，从云南以南的地方挪了回来，挪了四年有余，一千多个日夜，风餐露宿，沿路乞讨，就为再见亲人一面，再见红姑娘一面。没想到他赶回来的时候，父母已经归天，只剩下一个还梳着大辫子的红姑娘等他。

就这样，红姑娘把大辫子盘成了一个发髻，带着侄子大刚和半截男人过起了日子。

乡亲们一看红姑娘把头发盘起来了，也没人再上门给她提亲了。那个年代，大姑娘都是梳大辫子的，只有结了婚的妇人才能把头发盘起来。

尽管如此，乡邻们还是摇着头替她惋惜，这样一个如花似玉的大姑娘，把一辈子搭给了一个瘫子，没有婚礼，没有仪式，没有祝福，唯有红姑娘头上的发髻在宣示，自己有了人家。

后来，人们经常看见半截男人给红姑娘梳头，她坐在矮凳上，半截男人站在她身后，胳肢窝下架着双拐，手持木梳，从头顶慢慢梳下来，嘴里还念念有词："一梳梳到头，富贵不用愁；二梳梳到尾，举案又齐眉；三梳永结同心佩……"

阳光普照，鸡鸭咕咕咯咯，六七岁的大刚在一旁招猫逗狗，红姑娘一脸的娇俏，岁月贫苦，心意盎然，生活静好。

往后的日子艰难得很，经过了土地改革，经过了特殊年代。有人把红姑娘的男人拉出去，说他是国民党的残渣余孽。男人在台上泣不成声地讲述自己被抓的过程，以及在行军途中所受的苦难和非人折磨。引得台下众人跟着痛哭流涕、声讨连天。

再后来，刚子也娶上了媳妇，有了孩子。刚子的孩子叫"铁蛋"，刚子让铁蛋喊红姑娘"奶奶"，不喊"姑奶奶"，喊半截男人"爷爷"，不喊"姑爷爷"。刚子说自己喊了这么多年的姑姑和姑父，总觉得绕口，想喊姑姑"娘"，喊姑父"爹"，可又改不过嘴来。

刚子两口子下田种地，红姑娘和她男人就在家里带孩子。铁蛋刚会跑的时候，红姑娘的小脚撵不上他，男人就拿根绳子一端拴在自己腰上，一端拴在铁蛋腰上，架着双拐一挪一挪地领着铁蛋到处玩，既能让孩子自由行走，也能围着爷爷疯跑乱跑，不至跑出绳子的控制范围。

那些年，红姑奶奶就在家里做各种针线活，夏天单的、冬天棉的，鞋子、袜子、被子、褥子等，所有活计都是她一针一线拉扯出来，像是拉扯这延绵不断的岁月，拉扯这延绵悠长的生活。

后来，日子过得富裕些了，大刚给姑爷爷买了一把轮椅，他再也不用架双拐了。姑爷爷笑呵呵地说："两个胳肢窝终于解放了。别人胳肢窝下面的肉最软最嫩，咱胳肢窝下面是厚厚的老茧，这么多年，几乎磨成了坚硬的肉瘤。"

多年来，姑爷爷一直最爱做的事情还是给红姑奶奶梳头。他坐在轮椅上，她坐在高凳上，两人一前一后，一静一动，他一下一下地给她梳着头，就像梳理他们之间的情意，丝丝缕缕，温温顺顺。

后来，铁蛋长大了，上学了；再后来，铁蛋又长大了些，到城市里去打工了。

红姑奶奶和姑爷爷越来越老，一天姑爷爷去世了，没得病，夜里睡着觉走的，寿终正寝。

红姑奶奶让大刚和铁蛋披麻戴孝，把姑爷爷送去邻村下了葬，葬到姑爷爷家的祖坟，和姑爷爷的父母葬在一起。

红姑奶奶对着姑爷爷的遗像说："让你做了一辈子倒插门女婿，临了，送你回家去，等哪天老天爷要收我了，我就过去找你。"

又过了两三年的光景，铁蛋领回来一个如花似玉的小媳妇，是南方人，嘴巧声甜，全家人都喜欢。后来，小媳妇怀孕了，守着红姑奶奶待在家里，经常坐在院里给奶奶梳头。

红姑奶奶把发髻打开，一头白发像水一样铺下来，小媳妇啧啧赞叹，认认真真地从头顶梳到发尾，一下一下，犹如梳理着红姑奶奶走过的岁月。

阳光温暖，微风轻拂，祖孙俩都绽开着笑颜，一幅幸福如水的画面。

红姑奶奶眯着眼睛，望着太阳的方向，犹如看见自己的男人在阳光中双腿健全地向自己走来。

顺子和他的相好

顺子是个老光棍,无儿无女,无父无母,守着个傻女人,靠修理小家电为生。

什么手电筒了、收音机了、电风扇了、电饭煲了、电熨斗了……他都会修,人也特好,如果换零件,就收费高点;如果没换,他就说断了根线头,接上就好了,钱就不收了;如果非要给,他就收个块儿八角的,童叟无欺。

就是这么一个人,一辈子没娶上媳妇。听说年轻的时候是因为家里成分不好,虽然一表人才,终身大事还是给耽误下来。

我曾问过我爸,顺子家既然是地主成分,家里一定过得很富裕吧?爸说,顺子的爹三十岁就死了,当时顺子才六七岁;顺子娘从二十九岁就守寡;顺子的爷爷曾经是地主,后来土改的时候全都充了公,他家的成分是地主,可顺子从小过的日子跟贫农是一样的。

后来，在顺子四十多岁的时候，他那守了一辈子寡的母亲去世了，他就成了孤苦伶仃的一个人。

顺子和他的相好其实早些年前就好上了，都说这女人的大儿子平贵就是顺子的种。别人总说，瞧平贵那耳朵、那鼻子，跟他爹一点也不一样，倒是和顺子像是一个模子里刻出来的。

关于顺子和平贵他娘睡到一起的事情，据说是干活的时候在庄稼地里。

那个时候，农人们给齐腰高的玉米施化肥，前面一个人在每棵玉米下面用镐刨个手掌大小的坑，后面一个人挎着一个化肥桶，抓一把化肥扔进坑里，然后用脚把土再填到坑里，踩实。

这样的活一般都是夫妻一块做，珠联璧合，夫唱妇随，举世无双。可平贵爹是个兽医，总是各种忙忙忙。其实村里人都知道，哪里有那么多的畜生生病，等着平贵爹去拯救？他就是懒，感觉自己是个兽医，有点本事，不愿意干农活。

玉米齐腰高的时候正是三伏天，还要在太阳下暴晒，他才懒得去管。借口给牲口看病，附近村里到处逛，到处消磨时间。

平贵娘，一个年轻媳妇总是一个人在地里忙活。先是刨坑，坑刨完了，折回来挎个桶再施化肥，效率比人家慢了一倍。为这，平贵娘总是天蒙蒙亮就起床下地，趁着太阳没出来暴晒之前，干起活来凉快些，还能少遭点罪。

顺子是个勤快人，也是早上天蒙蒙亮就下地干活，和平贵娘就能碰到一起。应该是顺子主动帮平贵娘干活的，他在前面刨坑，她在后面施化肥。

草长莺飞，虫叫蛐鸣，露珠清凉，欢欣雀跃，顺子第一次和女人近距离接触，男女搭配，干起活来格外卖力。

那是一个薄雾蒙蒙的早上,一切似乎心照不宣,偶尔从村里传来一声狗叫,听着也是那么慵懒。

玉米棵子上的露珠晶莹剔透,顺着长长的玉米叶子流下来,钻到平贵娘的裤腰里。她觉得痒一下,就把手伸进衣襟抓一下,这一抓,顺子就看到了那雪白的肉,心里一揪,下腹一紧,生出说不出的期待和渴望。

平贵娘似乎察觉到传递过来的渴望的气息。田地深处,有一小块地上没长玉米苗,杂草丛生,平贵娘一屁股坐在地上,招呼顺子停下来歇会儿。

顺子在裤兜子里摸出旱烟点上,吧唧吧唧地吸着。

平贵娘拿起搭在肩膀上的白毛巾擦着脖子和脸,露珠挂在发梢上,闪着亮晶晶的光,一闪、一灭,露珠划过耳梢,落进平贵娘的怀里。顺子看呆了,觉得平贵娘的侧脸美得就像仙女。

顺子不由自主地伸手摸了一下她那刚落下露珠的头发,平贵娘没有躲闪,娇羞地低下了头。

这对顺子来说是极大的鼓励。他掐灭旱烟,万般心疼地喊声"妹子",然后就把平贵娘按在草地上,一层一层地褪掉她的衣裳。太阳出来了,阳光斜射进来,透过一层层玉米棵子,影影绰绰。平贵娘雪白的身体散发出耀眼的光辉,顺子在这一刻终于明白女人是多么美好的一个尤物。

顺子就这样和平贵娘好上了,一年之内平贵娘生下了平贵。

好像全村除了平贵他那当兽医的爹,其余人都知道平贵是顺子的种。

顺子看见平贵就会给他各种各样的好东西,有时是颗糖,有时是个苹果,有时是一把甜枣,有时是个甜瓜,有时是把花生……平贵吃着这些好东西的时候,别的孩子在旁边看得眼馋,平贵一脸得意。

后来，有小孩听说平贵是顺子的种，就冲着他喊："小私孩儿，小私孩儿，你是小私孩儿！"每每顺子听到有孩子这么骂平贵，就会伤心。

顺子还是会给平贵塞好吃的，却不敢只给平贵一个人了，也会给那帮经常欺负平贵的坏小子，让他们一起吃。吃了人家的嘴短，时间长了，那帮孩子也不敢喊平贵"小私孩儿"了，心里反而生出些怜悯。

顺子和平贵是父子俩，却不能相认。顺子心里疼平贵疼得再深，也没法听对方喊他一声"爹"。平贵也是可怜的，顺子明明是亲爹，他却不知道，只知道全村这么多小孩，顺子大爷最疼他，他也愿意跟顺子大爷玩。

顺子是个心灵手巧的人，用几块铁片，和几节电池就能给平贵做出一辆小车，用根粗铁丝随便用钳子折几下，就给平贵做出一把弹弓，或者做出一把装火柴药的小手枪，平贵拿着这些玩具跟小伙伴们显摆的时候，出尽了风头。

平贵娘一直不爱言语，平贵他爹还是照样天天不着家，到处胡逛荡。日子一天天过着，几年后平贵娘又生下小儿子平川。平川一看就跟平贵长得不一样，村里总有人说，这兄弟俩，一看就不是一个爹生的。一个是顺子的，一个是平贵他爹的。

平贵娘若是做了饺子或者什么好吃的，让平贵端着给顺子送去一碗，弟弟平川也在后面跟着。在村里人眼中，他们也不避嫌。其实是没法避嫌，平贵的那张脸在那里摆着呢，活脱脱一个小版的顺子。

村里人都心照不宣，只在背后嚼嚼舌头罢了。

一次，有个小孩说平贵是"小私孩儿"，顺子去找那孩子的爹娘。顺子说，自己的日子自己过，谁也没占过谁的便宜，谁也别去坏谁，好好活着就得了，都是为了活命，谁也替不了谁！以后话不要乱说，谁也不能断了谁的活路！

从此以后，家长们都会嘱咐自己的孩子不要说平贵是"小私孩儿"——是啊，都是为了活命，不能断了哪个人的活路！

平贵娘也心照不宣，见了顺子还是大哥长大哥短地打招呼。

顺子后来在集市上摆了摊，专门修理小家电。每次从集上回来，总给平贵和平川带回各种好吃好玩的东西。

再后来，平贵和平川都外出打工了，顺子就感觉孤单多了，逢年过节也会在村头的大树底下坐着，吧唧吧唧地抽着旱烟，盼着平贵回来。

在顺子四十七八岁的光景，村里不知从哪里跑来一个傻女人，有人就把傻女人送到顺子家，说能给顺子做个伴。

那天，平贵娘也跟着村里人过来瞧新鲜。别人只是瞧，平贵娘不光是来瞧，还真心替顺子着想，她拿来自己的两身衣裳，还帮傻女人洗了头，洗了澡，换上干净衣服，傻女人看起来还是不错。只是她大小便不知道避人，这让顺子很头疼，每次让傻女人去茅房里方便，她就冲顺子嗷嗷喊，一句都听不进去。

平贵娘就来教傻女人，手牵着手领她去茅房，傻女人竟然乖乖的。傻女人跟谁都疏远，就是跟平贵娘亲近，村里有些人在背后就笑话平贵娘，竟然帮自己的相好的照顾媳妇，啧啧，也够心大的……

人活着各有各的不容易，顺子如今快七十了，天天带着自己的傻女人一块赶集修理小家电。平贵有时从外面打工回来，会去看看顺子，也会给他买衣服，买吃的。每每这个时候，顺子都老泪纵横，说是沾了平贵的光了。平贵总说，"您不是也一直疼着我吗?"

前两年,平贵那当兽医的爹死了,喝了酒睡着了,再也没醒来。平贵和平川兄弟俩披麻戴孝,哭得上气不接下气;两个儿媳妇兜罐子,摔瓦,也哭得满脸鼻涕眼泪。

顺子在村口坐着,看着平贵兄弟俩给他们的爹出丧,哭得一塌糊涂。别人问他怎么了,顺子说这辈子是不如平贵他爹有福气了,两个儿子给他披麻戴孝送终,到他死了,也没个后人给他送终……

是啊,无名无分,没儿没女,到底顺子还是个无后的人。

后来,平贵娘和顺子,还有那傻女人天天在一起坐着。

平贵要把娘接到城里去给他看孩子,他娘不依:要么把孩子送家里来带,要么在城里找个人带孩子,这辈子,她是不离开村子了,他顺子大爷和他傻大娘都离不开她,她得照顾他们,否则他顺子大爷白疼他平贵一辈子了……

平贵没办法,把女儿送回家让老娘看着,顺子像疼小时候的平贵一样疼小孙女,天天带着他玩。平贵娘就给顺子和傻女人做饭洗衣服……村里很多人都说,顺子和他相好的能做到这个程度,这辈子也值了。

是的,顺子也觉得这辈子值了。

我和唐欢喜的情事

从小,我妈不怎么喜欢唐欢喜,还说唐欢喜的爸妈特没脑子,给自己的闺女取这么一个叫着就想笑的名字,就不怕自己闺女长成一个没心没肺只知道乐的傻大姐?

可我喜欢和唐欢喜玩。我们两家对门,我俩又同岁,她家就她一个孩子,我家就我一个孩子,我俩在一起玩特别方便。再说了,唐欢喜的确是个人来疯,比我这个男孩子还调皮。我不跟别的女孩子玩,除了唐欢喜,因为我俩在一起配合得相得益彰。

十来岁那年,我俩晚上结伴去别人的枣树上偷枣吃。她爬到树上,我不会爬,就在树下放哨。她先折了两个特别密的枝给我扔下来,我就坐在树下一个个往下摘,摘了两大裤兜子。远远地听到有人来了,我把树枝往旁边的草垛上一扔,压低声音喊她赶紧下来快跑。

可毕竟是晚上,她正在树上忙得快活,一边摘一边吃,嘴里呜呜囔囔地跟我说:"这枣真是甜,那个啥,这次把枣全都拿回你家去,让你妈做点酒枣,做好后咱俩一块吃。"

我急急地说:"快点,下来,来人了。"

等唐欢喜反应过来,已经来不及了。她在枝叶里一动也不敢动。我在树下站着,两只口袋里的枣子装得鼓鼓的。

树的主人来到我面前问:"大晚上的你还来偷枣吃?你肚里长馋虫了?"

"白天不敢来。"我实话实说。

"大晚上爬树不怕摔断你的腿?"

"你家树上长的枣甜。哎,我摘了两裤兜子,既然你发现了,都还给你吧!"我装乖,然后两手各抓出一大把,朝树的主人递过去。

"行了,拿回去吃去吧!怎么说也是冒着危险摘来的,以后不许来偷了,小心摔断你小子的狗腿。"

"嗯嗯,不来了,以后都不来了。谢谢您的枣,等过了这阵,我去给您家送柿子吃。"

我装得特乖,用特别感恩的口气,说得枣树的主人满心高兴。

然后,我假装回家,大叔也回去了。

看着大叔走远了,我又悄悄摸回来。唐欢喜从树上滑下来,我俩拉着手悄悄往家里走。

她一个女孩子家,太那个啥了,把背心扎进裤子里,然后把偷来的枣都从领口装进去,把里面装得鼓鼓的,肚子挺着,像个怀孕的女人。就这样,她跟着我回家去。到了我家,在我妈面前,她半跪在我家沙发面前,把衣服从裤子里往外一拽,一肚子枣都卸在沙发上。

唐欢喜带着一脸等待受表扬的期待说："婶儿，这都是我在树上摘来的，都给你做酒枣吧！"

我妈简直要惊掉下巴："大晚上黑灯瞎火的，你俩去偷枣了？"

我俩异口同声地："嗯。"

我妈薅过我来就打："大晚上的，咋不摔死你呢？你馋得命都不想要了？"

唐欢喜特威武地往我和我妈中间一横："婶儿，德子都要笨死了，到现在都不会爬树，是我爬树上偷的，放心吧，摔不死他，要摔也是摔死我。"

我妈再次惊掉了下巴："你个闺女家家的，天天跟个皮猴似的，长大以后谁娶你啊？你要是再大晚上带我家德子去偷枣，我让你妈扒你皮。"

唐欢喜皱着眉头瞥了我妈一眼，没心没肺地说："得了吧，婶儿，您觉得我妈能听您的？我妈疼我还疼不过来呢！"说完，潇洒地走了。

我把所有的枣子收到一个盆里，央着我妈给我做酒枣。

我妈恨恨地："我不做，你两个小兔崽子就作吧，哪天得把老娘我给气死。"

"妈，您做吧！您做的酒枣欢喜最爱吃了。她是冒着生命危险摘来的啊！"

我妈嘴上虽然生着气，最后还是会按我的意思去做。我也经常在唐欢喜家里吃好吃的，有些吃的唐欢喜的妈妈会做，我妈却做不来。

我们的童年就这在无穷尽的乐趣中天天过去。

有一回，我和唐欢喜玩弹珠，我输了，特慷慨地说："我认输,随你怎么处置。"

唐欢喜就用水彩笔在我后背上画了一只彩色的大乌龟,那是我妈给我新买的白小褂啊,穿了没两天呢!那个时候特流行白小褂,配一根腰带,往腰里一扎,特神气。我怎么也没想到唐欢喜下手这么狠,我的新衣服啊!

我心疼地当时就哭了。

唐欢喜在那里抢白我:"你说随我处置,我做了你又哭,真不是个爷们儿!"

我哭着说:"我就不是爷们儿,我还是个小孩呢!"

哭声把我妈和她妈都招来了。

了解了情况后,我妈对唐欢喜一顿数落:"你有个女孩子样吗?你这样天天捣蛋又刁钻的姑娘,以后嫁得出去才怪!"又对着唐欢喜的妈妈道,"我说唐嫂,你养的是姑娘吗?简直就是一个混世魔王啊,你能不能管好你闺女,你光管生不管教是吧?"

说实话,我妈说得有点过分,我看到唐欢喜望着我和我妈的眼睛里正燃烧着熊熊怒火。

我劝我妈别说了,可她骂我"怂包",连一个女孩子都打不过。

就是那天,唐欢喜报复性地把我家的小黑狗塞进了浇地用的黑色橡胶管里。

那时候农村浇地都是从河里往外抽水,用的就是直径十五六公分的黑色橡胶管,平时不用的时候,十几米长的橡胶管就在胡同里挨着墙根放着。

我家的小黑狗找不到了,我妈却听到橡胶管里有哀鸣声。

不一会儿,门口就聚集了好多人,都帮着出谋划策,想办法把小狗弄出来。

我妈一直在那里骂:"哪个缺德玩意把我家狗塞进去的?哪个缺德玩意干的?"

接下来就悲催了,有个大爷说:"先前我看见老唐家那疯丫头抱着你家狗呢,后来我过去了,往下她干啥没看到。"

我妈立马炸毛了,冲着唐欢喜家里喊:"唐欢喜,你个死丫头片子,你给我出来!"

我看见唐欢喜小心翼翼地跟在她妈身后出来了。

"咋了?德子他妈。"

"咋了?你说咋了,你闺女干的好事,她把我家小狗塞到管子里去了,现在在里面出不来,你说咋办吧?"

唐欢喜梗着脖子死不承认:"不是我塞的,我没塞!我一直肚子疼在家待着来着,谁说我塞的?谁看见我塞的?胡说!"

"有人看见你抱我家狗了。"

"我抱你家狗怎么了?我和德子经常抱它。再说了,你家狗傻啊,钻在管子里面就不会自己爬出来?休想让我赔你家狗。"

其实我知道,要不是因为她在我背上画了乌龟,我妈就不会骂她,她就不会整我家狗。说到底,是我不男人,谁让我哭了?回家以后我妈说了,过两天她要到镇上买一瓶84消毒液,然后我的衣服就能漂白。

其实我真没损失啥,是我妈骂唐欢喜骂得太过分了,才让她产生了报复心理,责任都在我。

于是,我站出来作证说:"刚才欢喜抱咱家的狗是因为有人追它,然后她就把狗捉住,交给我了。交给我的时候我让她跟我玩一会儿,她说肚子疼,就回家了。"

唐欢喜先是愣了一下,随后就得意了,尾巴翘上天的样子,冲着我妈喊:"你家德子都替我证明,我没塞你家狗,凭什么赖我？你家养的是傻狗，自己不爬出来，非要在里面憋死。"

一听她说狗要憋死，我妈一下子慌了，她是顶喜欢狗的。于是，妈赶紧招呼别人帮忙，费劲巴拉地把管子锯开，这才把狗从管子里取出来。

第二天，唐欢喜给我家送来一瓶84消毒液，说是她爸刚在镇上买回来的，让我妈给我漂白衣服。我妈这才算是跟唐欢喜和解。

我俩又在一起玩的时候，唐欢喜说我真会为她打掩护，特别男人；还说她原谅我之前不像爷们儿的行为了。

她就是这样，总像一条大尾巴狼。

上初中的时候，我俩恰巧被分在一个班。我们从小学起从没在一个班，但放学后可以天天在一起玩，没想到长大了，反而分在一个班了。

我个子长得晚，一直和唐欢喜差不多高。我是上中专以后才长个的，个子蹿得比兔子还快，不长时间，再见唐欢喜，我已经比她高出半头了。当然，这是后话了。

初中的时候，我俩是前后桌。她学习比我好得多得多，在班里前几名，我在班里倒数前几名。

有一段时间，不知道怎么回事，上课的时候唐欢喜总在睡觉，脑袋像磕头虫一样一点一点的。害得我坐在她后面直替她担心，这要是一脑袋磕在桌上，把额头给磕出个包可咋办？

有一次老师发现了，让她站起来听课。一开始，她还站得笔直，看起来听得挺认真，后来，她的头又东歪西晃，困得马上就会摔到地上睡着的样子。我在下面踢了她一脚，她愣了一下，又精神了。

这一天下来，她每节课都会困，一旦发现她瞌睡，我就在底下踹她一脚，她就会立马精神一下，挺起腰板坐好，做出认真听讲的样子。

放了学,我拉住她问:"你最近咋了?困得跟傻狗似的,夜里干啥去了?偷人家牛去了?"

当时,农村经常遭遇偷窃,丢的最多的就是村民自己养的耕牛。经常有小偷在人家的牛栏所在之处挖一个可以勉强挤过一个牛身的洞,然后偷偷把牛给牵走。因此,我拿夜里去偷牛这样的话来调侃唐欢喜。

唐欢喜左看看右看看,然后神秘地说:"我可以告诉你原因,但你不能告诉老师,而且还要拿你的一个秘密来交换。"

我当时好奇心太重,就特别想知道她夜里没睡觉到底干吗去了。

我们俩从小就在一起玩,之间好像没什么秘密,却有个挺丢脸的事情,我一直瞒着,也让爸妈帮我瞒着。好,交换就交换,谁怕谁!

唐欢喜凑在我耳边,悄悄告诉我:"我迷上了小说,天天晚上看到很晚,好像看电视剧似的,看完这集看下集,根本停不下来。"

我惊呆了:"你傻啊!那些小说都是骗小孩的,你天天夜里不睡觉,白天上课困得跟狗似的,你下次考试成绩肯定下滑,你可千万别跟我似的到时候倒着数,那多丢人啊!"

"我今天晚上再多看会就看完了,以后再也不租小说了,放心吧!自学这几天的课对我来说是小儿科。快说,你有什么秘密是我不知道的?"

我看了看四周,还好,没有人注意我们,然后凑在她耳朵上说:"我一直尿床,到现在才好点,偶尔还是会尿一次。"

"啊?那被褥尿湿了怎么盖啊?多潮啊!"

我当时感动极了，以为唐欢喜会笑话我，但是，她没有，反而担心我的铺盖。

"慢慢就阴干了，也不敢拿到宿舍外面晒。我妈也老是以给我拆洗被褥的名义给我更换，我都是卷着扛出去，别人不知道。"

我不知道别的男生是不是也有这样的经历。我尿床一直尿到初中二年级，到初三以后才渐渐发现自己很长时间没尿过床了，具体原因不详。

我跟唐欢喜之间有了那次交换秘密以后，她经常问我："你的被褥湿没湿？你妈还有没有来给你换过？"后来，我告诉她，我尿床的毛病没有了，怎么消失的自己也不知道。她才如释重负地长舒一口气说："可算好了，否则你娶了媳妇有了孩子，跟你孩子一起尿床，那可咋整！"

唉，在自己的玩伴发小面前没有隐私，没有秘密，也是很无奈的事情，但有一点——贴心。

初中毕业后，唐欢喜考上了高中；我成绩差，上了中专。从那以后，我们几乎很少见面了。

中专毕业后，我就去当兵了，听我妈说，唐欢喜考上了大学。

我笑笑："考上大学一点也不奇怪，她本来就是个人精，那个脑子聪明得很。"

我妈也说："想当年皮猴一样的女孩，整天没心没肺二了吧唧的，怎么就考上那么好一个大学呢！哪像你，从小念书就不着调！"

唉，我妈就是这样，啥时候都能杀个回马枪，冲我开一顿火。也活该，谁让我是个学渣呢！

即便那个时候，我心里都没想过以后会和唐欢喜在一起，我感觉我们已是两个世界的人，就连以前在一起玩时的那股子肝胆相照的劲头也是渐行渐远渐无书。

谁也没想到，大学毕业以后她会回来，竟然回到我们之前的中学当了语文老师。用她的话说，她有怀旧情结，父母就她一个独生女，她要留在父母身边。

那一年，我正好休探亲假，在家住了十几天，就是这十几天让我对唐欢喜情根深种。

当了老师的唐欢喜简直让人惊呆了，披着长发，穿着长裙，戴着一副黑边的近视眼镜，要多淑女有多淑女。

唐欢喜还是以前的唐欢喜，但再也找不到以前的感觉了。

以前，她就是一兄弟，一哥们儿；现在，妥妥的邻家小妹一枚嘛！

当时，我就心动了，但不敢表现出来，怕这些年来留在心底的兄弟情也没了。

回部队后，我就开始和唐欢喜联系，联系的过程中也有种种试探，就怕万一说得太直白，被唐欢喜义正词严地拒绝。我拐弯抹角地表达了好几次，她不但没有反感，还学我的迂回方式来迎合我。比方我说："找媳妇得找你这样的，知根知底，以后不用磨合。"她说："嗯，我感觉也是。"又比方我说："唐欢喜，你说我将来的媳妇知道我尿床尿到十几岁，嫌弃我，那该怎么办？"她就回我："找个不嫌弃你的不就得了。"最后，我演不下去了，直接跟她说，"我好想你。"唐欢喜当时一点没扭捏，特大方地说："那你申请转业回来不就得了，以后咱俩天天在一块，不就不想了。"

我乐得心里开满了花。

我就是这么没追求的一个人，都说好男儿志在四方，好男儿保家卫国。我就想和唐欢喜有个温暖的家，在一个小地方安顿下来，过着有滋有味的小日子，安心做好国家安排的工作，谈不上给国家做多少贡献，我们安安静静地不给国家添麻烦就行了。

就这样，我真就申请转业回来了，被安排进了县里的武装部。

当我和唐欢喜手拉手在彼此父母面前公开恋爱关系时，我妈和我丈母娘都炸毛了。

我妈说："你咋就看上唐欢喜了呢？猴精不说，还特不服管教。"

我丈母娘："德子他妈，你得了吧，我早就知道你看不上我闺女，我还看不上你儿子，从小就爱玩，不爱读书，不是正儿八经有上进心的那种孩子。"

"我德子怎么就让你看不上了？我德子人高马大的，一表人才，白马王子都没我儿子帅。"

我俩一看这架势，还真有点控制不住局面。还是唐欢喜生猛，往沙发上一坐："哼，你们要是不看好我们，我们就搬出去住，到时候我们生了孩子，把孩子抱回来让你们见见就行。"

两个妈妈都惊呆了，异口同声："你们都有孩子了？"

天地良心，那个时候我们拉过手，接过吻，紧紧拥抱过，就差同床共枕了。

唐欢喜漫不经心道："早晚都得有。"

听到这里，俩妈一合计："哎哟，咱该办的得抓紧办，到时候要是大着肚子结婚可就让街坊邻居看笑话了。"

于是，我和唐欢喜顺利地结成了连理。

婚后一年，也就是今年年初，我们有了一个活泼可爱的女儿——田开心。哦，我姓田，叫田家德。

当时，唐欢喜给我们女儿取"开心"这个名字的时候，我妈乐得哟，一个劲说，"开心好，开心好啊！我大孙女以后天天都开开心心的。"

唐欢喜突然冒出一句:"妈,开心以后天天开心,您不怕她天天乐得跟个傻大姐似的?"

哈哈,我曾跟唐欢喜说过,当初她出生以后,我那老丈人和丈母娘给她取名"唐欢喜",我妈就曾嘀咕过:"咋给闺女取这么一名儿?天天'欢喜''欢喜'地叫,叫着就想笑,要是这闺女天天乐,还不跟个傻大姐似的?"

唐欢喜还是那个唐欢喜,换了一身淑女的皮来迷惑人间,骨子里还是那个混世魔王,也就天天在她学生面前装成知书达理的样子罢了。

她现在外表让我心猿意马、热血澎湃,内在还是我眼里的那个大尾巴狼。

这就是我和唐欢喜的情事。我们没有轰轰烈烈,也没有艰难曲折,我们就是普通的平头小老百姓,过着最普通、最幸福、最有滋味的日子。

张大花捍夫

张大花，女，自幼丧父丧母，跟着比她大十几岁的姐姐长大，后来经人牵线，嫁到王家村，给王大路做了媳妇。

王大路，男，家里兄弟五个，只有王大路活成了人精。

二十岁出头的年纪，不知道什么门路搞来一辆机动三轮车，噔噔地开着到处贩卖葱姜蒜。过了两年，开始贩卖粮油。头脑灵光，路子广，日子越过越好，家境越来越殷实。

王大路不光是生意精，而且会吹拉弹唱，有时抱一把二胡，在院子里来一小曲，勾得张大花的魂都上了天。

不光如此，王大路在村里的秧歌队里，各种锣鼓家伙什，样样精通。小伙子高高的个子，人长得精神，才貌双全，还是十里八村的能耐人，在大家看来就是个了不起的人精啊！大姑娘、小媳妇看王大路的眼神，都透着光。

在张大花看来，她男人就是一块香喷喷的猪头肉，那些大姑娘、小媳妇就是淌着口水的馋猫，无论如何她都要把自己男人给保护好了，可不能让别人偷了腥。

那可是上世纪七十年代，两口子在一起走路都一前一后，跟陌生人似的，更不会看到哪对夫妻在大庭广众之下做出什么亲昵动作。可张大花不这么想，她走路的时候，总想挽着王大路的胳膊，好比是狗狗撒尿占地盘似的，总想着昂首挺胸地挽着王大路的胳膊，向所有大姑娘、小媳妇宣示她的主权：这个男人，是我的，你们也就看看而已。

可王大路总不配合她，她要来挽，他就赶紧甩开，怕别人看到笑话。如果正好碰到熟人，停下来跟人家说两句话，张大花赶紧凑上去，用手抓着王大路的袖子，然后满脸微笑，透出乖顺贤惠的样子。王大路守着人不好意思甩开她，等人走了，直接瞪张大花一眼，胳膊一甩，蹬蹬地快步走了。张大花赶紧讨好地在后面追。

路人捂着嘴，在旁边笑。

后来，王大路和镇上一个贩卖粮油的成了合作伙伴，那边派了自己的妹子过来跟着王大路一起干。这个妹子自打多年前就跟着自己的哥哥倒腾粮油，早就成了他哥的左右手，做起生意来可是个美人精，贼精，不是一般的精。

自从那妹子来到王大路家后，张大花那颗心天天"突突突"地跳，就怕自己男人被人抢跑了。尤其看着王大路对人家恭恭敬敬又讨好的样子，她酸得牙直疼。可是没办法，她还得满脸热情地对人家堆着笑，"妹子""妹子"地讨好人家。谁让人家是王大路的生意伙伴呢，心里再酸也得忍着。

一起吃饭的时候，张大花必须坐在自己男人身边，还时不时地摸摸王大路的手，一脸疼惜地直劝王大路多吃点。吃完饭，街坊邻居们都一起坐在街上乘凉、闲聊天。张大花坐在王大路旁边，一条腿总想勾住男人的一条腿，或者总是试图把她的一条腿架到男人的膝盖上。王大路明白张大花的企图，就撤着屁股底下的凳子直躲，怕街里街坊的笑话；张大花就拎着凳子直往王大路身边凑，躲了再凑。

街坊们咬着嘴唇忍住笑，装作没看见，然后自顾自地聊天。大家都明白，这张大花是在向那妹子示威：这男人是我的，我就黏着他，使劲黏着他。

张大花的一个儿子和两个闺女都觉得丢人，妈妈就像发情的母猫，一直追着爸爸，越有人的时候越来劲，真是让人脸红的事情。

在家，张大花能看住王大路，出了门就没办法看了。王大路为了生意要各地跑，张大花天天犹如百爪挠心似的坐立不安，就怕自己男人被那妹子勾了魂。还真就让她给感觉到了，那妹子还真就和王大路有了一腿，尽管是个做生意的人精，还是落入了王大路的温柔乡，后来还怀孕了，逼着王大路离婚。没等张大花开始闹，事情就传开了，这在那个年代可是极为丢脸的事情。

张大花的儿子叫王小山，十三四岁的孩子，从母亲口中断断续续知道了事情的始末。这王小山也可能是受了母亲的怂恿，也可能是因父亲做下这样的事情，心中义愤难平，居然拿着菜刀找到那妹子，直接指着她说："带着你的野种滚蛋！想进我的家，门都没有！你要是再缠着我爸，我就拿刀剁了你和你肚子里的杂种，然后我去坐牢，也不让你把我爸妈分开。"

不只那妹子看着王小山瞪得通红的眼睛惊呆了，就连王大路也惊呆了。

最后，那妹子和王大路各回各家，但搞大了人家的肚子，总得给个说法，否则，人家哥哥扬言要做了王大路。张大花和王大路拿出多年的积蓄才将此事摆平。

再后来，王小山长大了，去外面餐馆里学厨师，厨师没学成，倒是谈了个对象回来，都是十八九岁的年纪，很快和王小山住到了一起。那可是上世纪九十年代初，连"同居"这个词都没有呢！

那个女子天天像当年张大花腻王大路那样腻着王小山，田间地头，房前屋后，两人卿卿我我地到处逛。村里人看着他俩左拥右抱搂着肩膀过来，赶紧把头扭向一边，自己的脸先红了。

王大路还是一如既往地能耐，到处做生意，带着儿子和儿媳妇到处跑，到处闯。

就这样，过了几个月。一天，三个人开着三轮车在山路上行驶，来了场急雨，车轮打了滑，发生了侧翻，王大路和那小女子只是受了擦伤，可王小山的脑袋直接撞在了石头上，当场就断了气。

一家人哭得肝肠寸断，张大花看到儿子尸体的那一刻直接昏厥过去。两个妹妹扑在妈妈身上又哭哥哥，又哭妈妈，好不容易张大花才缓过那口气来。王大路在一旁直懊悔："都怪爸呀！干吗带着你到处跑啊！要知道这样，宁愿你天天在家里待着玩啊！"

王小山那个小对象哭得鼻子、眼睛、脸颊全肿了，直问苍天："小山啊，你走了我可咋办呀？"

村民帮着这一家人将王小山下了葬。

大家都以为王小山没了，那小女子肯定就要回自己家乡了，谁知道，那姑娘不但没走，反而跟着王大路跑东跑西做起了生意。张大花慢慢从丧子之痛中走出来，才恍然注意到，王大路和那小女子之间已经变得不正常了。比如吃饭的时候，张大花在这儿正盛饭呢，那边听小女子说王大路："赶紧去洗手，这大年纪还学不会干净呢！"张大花心里一惊，这哪是儿媳妇说公公的口气，倒像是两口子之间打情骂俏。

两个女儿也都十几岁了，也感觉出这姐姐和爸爸之间的暧昧。于是，母女三人很快统一战线，一致对外，指桑骂槐，字字都带着刺儿刺向那小女子，可是人家根本就不在乎，跟着王大路该干吗还干吗。

有好事之人问那小女子："你不回你老家，不想家吗？不想你爸妈吗？"小女子回答得特敞亮："我生是小山的人，死是小山的鬼，现在小山没了，我就留下来给爸妈当闺女。"

张大花急啊！天天急得嘴上起燎泡，舌头底下长口疮，时时刻刻考虑如何将小女子弄走。

这天夜里，张大花做了一个梦，梦到儿子小山跟她说，自己在那边很孤独，想让妈妈给他找个伴儿。醒了以后，张大花就睡不着了，儿子年纪轻轻、血气方刚的，在那边肯定想女人啊！可到哪里去给儿子找伴儿呢？得结阴亲。张大花把十里八村死去的女人想了个遍，除了老太太就是中年妇女，有那么两个大姑娘年纪轻轻就死了的，可是在一咽气时就被早想结阴亲的男方家属撂下一笔钱给接走了。

后来，张大花看到一直待在自己家里不肯离去的小女子，心生一计。她把小女子的名字和生辰八字写下来，找人写了个小墓牌，放到一个木匣子里，然后偷偷埋到儿子的坟里。

这个事情张大花以为别人不知道，其实在她做那个小墓牌的时候事情就传开了。

大伙儿都感觉张大花这么做挺缺德的，毕竟人家姑娘还活着，这么做不是咒人家死吗？张大花其实就是想让她走，让她离开自己家,尤其离开自己的男人王大路,从未想过让这小女子死,这是真的。

一天,小女子直头疼,发烧说胡话,说什么小山一直来找她,要她过去陪他,她已经是他的媳妇了,不能天天让他一个人待在那边不管他。这一顿胡话可把王大路吓坏了,就吩咐张大花赶紧去找神婆来看。神婆也早就听说张大花给自己儿子埋了小女子的墓牌的事情,感觉小女子这病就是那个墓牌引起来的,索性跟张大花把话挑明,把那墓牌扒出来,毁掉,就没事了。

张大花也怕啊!怕万一真的闹得小女子没命就完蛋了。

张大花在神婆家里坐了半天,想出一个办法,央求对方一定要帮她,然后把小女子和自己男人之间的那些暧昧,她看到的那些蛛丝马迹,还有她和女儿一起攻击小女子,人家死也不走,天天和王大路东跑西颠腻味在一起的事情,全都倒了出来。

神婆一听全都明白了,怪不得张大花这个没心没肺,天天只想着如何拴住男人裤腰带的人,怎么就想出了这么损的招儿来。敢情是这个黄毛丫头在小山死后又跟王大路搞在一起了,还总那么理直气壮,说是给王家做闺女。人家家里有俩闺女呢,谁缺她这一个!

神婆可怜张大花从小没爹没妈没个家,嫁了人有了个家,还是嫁了个最爱招桃花的,天天提心吊胆怕自己男人被人抢了,怕自己的家守不住。

神婆说,"唉,女人呐,都是可怜呢!你可怜,小山领来的那丫头也可怜,就你家王大路不是个东西,是生意精,是人精,更是个桃花精!你要想看住王大路,难呐!"

神婆随着张大花去了家里,先是说小山特别想小女子,想招小女子一起去阴间,她能把小山的孤魂赶走,可是长久下去,说不定小山又来缠她，劝小女子要想长长久久保住自己的身体，就该回到自己家乡去，那里有自己的父母庇护，定能驱灾避难。一番话说得小女子瞪大了惊恐的眼睛。王大路问："还有没有别的法子？不走不行吗？在这里待了那么长时间，都把她当自己亲闺女了，舍不得让她走。"

神婆说："自求多福吧！"然后就唉声叹气地走了。

后来，张大花偷偷去小山坟上，把小女子的墓牌扒了出来，毁掉了；又给儿子烧了好多纸钱，还有纸扎的女人，说让他先凑合着过，等以后碰到合适的再给他寻一门阴亲等宽慰儿子的话。

说来也怪，第二天起床后，小女子的烧退了，整个人精神了很多。

后来，小女子收拾东西要走，张大花看到王大路眼里似乎有泪花。张大花抓着小女子的手，哭哭啼啼道："妮儿，回了老家后就好好守着父母成个家，忘了小山吧！妈也舍不得你走，但希望你以后好好活着，怎么也不能留你了。"

就这样，小女子离开了。

张大花眼睁睁地看着王大路颓废了好长一段时间。

王大路继续东跑西颠地做生意，舒坦日子没过多久，他又慢慢不回家了。张大花十里八乡地到处打听，才知道王大路跟别的村的一个寡妇搞在一起，经常在人家家里过夜。

张大花急了，带着俩女儿就去了，直接把人堵到寡妇家里。

两个女儿可没有当年王小山拿刀帮妈妈赶走小三的狠厉，只是生拉硬拽，劝自己的爸爸回家。王大路回来了，却对张大花不理不睬，更气她带着女儿去找他，在家里过了没几天就又走了。

张大花坐在门口抹了两天泪，然后买了一瓶敌敌畏，在家里找出一把杀猪刀，单身匹马地去了那个寡妇家。

到了地方，王大路刚巧不在。张大花不哭不闹，直接跟那个寡妇说："我从小没爹没妈没个家，好不容易跟大路成个家，养了仨娃，儿子还死了。现在，你又要抢走我男人，你够狠！我死后让大路娶你，但我变成鬼也不会放过你！我就死在你家里，喝了农药后，我会再对自己捅两刀，你永远别想安生。"

那个寡妇害怕了，连忙保证王大路再来一定赶他走，再也不和他来往了。

张大花本来也是吓唬一下这个寡妇，见她这样保证，就说，只要王大路再来过一次夜，她张大花就会横尸在她家的大门口，说到做到。

王大路果然按时回家了，却对张大花横挑鼻子竖挑眼的，动不动就摔打砸。张大花也不再忍着了，该吵的吵，该骂的骂，以前陈芝麻烂谷子的事情都可着劲给王大路往外抖搂。

后来，两个女儿相继出嫁了，王大路和张大花虽然年纪越来越大，但吵架的气势不减当年，三天一大吵，两天一小吵，吵得鸡飞狗跳，锅碗瓢盆叮当响。

这样，两个女儿也不大愿意进娘家门。

一天，王大路突然就倒下了，得了脑溢血，两条腿不顶用了，从此吃喝拉撒在床上起不来。张大花天天伺候着他，天长日久更是各种叨唠、各种埋怨。王大路瘫在床上也是骂，说自己当初瞎了眼，才娶张大花进门，比起外面他找的那些女人来，张大花屁都不是。也许就是这话让张大花急了眼，直接在床上按着王大路打一顿不说，还跑到自家的敞棚屋里，找出治棉铃虫的一瓶半斤装的氧化乐果，当着王大路的面喝了下去。

王大路急了，一个瘫子在床上无论如何也救不了人的，他应该是对着外面呼喊了，但他家里吵架吵习惯了，就算他的声音穿过房间，穿过院子，穿过大门，传到外面大街上，外人也不会听清他喊的啥，只会以为他们老两口子又吵架呢！

王大路应该是从床上往地下挪的时候，直接摔到地下去了，因为他的头上还在床边的桌腿上碰出了一个血口。

没人知道王大路守着张大花在地下到底待了多长时间，没人知道他是如何看着妻子在喝下毒药后，毒性发作，如何呕吐痛苦，然后又慢慢死去。等人们发现两人尸体的时候，王大路头上的血已经干了，身上也都是张大花的呕吐物。张大花被王大路抱在怀里，王大路用腰带一头拴住自己的脖子，一头拴在桌子腿上，把自己勒死了。

农历的十月初一在我们老家被称为"寒衣节"，这天特别注重祭奠先亡之人，所谓给逝去的人送寒衣。

我在今年的这一天和大帅、小帅一起回老家，给小帅的爷爷上坟，正好遇到王大路的两个闺女去给她们的爹妈还有哥哥上坟。

烟雾缭绕中，我听到王大路两个闺女边哭边说："妈，你追着爸追了一辈子，临了，爸追着你去了，去就去吧，在那边都好好的，别再吵别再作了……"

有情人终是兄妹

丁涛和张圆圆就是一对冤家，上天注定的冤家。

小时候，丁涛和张圆圆都住在姥姥家里。

是的，丁涛和张圆圆有同一个姥姥，他们的妈妈是亲姐妹。

丁涛的妈妈是姐姐，婚后很快生下丁涛；但妹妹到了三十几岁也没开怀，那是上世纪八十年代，多数人没有什么不育不孕症的检查意识。一直没生孩子，她就找人抱养了一个。

张圆圆的生母生了四个女儿，就想要个儿子，当第四个女儿生下来的时候，婆婆就在一旁发话："都是赔钱货，这个送人，赶紧送人。"

接生婆走过的村庄多，哪个村里的谁谁谁有什么需要，她都知道。于是，接生婆牵了线，把张圆圆抱了过来。

全家人视张圆圆为己出，把她当成宝贝来养。但等张圆圆长到五六岁的时候,就有小伙伴说她是捡来的孩子,还说是从哪个村里来的,父母是谁,说得有鼻子有眼的。

有时候,张圆圆回去问父母,妈妈总是说,那帮孩子胡说的。

到她十来岁的时候,还有人这么说。有个小伙伴特别气人,故意议论她的身世,还故意让她听清楚:"看见没,她就是从那村里捡来的那个没人要的孩子,天天张牙舞爪的,牛气什么呀牛气,连自己爹妈是谁都不知道。"

张圆圆听了直接蹿过去,抓住那个女生的辫子把人家给拽了个跟头。那女生爬起来就和张圆圆扭打在一起,丁涛在旁边急得直跳脚,去掰那个女生的手,边掰边喊:"你放开圆圆,你放开——"突然就被那女生踢了一脚,丁涛一下子坐在地上。

是的,丁涛就是这么怂,长得瘦小,还没有张圆圆的力气大。

张圆圆一看丁涛坐地上了,急了,三下五除二把那个女生掀翻在地,骑在人家身上好一顿揍,那个女生坐在地上哇哇地哭起来。

张圆圆一把把丁涛拽起来,直接训他:"你傻啊!她踢你你就不知道踢回去?"

就是这次,张圆圆和丁涛一起去问姥姥,姥姥说别人是胡说。但张圆圆不甘心,又和丁涛一起去问妈妈。妈妈一开始想打马虎眼,但张圆圆说:"妈,你就告诉我吧,那么多小孩为什么不说我哥,偏说我是捡的呢?"

丁涛在旁边插嘴:"肯定是你以前打过她,她记恨你,故意胡编。"

"你闭嘴,天天被人打,我还叫你哥呢!不知道你怎么长的,天天跟我吃一样的饭,瘦得跟个猴儿似的,要肉没肉,要个子没个子。"

张圆圆呲嗒完丁涛,又冲她妈说:"妈,你告诉我实情,就算我捡来的,我又不跑。"

妈妈犹豫了,最后还是告诉圆圆关于她身世的来龙去脉。

圆圆听着就哭了:"妈,我一辈子不认他们,你要是哪天不喜欢我了,不想要我了,告诉我,我就走,决不拖累你——"

妈妈一听也哭了,搂着她说:"傻孩子,你是妈妈的孩子,妈妈怎么会不要你?你不是妈妈的拖累,你是妈妈的快乐,是妈妈的幸福,是妈妈的骄傲。"

丁涛也哭了,没想到表妹是被别人扔掉的孩子,这么多年来,他一直被自己的表妹保护着——表妹真好!

是的,这么多年丁涛一直被张圆圆保护着。一次,别人欺负丁涛,张圆圆看见了,直接拿一大块土坷垃照对方脸上拍下去,土坷垃变成碎土块,对方的鼻子流血了。一帮小孩吓得发呆,被打的小孩一摸出血了,立马像杀猪一样嚎叫起来。

张圆圆拉上丁涛,兔子一样蹿了。

后来,人家家长找上来,姥姥给人家赔了不是,还送了人家三十个鸡蛋。

姥姥训他俩:"以后不许打架!尤其是你,一个女孩子家,比男孩子还野,你幸亏拿的是土坷垃,要是拿块石头,还不把人拍死?"

张圆圆嘟囔:"当时手边是有块大砖头,我就是怕把他拍死,才没用。谁让他欺负我哥,都把我哥骑在下边打。哥,你怎么这么笨,怎么谁都打不过?以后你多吃点,每天两个鸡蛋我不吃了,都给你吃,你能不能长高点,长胖点?"张圆圆每次看丁涛那副小身板，就是一脸恨铁不成钢的表情。

丁涛不光力气小，胆子也小，怕黑，有时晚上要到院子里上厕所，张圆圆就陪着他去。圆圆在前面打着手电，他在后面跟着，在厕所里也不让圆圆出去："你必须给我照着亮，然后把头扭过去，别看我尿尿。"

张圆圆觉得丁涛没出息透了，有时拉屎也让她闭上眼睛，在厕所里守着，臭得她直想吐。一次，她把手电筒放在厕所地上，站到厕所外等，没想到丁涛裤子都没提，屁股也没擦，直接蹿出来，说里面有鬼。

张圆圆要带他回屋里去，丁涛小声说："屎还没拉完，还得进去拉。"张圆圆厌烦得不行："你能不能长点出息？能不能？"丁涛拉拉她的衣袖："你别喊了，该把鬼给招来了。"气得圆圆只能捂着鼻子，陪他在厕所里继续拉。

丁涛不光怕黑，怕的东西可多了。那个年代，家家户户的小孩都爱挽起裤腿，踩在水塘里抓鱼捉泥鳅。丁涛也喜欢捉鱼，但他怕踩在水里，一会儿感觉有个东西咬他的腿，赶紧蹦出来；一会儿又感觉什么东西钻他的脚心，又赶紧蹦出来。

张圆圆脱了鞋子，挽起裤腿，跟男孩子一样踩在水里，她不怕。丁涛一说有东西，圆圆就在他附近摸，一会儿抓一条鱼，一会儿又抓一条。她命令丁涛在到岸边的树上折一根柳条把鱼串起来，就是从鱼鳃那里把柳条穿进去，在鱼嘴里穿出来。如此这番，不长时间就能穿一大串，然后两个人欢天喜地地回家，让姥姥煎鱼吃。

那些年，张圆圆感觉和丁涛在一起特别好，世上没有比她更了解丁涛，没有比她更疼丁涛的人啦！

后来，丁涛上了初中，住校了。张圆圆天天盼着星期六的到来，天天盼着丁涛回家，没有丁涛在家的日子，实在没法熬下去，混来混去，张圆圆发现，她世界里的玩伴只有丁涛。也只有丁涛无论何时都会和她站在一起。

每个星期六，张圆圆都到村口的大杨树下站着等丁涛，两年，没有一次落下过。

每当丁涛远远地骑着自行车回来了，张圆圆就会挥动双手，像在迎接整个世界。

丁涛的个子越来越高，每次见面，都好像又高了一些。一天，丁涛拉着圆圆站定，跟她比了一下，圆圆的头顶正好到丁涛的眉毛那里。

丁涛高兴地直蹦高："姥姥，姥姥，我比圆圆高了，终于像哥哥了。"

姥姥看着两个孩子笑成一朵花："你本来就是哥哥。现在你长高了，该保护妹妹了。"

张圆圆嘟囔一句："谁用他保护，就他那点胆子，天黑都不敢出门儿，拉屎还得我看着。"说完愣了一下，问："哥，你现在晚上不上厕所吗？都没让我看着。"

丁涛笑笑："我已经不怕黑了。"

是呀，丁涛慢慢变了，个子高了，不怕黑了，也不和人打架了，学习成绩还倍儿棒。

张圆圆感觉，丁涛在她眼里的形象越来越接近白马王子，以前那个怂小子已经不见了踪影。

丁涛和她在一起走路，再也不牵着她的手，也不挽着她的衣袖了。

一天，张圆圆问丁涛："哥，你说，以后咱俩会分开吗？"

丁涛摸摸她的头："傻丫头，当然不会，咱们是一家人，要永远在一起。"

是的,丁涛有时候不喊她"圆圆"了,长大以后爱喊她"丫头",还总爱宠溺地摸摸她的头。

圆圆再也不知道自己能为丁涛做点什么,不知道还能为他做什么,越长大,他越不需要她了。

慢慢地,张圆圆看着丁涛有了自己的朋友,有了她融不进去的圈子。她天天站在丁涛的圈子外面,看着他越来越帅气,越来越阳刚,她越来越喜欢他。

他们再也不是天天黏在一起的两个小毛孩了,各自有了各自的房间,进对方的房间之前都学会了先敲门。

张圆圆感觉越来越孤独,她没有朋友,大家不喜欢她,说她比男孩子还疯,一点女孩样都没有。她也不喜欢那些同龄孩子,感觉他们个个都是事儿精,不单纯,不豪爽,不仗义。

张圆圆考上初中的时候,丁涛念初三了。这一年,每次回家张圆圆都坐在丁涛的自行车后面,他们迎着微风,迎着阳光,在马路上行驶。张圆圆仰起青春的脸庞,享受着和丁涛靠得最近的时光。

丁涛考上了高中,县城离家里更远了,要一个月才回一次家。对于张圆圆来说,两年时间就是煎熬。

她孤独,自从知道自己的身世后,她不爱和小伙伴接触,怕别人说她是被扔掉的孩子。只有丁涛不会说,他心疼她,她也心疼他。

张圆圆终于考上高中,和丁涛一个学校。

张圆圆总能找到好多借口去找丁涛。今天说,哥,我钱找不到了,放迷糊了,给我点钱;明天说,哥,我哪个哪个题不会,你放学后给我讲一讲;后天说,哥,我学得太累,放了学你陪我到操场上散步。不管什么理由,丁涛从不推辞,越来越像个哥哥,越来越知道如何心疼妹妹。

谁都知道学校里的学霸——丁大才子有张圆圆这样一个表妹,两个人好得犹如一母同胞。而且丁涛班里的男生和女生都知道,张圆圆一直在监督丁涛,怕他谈恋爱,怕哪个女生会让丁涛分心。

张圆圆和好多人打听有没有女生对她哥图谋不轨。这让丁涛感觉她既可笑又可爱。

一次,张圆圆和丁涛坐在操场边看着别人打篮球。丁涛戴着耳机听英语,圆圆在一旁托腮看着他的侧脸。丁涛认真投入的样子让她沉醉。

张圆圆问:"哥,我好不好?"

丁涛没反应,她一把把他靠近自己这边的耳塞扯下来。

丁涛习惯了她的简单粗暴,扭头笑着看向她,露出一口洁白灿烂的牙齿。张圆圆看着他的笑脸,心里涌起一片柔情。以至于,她到死的时候,还清晰地想起丁涛此时的笑脸。

丁涛把另一只耳塞也拿下来,笑着问:"怎么了,圆圆?"

张圆圆像个花痴一样自顾自地说:"哥,你的牙真白!"

丁涛一听,一下子笑大了:"你个傻丫头,谁的牙能是黑的?"

那次丁涛笑得真开心,张圆圆心想,他乐得就像母鸡刚下完蛋,咯咯咯咯的,笑得脸变得红红的。

"哥,以后你不许和别人好。"圆圆没头没脑地说。

"嗯,好,就跟你一个人好,谁都不如圆圆好。"丁涛说得自然开心。

后来的几年,张圆圆把他俩的这两句话当成共识,当成承诺，在丁涛找到女朋友前，就因为丁涛这句话，她一直感觉安定、踏实、幸福。

丁涛考上大学以后，两人见面的机会更少了。

丁涛在省城，有时张圆圆节假日不回家，直接坐长途车去省城找丁涛。每次丁涛见了她后都是各种嘱咐，"每科的学习都要跟上，马上快高考了，你一定不能松懈"，云云。

张圆圆脑子挺灵光，但她不喜欢学习，喜欢画画。高中文理分班，也有个专门的特长班，她选择了学美术。

高考时，圆圆勉强考上了美术学院。她知道，自己和丁涛那样的学霸没得比。虽然她和丁涛的学校各在城市两端，所幸都在一个城市，见面方便多了。

这一年，张圆圆大一，丁涛大三。

一切都是温暖如初，看似平静如水。

大一快要结束的这一年，张圆圆跑到丁涛的学校去看他。

她背着背包，等在丁涛学校的图书馆门外，阳光灿烂，到处生机勃勃。

张圆圆看到丁涛和一个女生挽着手出来，她的心轰地就裂开了，但是她什么也没说，什么也没做，就是这么愣愣地看着他们从台阶上一步步向她走来。

丁涛笑着，牙齿和衬衫一样白，闪着耀眼的光芒，刺得张圆圆的眼睛生疼。

"圆圆，这是张月，我女朋友。"丁涛的脸笑得像一朵花，好像能引来蝴蝶的样子。

张圆圆看了那个女生一眼，皮肤有些黑，个子也不高，站在丁涛身边像只丑小鸭。

"你不好好学习，搞什么乱七八糟的啊！你对得起我大姨给你的学费吗？你各科毕业考试都过了吗？你现在毕业了吗？你不以学业为重，你乱搞什么？"张圆圆的指责劈头而来，让丁涛有些尴尬。

"哎呀，圆圆，你以为现在我是读高中呢！哥马上就去实习了，你说的那些我都不会耽误的。"自从上了初中后，他就没听张圆圆这么对自己说过话，火气那么大，像小时候打不过人家，然后她训他没出息。

"就你能，你个只会笑的大骗子！"张圆圆狠狠地撂下这句话转身就走了，留下丁涛和张月在那里面面相觑。

张圆圆的指责和训斥让丁涛在刚开始交往的女朋友面前很没面子，他笑着和张月解释："我这个妹妹从小就厉害，谁都训。"

丁涛不知道的是，张圆圆在转过身的那一刻就泪水滂沱。他只看到她离开的背影，背着淡粉色的背包，背包一侧还装着一个白色的水杯，那是丁涛送给她的。他前一段时间勤工俭学给商家做商品促销员，那是带着商家标志的奖品，他得了两个，他自己用一个，送给张圆圆一个。

后来，丁涛无数次在想，如果当年他追上去，张圆圆会不会跟他讲明她生气的原因，如果他追上去哄她，她会不会就有不一样的人生了？

从那以后，张圆圆几乎没再找过丁涛，当丁涛在电话里告诉她，他要去邻省的一个企业去实习，张圆圆只是淡淡地"哦"了一声。

丁涛的心里空落落的，感觉张圆圆跟他越来越疏远，当初的他们亲密无间，当初的他们为了对方可以不惜一切去冲锋陷阵。

丁涛叹气，圆圆长大后虽然淑女了，性格也柔和了，但她的骨子里依然是蛮横和倔强的吧！

实习期满，丁涛顺利毕业，和张月的婚期也被提上日程。

姥姥已经很老了，两年前得了小脑萎缩，几乎不认识人了。

那段时间是暑假，张圆圆天天陪着姥姥，给她擦身，给她喂饭，然后就翻着以前的相册，跟姥姥聊小时候的事情。姥姥有时听着听着就在轮椅上昏沉沉地睡着了，张圆圆给她盖上毯子，然后在她旁边支起的画架上画画。

那天，丁涛领着张月回来。他推开院门，院里的大槐树下静静坐着两个人，一个是睡着的姥姥，一个是专心致志作画的张圆圆。阳光从树的缝隙里透过来，洒在圆圆的脸上，她静得像一尊雕塑。

丁涛和张月慢慢走过去，画板上画的是丁涛，在阳光下，他坐在台阶上，穿着白衬衫，侧着脸在笑。

"画得真好！"张月的感叹打破了这静谧。

张圆圆转过头看着他俩，一时不知该如何反应。

"圆圆，这是你为我准备的礼物吗？"丁涛的眼睛里透着惊喜的光。

"我辛辛苦苦画的，为什么要送你？"说这话时，张圆圆面无表情。

"圆圆，你看你，总是这个样子，你一定是听小姨说我要结婚了，所以要给我画一幅画当作结婚礼物，是吧！一定是这样的。"丁涛的口气里带着讨好。

"滚，你们给我滚！不要来打扰我和姥姥。"张圆圆踢倒画架，踢翻颜料。她的坏情绪突如其来，让丁涛和张月不知所措。

姥姥被吵醒了，唤她："圆圆，过来，到姥姥这里来。"

张圆圆伏在姥姥的膝盖上嘤嘤地哭泣。

姥姥抚摸着她的头呢喃："圆圆乖，不哭，这个家永远要你，不扔你。圆圆乖！"

张圆圆哭得更凶了，当知道自己的身世以后，她哭过好多次，姥姥都是这么哄她，那时的小丁涛也在旁边心疼地掉泪。现在，姥姥痴呆了，没人知道她的心智又跑去了哪一年哪一刻。

丁涛带着张月离开了。

晚上，丁涛一个人过来。姥姥睡着了，张圆圆独自坐在沙发上翻着小时候的相册。

丁涛在旁边坐下来。

张圆圆没有说话，她正在看小时候和丁涛的一张合影。那时，她八岁，丁涛十岁，丁涛比张圆圆还矮，站在她旁边像个弟弟。

丁涛苦涩地感慨："那个时候我俩多好啊！"

张圆圆停顿了一下，继续翻相册，说："以前再好又有什么用！到头来，你不还是把我扔了吗？"

丁涛无奈地看着她："圆圆，我没有，我真的没有。我一直希望与你和好如初，但我不知道我哪里不好，为什么你一直不理我。"

"说好的一辈呢？说好咱俩永远在一起呢！"张圆圆看着丁涛，脸上泪如泉涌。

丁涛愣在那里。

"圆圆，我们——我们之间何时有过这样的承诺？"

"你就是那个时候说的。"圆圆指着旁边的画架，上面是白天她画的那副丁涛的肖像。

"那一年，那一天，那一刻，我高一，你高三，我们坐在操场的台阶上看别人打篮球，你在听英语，我扯下你的耳机跟你说，以后你不许和别人好，你说的，你说你只和我一个人好，你说的，你说谁都不如我好。"

第一次，张圆圆在丁涛面前哭得如此伤心，如此无助。

第一次，丁涛意识到张圆圆这两年多一直疏远他的原因。

第一次，丁涛知道张圆圆青春年少时跟他说的两个人要好一辈子的含义。

第一次，丁涛知道张圆圆一直爱着他。

男女之爱。

丁涛的心里错综复杂，看着圆圆一脸的泪不知道如何哄她。

他心疼圆圆，他想告诉她，他一辈子都没想扔下她，他想一辈子都疼她。

最终，丁涛什么都没说，艰难地站起来，静静地走开了。

三天后，在这个镇上最大的饭店里，将举行他和张月的婚礼。

举行婚礼的前一天，张圆圆离开了。她跟爸妈说有急事要回学校，让他们住过来继续照顾姥姥。

从那以后，丁涛和张圆圆再无交集。

张圆圆再也没给丁涛打过电话，丁涛也没再联系过张圆圆。

丁涛和张月在省城安了家，一年后有了孩子，日子过得平静安宁。

张圆圆大学毕业的这一年，姥姥去世，她最后一个赶回来，扑在姥姥灵前哭得撕心裂肺。

丁涛听见她哭着说："姥姥，你不是说永远不扔下我吗？为什么你们一个个都离开，到最后剩我一个人？"

谁也劝不住张圆圆撕心裂肺的悲恸大哭。亲戚们都说，圆圆从小就跟着姥姥长大，姥姥突然离去，孩子在心理上受的打击太大，一时接受不了。在她几乎昏厥的时候，丁涛流着泪把她抱进房间,放到姥姥生前睡的床上。

丁涛在脸盆里投了投毛巾,拧干,给圆圆擦脸。两个人谁都不说话,眼睛里的泪都汩汩而出。

丁涛侧坐在床边,扶着圆圆,让她的头靠在自己肩膀上,轻抚她的背。圆圆像个孩子似的不停抽噎,哭得几乎灵魂出窍,嘴巴微张着,身子随着哽咽声一抖一抖的。

姥姥下葬后,张圆圆又走了。父母资助她在省城开了一间画室,她天天画画。

她和丁涛在同一个城市,却从不来往。

几年过去后,丁涛在同行业中已经混得风生水起。张圆圆也成了小有名气的画家。其间,她谈了几场不痛不痒的恋爱,到最后都无疾而终。后来,张圆圆几乎零社交,除了父母,跟谁都不来往。

丁涛一直希望张圆圆有个好归宿,所有关于她的信息都是从小姨那里知道。

随着名气越来越大,好多业界人士请张圆圆过去讲座。

一天,张圆圆在聚光灯下,晕倒在讲座台上。被人送进医院后,才知道,她已是淋巴癌晚期。父母在病床边守护着她,她嘱咐爸妈,不要把她生病的事情告诉大姨和大姨夫,也不要告诉丁涛。

张圆圆说:"等我死了,他们自然就知道了,提前知道还要提前心疼,不值得。"

三个月后,张圆圆的癌细胞已扩散到全身。她在疼痛中忍着,爸妈心疼,要喊医生到家里来给她打杜冷丁。

张圆圆阻止了:"爸妈,我不疼,我经历过比这更痛的痛,被抛弃的痛。"

终于，这次是她抛弃了亲人，不再是被亲人抛弃。

张圆圆去世的时候很安静。那天，妈妈推开她的房门，窗子开着，窗前支着画架，上面是丁涛的肖像。青春年少时的丁涛正笑得阳光灿烂。

张圆圆好像画累了，侧卧在床上休息。她的脸宁静安详，好像对着丁涛的画像在微笑，淡粉色的窗帘被风吹起来，扫在她的脸上。

张圆圆就这样走了，抛弃了所有爱她的活着的人。

丁涛赶来的时候，殡仪馆的人正往车上抬她的遗体。

丁涛哀号一声，抱着张圆圆哭得痛不欲生。

他脑海里闪过他和圆圆曾经所有的一切。他想起她拿着土坷垃去拍欺负他的那个人的脸；想起晚上上厕所的时候，张圆圆捂着鼻子陪他拉屎；想起自己被一个女孩子一脚踢得坐在地上，张圆圆气得骑在那女孩身上打她；想起她说以后自己每天的那两个鸡蛋不吃了，都给他吃，让他长高点，长胖点，不要总这么瘦；想起他和她坐在高中的操场旁的台阶上，她傻啦吧唧地说："哥，你的牙真白。"他笑着说："谁的牙能是黑的呀？"然后，两个人一起笑得花枝乱颤；想起他向她介绍张月时，她伤心欲绝地转身离去时的背影；想起在姥姥的葬礼上她靠在自己怀里哭得几乎昏厥。

他一直是她的全部啊！

此时的丁涛趴在张圆圆的遗体上，悲恸得像个孩子一样无助。微风吹过来，白布单被吹起一角，露出她一半白皙的脸庞。阳光从高空照下来，洒在她的脸上。那一刻，丁涛仿佛看到张圆圆对着他微笑的灵魂。

这个世界上到底什么是真爱？爱到底以多少方式存在？

人人都说爱有千种表达方式，有万种表达方式，而他们之间的爱到底应该以哪种方式表达？这到底是怎样一种错误？除了痛还是痛。

不是因为新欢放弃旧爱

林开心遇见苏瑞的那一年是 2004 年春天。

那年,林开心二十四岁,任职于北京一家文化公司,单身,无恋爱史,有心上人,是十四岁时就喜欢的男孩。可就在这一年,林开心暗恋了十年的男孩子,那个考到江南上大学的男孩子,在那个城市毕业,恋爱,结婚,一气呵成。

林开心听到这个消息的时候,如遭雷击,恨透了自己的无能,怂,真怂,太怂了,非常怂!喜欢一个人从来不敢去表达,人家名草有主了又不甘心,又没那个勇气把他抢回来,她暗自伤神了一段时间,也就认命了。

就在林开心慢慢恢复元气的时候,苏瑞来到了这个部门。

起初,苏瑞的到来并没引起林开心的注意,他不管跟谁都自来熟。

午休，大家相约去吃午饭，林开心总独自在座位上发呆。

苏瑞就冲林开心喊："喂，那谁，那个高兴姐，喂，叫你呢！怎么不去吃饭？"

林开心一皱眉，心想，新来的这人怎么这么二，叫谁大姐呢？我有那么老吗？还故意把自己的名字喊成"高兴"，真贫！

"喂，大姐，你改名得了，改叫忧郁姐。"苏瑞依然贫，面对林开心嫌弃的眼神并不觉得尴尬。

林开心早已习惯安静孤独，突然来了这么一个聒噪的，倒觉得挺新鲜，虽然她皱着眉头，一副拒人千里之外的样子，但心里感觉这个二百五挺好玩的。

从那以后，苏瑞总爱逗林开心，要发现她正看他，就会说："瞅啥瞅，我就那么好看啊？"

林开心脸一红："就你那样，瘦得跟条带鱼似的，谁稀罕看你！"

林开心感觉苏瑞对她这个不咸不淡的小女人充满了兴趣。他特别爱笑，睫毛长长的，眼睛大大的，笑起来很灿烂的样子。苏瑞纯净的笑容让林开心的心情逐渐云开雾明。

林开心喜欢看他笑。

他俩谈恋爱好像谁也没追谁，自然而然就那么好上了。

休息日的时候，两人到北海公园游玩，自然而然地牵手，顺着公园古朴清新的小路，一直走，一直笑。

林开心走累了，把鞋脱下来提在手里赤脚走。青石板铺就的小路很干净，她踩在上面笑出声，凉凉爽爽的感觉真好。

突然，苏瑞抓住她，把林开心往旁边的木凳上一抱，用后背对着她一拱腰，说："来，到我背上来，我背你！"

林开心愣了一下，然后甜甜一笑，扑在苏瑞后背上。

"我沉不沉？"林开心问。

"不沉，轻得跟小鸡仔似的。"苏瑞帅帅地甩了下头发，满不在乎地说。

"切！净胡说。"

"那我跑给你看哈！"说着，苏瑞就跑起来，林开心急忙搂住他的脖子。

"把你的手拿开一点，你的两只臭鞋都快捂我嘴上了。"苏瑞边跑边笑边说。

林开心从没有像此刻这么开心过，她在苏瑞的后背上哈哈大笑。迎面走来一对散步的老夫妻，赶紧给苏瑞和林开心让路。苏瑞突然停下，背着林开心对两位老人鞠了一躬，说："谢谢！"语毕，背着林开心继续跑。

林开心回头去看那两位老人。二老爽朗地笑出声，目送两个年轻人的背影，相互对视一眼，挽着胳膊转身继续朝前走。林开心把脸贴到苏瑞后背上，从青丝到白发，那对老夫妻应该就是自己和苏瑞将来的样子吧！

苏瑞感觉到林开心的动作，然后慢了下来，扭头问："怎么了？"

"你放我下来。"

苏瑞把她放在路旁的木凳上。

"苏瑞，我们永远在一起好不好？"

"那当然！"苏瑞帅得一塌糊涂。

林开心笨拙地去吻苏瑞的嘴唇。她感觉挺丢人的，二十四岁了，还是初吻，竟然不知该如何下嘴。苏瑞体恤地抱住林开心的头，用舌头撬开她的牙齿，然后在她嘴里慢慢扫，慢慢吮吸。

这个吻，时间很长，好像忘记了天，忘记了地，忘记了时间，忘记了周围，直到苏瑞把林开心放开，两人长长地舒了一口气。

林开心红着脸凑到苏瑞的耳边说："你的舌头真滑溜。"

苏瑞哈哈大笑，一扫脸上的羞涩说："你怎么跟个傻子似的？"

林开心真开心啊！

恋爱的感觉真的是太好了！

林开心像只小鸟一样雀跃。

苏瑞住在西四环的田村，林开心住在西三环的西局。每到休息日，苏瑞就会骑着自行车来找林开心，从此，林开心再也不能睡懒觉了。

苏瑞一来，她就得从床上爬起来，跟着他出去玩。他们穿着印着同样图案的白色T恤，她坐在自行车前面的横梁上，他用双臂把她圈在怀里。林开心的长发拂着苏瑞的脸，他们相互感应着对方的呼吸和心跳。

当他们骑到六里桥附近时，路边有很多摆摊的商贩，其中一个小伙子冲他俩挥手喊道："喂，哥们儿，你俩好幸福哦！"

苏瑞像个领袖一样对着小摊贩挥着一只手，高声喊着："谢谢！"然后，在林开心的尖叫声中重新扶好车把。

那一年是林开心人生中最开心最轻松的一年，每天快乐得像只在阳光下跳跃的兔子。

这一年年底，父母的电话频频打来，让她做好回家相亲的准备，尽管她已在电话里一再强调自己在北京有男朋友，彼此感情很好，在一起很快乐。可父母对此似乎置若罔闻，不对她进行任何表态，只说家里二姨给介绍的这个男孩个子有多高，学历有多好，人有多踏实，云云。

林开心对父母的话充耳不闻，继续介绍苏瑞："他的家是东北的，有极幽默的天分，我每天都能被他逗得捧腹大笑……"

　　父母对女儿的话也充耳不闻，继续跟她说："三婶儿还给你介绍了一个，在什么广告公司做什么总监，前途大好的样子。"

　　林开心跟父母生气："你们不要给我找对象了，我只要苏瑞。我俩可好了，我俩不分开！"

　　父母也跟林开心生气："就是只看到眼前，你为以后打算过吗？未来你想过吗？春节必须回来，回来相亲！你自己在外面谈的对象不算数！"

　　林开心挂了电话就哭，哭得委屈伤心。

　　苏瑞把她搂在怀里，自己的泪水也溢出来，一边为林开心擦着眼泪一边说："开心不哭，不要哭，你一哭我的心都碎了。"

　　林开心一激灵坐起来："苏瑞，我今年不回家过年了。我要拖下去，一直到爸妈同意我们在一起。"

　　"那你跟我回东北吧！我爸妈都想见你。"

　　"不，不行，我要等我爸妈同意后才去你家。"

　　"你真倔，倔得跟头驴似的！"

　　林开心流着眼泪冲他笑。

　　"开心，把头发留长吧！我感觉你头发越长越好看呢！"

　　"好啊，我就一直留一直留一直留，能长多长，我就留多长。"

　　"留那老长，将来拴驴吗？"

　　"哼，拴你！"

　　刚才还泪流满面的两人，此时开心地笑着滚作一团。

　　年轻时的爱情就是这样，坚定得可以打败一切。

　　春节，林开心对父母说自己在公司值班，不回家了。

林开心一个人待在出租屋里流泪,她想家,想爸妈,想弟弟,也想苏瑞。外面万家灯火,烟花璀璨,林开心想所有的亲人和爱人。一个人在北京过春节的滋味太难受,太孤独了。

父母在电话里责怪她心狠,连过年都不回家。

林开心咧着嘴笑,眼里流着泪道:"妈,哪儿啊,你想多了,我就是值班才没回去。妈,我真的很喜欢苏瑞,很爱他,你就答应我呗!我以后和苏瑞好好孝敬你和爸。"

林开心为了自己的爱情,第一次这么狠心对自己的父母。

苏瑞打来电话,那边他父母抢着和林开心讲话:"开心呐,我是你婶儿,过完年我和你叔一块到北京去看你。你一个人要注意安全,早点关门睡觉。"

"开心呐,我是你叔。我都听苏瑞讲了,孩子,你受委屈了,我和你婶儿到时候去看你,你一个人别出去转悠,到时候我们把年夜饭给你补上哈!"

苏瑞的父母称呼林开心的名字,就像认识了一百年那样熟悉和自然,林开心喜欢这种感觉,听着他们的东北口音,她流着眼泪在笑。

真的,那一年春节过后,苏瑞父母真的都来到了北京。他们和蔼可亲,和林开心一看就对了眼,像是认识了好多年。

林开心大吃特吃着苏瑞爸妈做的东北菜,嘴里塞满食物,呜里哇啦地说着"真好吃"。

林开心由衷地赞叹:"东北人做饭真好吃,说话真好听,像演小品一样逗人。"

苏瑞爸妈看看林开心,对视一眼说:"这孩子,吃饭说话咋就这么喜人呢?"

苏瑞一脸满足地笑笑,说:"是吧,我早就跟你们说过,她就跟个傻大姐似的，可好了。"

听见苏瑞在他父母面前说她"可好了"，林开心也觉得可好了。

苏瑞的姐姐在北京已经结了婚，姐夫老家也是山东的，离林开心的老家有三四百里路的距离。姐夫把苏瑞父母还有林开心和苏瑞都请过去，一家人聚在一起吃饭。

吃饭的时候，姐夫问林开心："你真的打算和你父母这么僵下去吗？你没到苏瑞家里去过，他家里很穷的，就一间房子，还是那种土房子，平房。他们一家人就睡那一铺大炕，在房间的一个角上垒的锅灶，在这间房子里住人，也在这间房子里做饭。你父母要是看到他们家的状况会更不同意的。"

席间突然就这样冷了场，苏瑞全家都没说话。

苏瑞的姐夫说的是事实。

"当年我跟你姐的事情，二位老人不同意，我特地去东北老家求他们，他们家的情况就是这样的。"

"将来我们不回老家，就在北京扎根。"这话是苏瑞说的。

"苏瑞，你和开心的工资现在多少？保底一千，是吧？拿绩效工资，你每个月拿到一千七八，开心的工资比你高点，每个月的花费，房租、交通、饮食，几乎不剩吧？我现在有自己的小公司，除了员工的工资、办公室的房租，所剩的钱刚够还房贷的。你们真的有信心将来在北京安家吗？你们要是有这个信心就行。"

这是林开心第一次听到有人以旁观者的角度分析他们的将来，分析他们将来的婚姻。

这也是她第一次站在父母的角度想象了一下，爸妈如果见到苏瑞家里那一间土房子，心情会是怎样的沉重。

那顿饭每个人都吃得不开心,每个人都对未来做着思考。

爱情,如果不考虑婚姻,不考虑将来,一直就这样爱着,什么都不想,真的很快乐,很美好。

后来,苏瑞的父母回东北了。

苏瑞对林开心说:"开心,你放心,我努力挣钱,努力攒钱,将来咱们一定要在北京站住脚。"

林开心点点头:"嗯,咱俩一起努力,一起挣钱。其实房子不着急,倒是得攒结婚要用的钱。"

林开心慢慢讲着自己的打算:"你看,将来咱俩结婚就在北京结,叫你爸妈和我爸妈都到北京来,咱摆一次酒席。酒席钱要五千左右,然后找个酒店,我住进去,再找个车队接新娘,不用好车,大约需要两千块。然后买一对镶锆石的银戒指,看起来跟铂金的一样,咱俩都不要说出去是银的,在婚礼上交换钻戒的时候用,大约需要四五百。布置婚礼舞台,咱就去天意小商品批发市场买些气球,买些纱幔,多买些大红喜字贴上,所有东西咱自己弄,大约也需要四五百块钱。还要请司仪——我就想公司里的李姐主持过好几次公司的元旦晚会了,咱不行就叫她给咱主持,到时候给她包个红包就行了。大约……"林开心掰了掰手指,"大约需要一万块钱就够了。当然,咱要多攒一些,两边父母来了,要在附近找个旅馆让他们住,还要带他们在北京转一转,玩一玩,像故宫啊,八达岭啊,圆明园、颐和园啊,这些地方要去看一看的。"

苏瑞在一旁看着林开心认真投入的样子,看着她掰着手指算钱的样子,他的心突然就酸了。他将来能给她什么呢?她跟着他,真会永远像现在这么快乐吗?她真能过了她父母那一关吗?前几天,姐夫将他们所有的问题摆在桌面上的时候,他明显看到林开心眼里的失落,那种眼神是暗淡的,是不自信的,充满了对未来的担忧。

想到这里,苏瑞一把将还在算计结婚费用的林开心抱在怀里:"开心,你放心,我会一辈子对你好的。"

"我知道呀,在你看到我落泪的时候,你说你心疼得心都碎了,我就知道你会永远对我好,永远疼我。"

那时,他们年轻,他们爱得笃定,爱得决绝,对所有困难充耳不闻,只知道他们以后会在一起。当时的他们真的以为,以后会在一起,永远在一起。

后来有一天,苏瑞下了班兴冲冲地赶过来,一脸兴奋道:"开心,你猜我发了多少工资?"

林开心记得他上月的工资是一千七,所以她猜:"两千?"

"不对,再猜!"

"两千一?"

"不对!"

"两千二?"

"你这样猜怎么行,让我一点成就感都没有。哼哼,来,看,两千七!"

苏瑞摊开林开心的掌心,把一沓钱放在她的手里,然后露出求表扬的表情。

"我噻,苏瑞你太棒了!这个月拿这么多工资。赶紧赶紧,去把钱存起来,攒着以后结婚用。"林开心又把钱塞回苏瑞的手里。

苏瑞数出七百块,又把剩下的两千块钱塞到林开心手里:"你去买件首饰吧!我从来还没送过你礼物呢,你怎么那么好追啊?我好像还没追你呢,咱俩就好上了。"

林开心傻傻地说:"你人都是我的了,以后你所有的一切都是我的!去,把钱存起来,我们留着结婚用。"

　　结婚,他们是认认真真地想过结婚的。

　　林开心的父母终于沉不住气了,在电话里要她回家,把北京的工作辞掉,回老家。

　　林开心慌了,父母那一关终究是要面对的。

　　苏瑞也第一时间给自己的父母打电话求助。

　　苏家二老第二天就慌慌张张地从东北老家赶过来,对林开心关切道:"开心呐,你可不能走。你要是走了可就剜走了我们苏瑞的心。这样,我们到你老家去一趟,成不成?去见见你的父母,去跟他们说说。我们在县城看了一处带小院子的平房,有三间,大约三四万就能买下来。我们去跟你父母说,将来你和苏瑞结了婚,你们不用和我们一起住老家的那间平房,你们到县城去住。"

　　林开心给父母打电话,表达了苏瑞父母的意愿,哪知父母反对得更坚决了:"你们的事情我们还没同意呢,更不可能见他父母,不见!跟人家说,千万别来,别节外生枝。你自己回来,必须回来。有些话在电话里不好说,我们必须和你当面说。"

　　林开心虽然很倔,但她有自己的原则和底线,这一点父母很清楚。在他们没同意女儿和苏瑞在一起之前,她顶多是跟他们怄气,然后软硬兼施地磨他们,泡他们,绝不会做出什么大逆不道的事情来忤逆长辈。

　　林开心向公司请了几天假,真的回老家了。她想回去说服父母,趁苏瑞的父母都在北京,让爸妈也到北京来一趟,让彼此都见一面,让父母知道这一家人有多好。

　　爸爸妈妈和弟弟都在家里恭候着她。

一见她，妈妈就哭了："你个死丫头，过年都不回来，你谈个恋爱就不要你爹妈了，是吧？"

林开心给妈妈擦眼泪："妈，哪儿不要你们了，我是在公司值班。"

"你值你的狗屁班！放假时给你公司里打了很多次电话，根本就没人接，我也就是不拆穿你罢了。你不就是害怕回来让你去相亲吗？"

林开心无语了，姜还是老的辣。

爸爸终于把问题也往桌面上摆开："开心，你和那个男孩子的事情我们不同意。"

"爸，他对我很好，我们真的很好。"

"我知道他人好，邪门歪道满肚子花花肠子的人你也看不上，对你不好的人你肯定也不会喜欢。这么说吧，他就算再好，我们也不同意。你将来要是嫁到东北去，我就见不到闺女了。从小我当成宝贝一样的闺女见不到了，我过这日子还有什么意思？"

"爸，瞧您说的，我又不是死了！现在交通这么发达，我常回来看您呗！"

"说话容易啊，孩子。你去大西北支教了两年，我想见你多难呐，但是我有希望，因为我知道只要我熬过这两年，闺女就会回到我身边。我熬啊，一天天地熬，终于把你熬回来了。我以为这回好了，你以后就能待在我身边了，好好工作，好好谈个对象，结婚生子，可你又要去北京闯荡。好，我拗不过你，你在穷乡僻壤待了两年，去大城市开开眼界也好，我还是依了你。可是你不能在那里谈恋爱啊，你要是嫁到东北去，东北就是你的家了，我再也盼不回你了。你说你会常回来看我，你现在还没结婚呢，工作就够你忙的，我一年两年才能见我闺女一次，你要是结了婚，有了孩子，见你更难了。三年五年的我都不一定见到你，我闺女不跟没了一样吗？"

爸爸说动情了，眼睛红红的，强忍着没让泪落下来。

他说的是事实，邻居家的儿子在外面打工领了个南方小媳妇回来，距离他们的老家太远了，坐火车要三天。小媳妇生了孩子三年了，一次也没回去过，一来路途奔波怕孩子受不了；二来，来来回回一趟的费用也不是一笔小数目，要打工挣两三个月才能挣回来，有了孩子以后，花钱的地方更多。一次，林开心亲耳听那小媳妇跟人聊天说："现在我看孩子不能上班，靠孩子爸一个人挣钱，回个娘家都舍不得，也就是在电话里多说两句话而已。"

林开心这次不继续犟了。

她不犟的时候是爸爸的心肝，是妈妈的贴心小棉袄，也是最疼爱弟弟的姐姐。

弟弟说："姐姐，我不反对你谈恋爱，我不想看着你难受，不想你放弃自己喜欢的人。可我一想要是你嫁到东北去了，将来爸妈老了没了，咱家就剩我了，我在家乡连个亲人都没有。"

林开心刚才忍着没掉的眼泪，此刻一下就掉了下来。

是啊，她真的忍心为了自己的爱情，让父母和弟弟都来承担失去她的痛苦吗？爸妈和弟弟说的都是事实，至少现在，她和苏瑞都没有可以在北京扎根的信心和能力，将来怕是要和苏瑞到他的老家去生活的。

林开心退却了，在对未来的不确定性和当时的能力面前，在社会以及家庭的压力下，她第一次对自己的爱情动摇了。

"好，我回去以后和苏瑞把话说清楚，然后辞职，回来。"

她这么一说，爸妈又心疼了："闺女，你可得想开，别跟我们置气,也别跟自己置气。"

"爸妈,放心吧,我知道。"

林开心从小就主意正,虽然为人处世看着大大咧咧,可一旦什么事情拿定了主意,就很少改变。

她顶着一脸憔悴回到北京,苏瑞的父母心疼得又是给她拿水果,又是给她倒水喝。

苏瑞的爸爸说:"开心呐,这次来我们带了东北的血肠来,打算给你做正宗的杀猪菜吃,还没来得及做,你就先回老家了,我们这都给你留着呢!今天我做饭,你和你婶儿聊天,我让你尝尝叔的手艺。"

林开心咧嘴笑了笑,笑容僵僵的,有些假。

"哎呀,这血肠放坏了,往外流汤子了呢!你说说,你说说……"苏瑞的爸爸在那里心疼得直嘬牙花子。

"叔,你看你们给我留着干啥啊,你们吃呗!"

"这是我和你婶儿的心呐!"

林开心听到这,心一酸,又流泪了。

"开心呐,咋地了?是不是没跟你父母说通啊!不要紧,咱们慢慢来,慢慢劝,时间长了你爸妈就同意了。"

林开心点点头。

后来,苏瑞的父母回东北了。林开心找了个机会把回家的全部详情跟苏瑞讲了。

苏瑞问:"你想清楚了?真的要和我分开吗?"

林开心点点头。

"开心,你再找像我这么好的男人可找不着了,像我这么爱你的人已经绝种了。"

林开心笑了一下,哭了。

苏瑞坐到她的身边搂着她，给她擦眼泪："开心，你别哭，你一哭我的心都碎了，我都依你，都依你还不行吗？"

林开心继续哭，哭得歇斯底里。她舍不得，她舍不得呀，这是她第一次真正恋爱，真正爱一个人。

这天，林开心流了好多好多眼泪，从此以后的十几年，她再也没有像这天一样哭得这么歇斯底里。

她知道，哭过以后，今后的人生就真的不一样了。她再也不是那个我行我素的林开心了，她已经学会了向现实妥协。

离开北京的那天，苏瑞帮林开心收拾东西，两人一声不响地忙活着。

"咱俩的事你跟你爸妈说了吗？"林开心问苏瑞。

"说了。"

"你父母咋说？"

"我妈说，你把心都掏给人家了，人家还是和你分了。"

林开心的泪一下又落下来："苏瑞，我知道的。我也把心掏给你了，可是我战胜不了自己，我说服不了自己对我爸妈和弟弟的那些伤痛视而不见，我对不起你，苏瑞。"

"我知道的，开心。你别哭，你一哭，我的心都碎了呀！"

两人又是一顿抱头痛哭。

2005年的冬天，林开心回到了自己的家乡。她像一只需要冬眠的猫，天天窝在家里不出门。家人知道她需要时间疗伤，倒是不打扰她。

每当夜深人静的时候，她就想苏瑞，想他们曾经的快乐，他们曾经走过的路，他们曾经有过的痛，他们曾经相爱过的每一天。

有时半夜，林开心会接到苏瑞打来的电话："开心，我想你。"他在手机那头像个孩子一样哭得不能自已。

后来,林开心的手机没费了,就偷偷把爸爸的手机拿到房间。

再后来,爸爸的手机也没费了。

一天,爸爸说:"闺女,把我手机给我吧,没用啊,再联系一点用也没有,慢慢别去想了吧!"

林开心没说话。

手机没费了,她没到镇上去充,迟早都是要断的。

两个月后,林开心开始给自己联系工作,去镇上新办了一张手机卡,北京的那个卡已经成了空号。

然后,林开心安安稳稳地工作,按部就班地回家和父母团聚。

一年后,她去相亲,见了别人给她介绍的很般配的对象。再一年后,她和这个般配的男人结婚。又过了两年,她生了一对龙凤胎。婆婆逢人就说,"我那个儿媳妇能干,工作体面,生孩子还一下子儿女双全,我给我儿子算过卦,他媳妇旺夫,哈哈……"

林开心生活得很平静。她看着儿女一天天长大,看着他们每天都能给她带来惊喜,她很满足。

每逢休息日,她就会和丈夫一起回娘家。父母的身体一直安好,弟弟早已成家立业。这样的日子对林开心来说,无疑是最幸福的状态。

这样的人生真的没有什么不好。

她也曾偶尔想起当年和苏瑞在一起的情景,说不上遗憾,但真的怀念。

这天,刘若英执导的《后来的我们》上映。林开心一直喜欢刘若英,喜欢她和陈升的故事,喜欢他们爱而不得的那种分寸感。爱吗？爱！爱而不得，遗憾吗？遗憾！但是这种不得，何尝不是另外一种成全？这种成全也是爱的一种。

林开心坐在影院里，看着电影里的主人公方小晓和林见清的一幕又一幕，存在她脑海里多年的记忆也在清晰地播放着另外的一幕又一幕——

她和苏瑞的初吻，时间很长很长，她红着脸对苏瑞说："你的舌头真滑。"苏瑞一扫脸上的羞涩，笑着说："你怎么跟个大傻子一样？"

她和苏瑞骑着自行车穿过北京的大街小巷。她坐在自行车前面的横梁上，被他圈在臂弯里，她的长发拂着他的脸，他们共同感受着对方温暖的呼吸和心跳。路边的小摊贩向他们挥舞着双手喊："喂！你们好幸福哦！"

苏瑞说："开心，你头发越长越好看。"她说："那我就使劲留，能留多长我就留多长。"苏瑞说："留那老长，你拴驴啊？"她说："我拴你。"然后两个人爆笑成一团。

每当她哭了，苏瑞总是把她抱在怀里，边给她擦眼泪，边说："开心，你别哭，你一哭，我的心都碎了。"

苏瑞一脸幸福地对他的父母说："林开心可好啦！"

苏瑞把两千七百块钱的工资数出七百块，对林开心说："这七百我当生活费，你拿这两千去给自己买礼物。"

她对苏瑞说："咱们一起努力，一起为结婚攒钱。"

苏瑞说："开心，我把心都掏给你了。"

林开心对苏瑞说："我也把心掏给你了。"

……

这一点点、一滴滴，都在她的脑子里播放。原来，她一直没忘记真正的爱情是什么滋味。那个年纪，她们什么也没有，没有钱，没有房，没有车，也没有未来，只有爱。十几年以后的他们，早已天涯陌路，不知道对方去了哪里。

林开心在回忆里哭成了狗，《后来的我们》还能相见，我们的后来，却永远没有了后来。

林开心默默地在心里说，"苏瑞，我现今很好，愿我离开以后，你一直都好，最起码，比我过得要好。谢谢你曾经的爱情！"

一生所求

每年的6月6日,余安安都无法入睡,因为孙宁,这个她一直爱着的男人,她一直都等不到的男人。

曾经的一幕幕都在她的脑海里出现,从少女时代到不惑之年。半生,犹如白驹过隙。

当年,余安安读到高二就辍学了,家里太穷了,供不起她念书。从那时起,她就对命运充满了不甘。

要说穷,那个年代是真穷,一到开学季,家里就会陷入紧张的气氛,都为要交的学费发愁,可再怎么愁,父母都会想办法给她凑学费,东家借西家借,卖几只鸡,卖两袋粮,不管怎样,就这样七拼八凑地让她把书读到了高二。

余安安当年的学习成绩很好,可她没有继续读书的命。上面有一个比她大五岁的哥哥。哥哥学习不好,小学毕业就在家务农了。后来，哥哥到了该成家的年纪，家里先是为他盖房子，后又张罗着娶媳妇，本就贫困的家债台高筑，再想找亲戚朋友借钱，也没那个脸开口了。况且，那年余安安新过门的嫂子对小姑子念书的事情颇有微词，跟婆婆说过好几次，让妹妹跟人出去打工吧，能挣钱，还不像念书那么累。

余安安学习成绩好，爹妈再不忍心，也不得不找她商量："闺女，你看咱家实在拿不出钱来供你读书了，要不，你嫂子的话你也考虑考虑？"

是的，父母没直接说让她退学，只说让她考虑考虑。

余安安偷偷哭了一整天，想到父母天天对着嫂子那张拉长的脸战战兢兢的样子，一狠心，一咬牙，不念就不念吧！当她说出这话后，她看得出，全家人都松了一口气。

余安安当时觉得自己的人生毁了一大半。尽管她清楚，人生在世并非念书一条路可走，只要努力，一定能过好自己的人生。可再好的人生，那都不是她想走的路。如果她考上大学，人生会有另外的篇章，那才是她想要的精彩。

那时，余安安心里有个人，他叫孙宁。孙宁的父亲跟安安的父亲是朋友。两个父亲是上世纪八十年代一起出工挖河道认识的。

那个年代还没有挖掘机，农村的河道都靠人工来修。每年深秋，农民把冬小麦种完，一年的忙碌就停下来，挖河工程就开始启动。各家各户都要出一个青壮年男劳力参加，个乡镇的劳工聚到一道河岸上，集体开工。离家近的很少，大多数人都在河岸上集体搭窝棚住。

余安安的父亲就这样和孙宁的父亲在挖河工地相识。两人年纪差不多，在一起又谈得来，工程结束的时候，两人相互留了各自村庄的地址，说好以后当亲戚相互走动。

第一次见到孙宁是余安安读初二的那年暑假。九月份开学，她就该上初三了，这个学期她格外小心翼翼，生怕父母让她辍学。那年春天，余安安的哥哥定了亲，要给女方四千元的礼金，家里攒的钱连一半都不够，父亲借了好多家，亲戚们帮着把钱凑齐了。

余安安很担心，怕家里拿不出学费让她辍学，于是处处充满小心。她每天卖力地给家里干活，打扫卫生，烧火做饭，到去地里打猪草，瘦弱的身躯支撑着农活令她腰酸背痛，而她没有半句怨言。

离开学越来越近，她看到父亲几次对她欲言又止，她亦赶紧躲开。那个年代在农村长大的女孩都知道，好好读书是唯一的出路。

开学的前几天，孙宁的爸爸带着儿子来到余安安家，四十多里路，父子俩骑着自行车过来的。用孙宁爸爸的话说，趁孩子开学前，带他来认认余叔家的门。

余安安永远记得见到孙宁的那一刻。他身穿蓝色校服裤子和一件短袖的白T恤，理着当时青少年中最流行的毛寸头。他跟在父亲后面，腼腆地对余安安的父母喊叔婶。

余安安站在妈妈旁边看着孙宁微笑。孙宁也对着她笑，笑容里都是阳光的味道。

通过交谈才知道，孙宁在市一中读高二，开学上高三，比余安安高三个年级。他的成绩很好，在镇上读初中时永远都是年级前三名。余安安还得知，她现在的数学老师就是孙宁当年的班主任。

当时，余安安就想，这是多么奇妙的缘分啊！

孙宁父亲谈到儿子的学习成绩时，脸上闪着骄傲的光。

其实，余安安当时的学习成绩也不错，在班里能排在前五，但放到全校，头十名是没有希望的，基本在二十到三十名这样的位置。她获得的各种奖状也挺多的，家里的墙上贴了一片，但她知道比起孙宁来，她差得很多。

就是那一天，余安安的父亲格外高兴，对女儿说："安安，好好学，向你孙宁哥看齐，争取明年考高中也考到市一中去。"

余安安高兴极了，她不用担心开学时爸爸会因拿不出学费让她辍学，他让她好好念，争取明年考到市一中去。

那天，余安安和孙宁相处了生命中最长的时间；那天，余安安像个孩子一样在孙宁面前痛批自己在学习上曾经怎样偷奸耍滑，如何耍小聪明。

她说，曾有一道具有代表性的数学题不会做，老师讲了，她也听不懂，但那道题型是考试要点，没办法，她就把那道题的算式背了下来，考试时真的遇到了，虽然里面用的数据不同，但题型是一模一样的，她只需把背下来的算式套用进去就好。那次，她总分考了全班第三。也是那天，孙宁被余安安逗得哈哈大笑，然后让她把试卷翻出来，找到那道题，耐心地给她讲解，一步一步，哪一步不明白就给她讲哪一步，性格好得让余安安生出好多好多感动。

余安安对孙宁说："孙宁哥，你比我们数学老师可好多了，我课下问他问题，他就冲我一瞪眼说，上课讲的时候你干什么去了？是不是走神了？然后我就害怕他了。他就在我心慌意乱之下，又给我讲了一遍，然后问我听明白没有，其实我根本没听进去，但我害怕他凶我，只好说听明白了。"

苏宁感觉好笑："你还害怕老师呢？"

"嗯嗯，特怕。要是老师都像你这样就好了。"

……

孙宁父子俩告辞的时候，余安安无比失落。她拉住孙宁的手说:"孙宁哥,你们别走,那么老远的路骑到家天都黑了,住一宿吧,明天再走。"

孙宁父子推辞,夏天昼长夜短,到晚上八点也黑不透。

孙宁父子到底还是走了。那次拉孙宁的手,是此生余安安唯一一次与他的肢体接触,仅限于挽留似的拉了一下他的手。她永远记得,太阳西下,孙宁回头冲她挥手再见,然后迎着斜阳,和父亲骑着自行车远去。

后来,余安安鼓足了劲学,希望自己能像孙宁那么棒。她一直努力,希望孙宁能看到她很优秀,进而欣赏她,喜欢她,希望有一天孙宁像她爱上他一样爱上她。

中考那年,余安安没考市一中,她压根试都没试,报名费要五十块钱,她不敢跟家里要。那一年,哥哥要结婚,女方不情愿,说什么还有个上学的妹妹要和他父母一起养,有文化的人都心气高,自己不识几个大字,怕进了门惹到小姑子。

多年以后,余安安都在想,千万不要高估人心,婚姻利益面前,啥亲情爱情的,都能当作糟粕弃之不顾。

当时,哥哥有些气急败坏,村里像妹妹这么大的女孩几乎都辍学了,或跟着父母在家做农活,或由亲戚朋友牵线,跟着出去打工,也能挣点钱,补贴家里。他知道妹妹念书用功,让她退学的话他不敢提,但心里烦躁,看着同龄人都娶了媳妇成了家,自己的未婚妻却托词不愿结婚,气得他摔门踢凳子,憋屈得很。

余安安更是小心翼翼,有时看着爹妈唉声叹气吓得战战兢兢的。

在她的忐忑不安中,父母又买了礼品,托媒人到女方家里去说情。最后,媒人带回的消息终于让全家松了一口气,女方说等来年吧,来年结婚,但彩礼要增加两千。头一年哥哥订婚的彩礼是四千,这一年,当地结婚的彩礼是六千,如果没有特殊情况,没有哪个姑娘会出来拔尖，提高彩礼数目，这样会让人笑话的，因此，大多数人家还是随大流的。但大家都知道余家的情况，有个闺女还在念书，是个填不满的无底洞，女方在过门之前多要点彩礼，也算说得过去，况且还给了他们一年的准备时间。

也就是这一年，余安安考上了县一中，而且考进了全县前十名。按照学校的奖励政策，余安安第一学期的学费是全免的。那是上世纪九十年代初期，高中开学要交一千块左右的学杂费，那可是一笔很大的数目。

女儿这么努力，父母既喜又愁，这学期不要学费，但以后的学费到哪里去整呢？就这样，余安安费劲巴拉地念到高二。高二这一年中秋后，嫂子进了门，新学期要开学之际，余安安的上学之路戛然而止。

虽说话是她自己说出来的，但在那个气氛下，她没有再读下去的勇气，况且，她父母再也给她整不来学费了。家里为哥哥盖房子、娶媳妇，已经债台高筑，想找亲戚朋友借，也没那个脸再开口了。面对嫂子天天拉着脸在父母面前摔摔打打，余安安心里不安，也没勇气对嫂子做出什么反抗。她就这样放弃了上学，也意味着她再也没有机会和孙宁表白，再也没有机会得到他的青睐，再也没有机会得到他的爱。

她爱他，一直在偷偷地关注他。他是她的初恋，是她生命里最耀眼的闪光。

读高中的一年多里，她一直以请教学习方法的名义和在山东大学上学的孙宁通信，每个盼望孙宁回信的日子都是甜蜜的。余安安知道，只要自己退了学，这样的日子不再，她将是在地里劳作的农村小妹，被晒得皮肤黝黑，日复一日，年复一年，将来嫁人，生子，熬日子。

那时，余安安好像一眼就望到了自己生命的尽头。机缘巧合下，有个远方亲戚在北京打工，所在的食品厂要新招几个工人，问安安想不想去。她没怎么考虑就答应了，与其一直死守在这个穷地方，还不如到北京去开开眼界。

最开始的那一年，她在食品厂包速冻水饺，一个月工资一百四，那是余安安最灰暗的日子。她天天机械地干着活，不知道这样的生活有什么意义。

于是，她开始思考自己的发展空间。那段时间，她总发现有几个年轻人平时不在公司，但每个星期一都会来公司开会，看起来很精英的样子。一打听才知道，那几个人是业务员，专门给北京各个超市的冰鲜食品专柜供货，她们包的速冻水饺大多都是通过这些业务员卖出去的。

慢慢地，余安安开始留意那些业务员。每次他们来开会的时候，她总向他们请教一些问题，关于销售的流程等等。后来销售主管一看，小姑娘挺伶俐，干脆跟车间主任把她要了过去，专门放她在一个超市的专柜做促销员。

这算是余安安命运的一个转折吧！

超市人来人往，各种产品，各个区域的负责人很多，没顾客的时候，大家就会偷偷闲聊。入驻超市的各个品牌方的业务员也会定期来做产品维护和人脉关系的维护。

超市各个区域的负责人一般都是有家庭的大姐。这些大姐乍看起来冷冰冰的，但相处起来一个比一个热心，有什么问题，只要余安安嘴甜一点，都愿意跟她讲一讲，还会指给她认识一些品牌方的业务员。一来二去，余安安学到很多东西，再也不想进车间包饺子了。她想当品牌方的业务员，梦想着将来进入大公司，做一名知名企业的销售员。

一晃一年过去，余安安在积累到一定的销售基础后，终于被提升为这家食品厂的业务员。

这一年冬天，余安安手里开始有了余钱，报了个成教班。她想考大学学历。

一天晚上下课从教室出来，下起了大雪。余安安走在雪地里，路灯照着她孤单的影子。就是那一刻，她特别想念孙宁，特别想念。她就在当时的校园里，用一部IC电话，先打114，查询了山东大学机械工程学院的电话，打过去又询问孙宁所在系的电话，然后再问孙宁宿舍的电话。就在那一天，余安安第一次在电话里听到了孙宁的声音。当时，她的心脏仿佛要跳出来。

余安安听到孙宁宿舍的人起哄："孙宁，是不是你女朋友啊？"又听到孙宁笑着辩解："哪里啊，是我爸一个亲戚家的小孩。你们别闹！喂，安安，你在哪里？什么，你在北京？你不念书了？哦……"

挂了电话以后，余安安仰起头，任雪花落在自己脸上，一片片，冰冷，然后融化。

突然，余安安做了个决定，要去济南看孙宁。她要见到他，必须见到他，她太想他了。

当晚，余安安给公司主管打了一个电话，要请假。

其实，冬天的速冻水饺正好卖，销售人员要每天到各大超市巡查，然后协调超市的区域主管补货。销售市场就是这样，同类产品有得是，你盯得不紧，跟超市的专柜销售员沟通不及时，人家照样卖别的品牌。

主管听说余安安要请假，不太情愿。余安安在电话里好话说尽，主管终于答应给她一天假。

好，一天就一天！和孙宁见上一面，时间上已经够用了。

余安安当即去了火车站。好在去济南的列车还有余票。到达济南时，已是凌晨四点。她赶到山东大学机械工程学院门口的时候是凌晨五点。然后，她就在寒冬里那么站着，直到六点以后天蒙蒙亮，学校里陆陆续续有人开始出来。

她仔细地询问着，找到了孙宁的宿舍。

那天，她在宿舍门外站着，孙宁从楼上跑下来。他的表情像是看到余安安从天上掉下来一样："安安，怎么是你？昨天晚上你还在北京给我打电话呢！"

余安安像个傻瓜一样咯咯地笑："我连夜坐火车过来的。"

"冷不冷？我带你去吃早饭。"

出了学校的后门，是一排的小吃摊，很多学生露天吃着早点。

孙宁买了豆腐脑，让余安安赶紧吃，吃完了会暖和一些。

余安安边吃边说："孙宁哥，我虽然不上学了，但报了成教班，每天下班以后都去上课，我一定要把大学文凭考出来。"

"嗯。"

"孙宁哥，我只有一天假，下午两点的火车，就要回去了。"

"嗯？那么快？"

余安安笑笑。

旁边有孙宁的同学经过，对他说："孙大才子，一会儿去实验室上课，你还去不去？导师昨天说让你今天给大家做示范呢！"

"哦。"孙宁低着头吃着饭，未置可否。

"孙宁哥，你去上课吧，我在你们校园里转转。"

"你到旁边网吧等着我吧，里面暖和点，我下了课就来找你。"

孙宁去上课了，余安安在落满白雪的山大校园里转悠，她多想在这里照张相,可那时她没有相机,更没有手机,连不能照相的手机都没有。

多年以后,当她走在这所校园里回忆孙宁的时候,她拿着最高端的智能手机,拍当年孙宁的宿舍楼,拍门口清冷的小食摊,拍她曾在里面躲着取暖的网吧。照片里没有人,那个叫孙宁的人在多年以后已经消失不见了。

可是当年,余安安在这里只留下了来去匆匆的脚步。

当天下课以后,孙宁又带着她匆匆吃了午饭,然后送她去火车站。

多年来,她一直后悔当年未曾向孙宁表白。

那时的她因高中辍学而自卑,在孙宁面前她不敢说出"爱"字。孙宁那么光芒耀眼,那么才华横溢,她配不上他。她要变得更好,等她认为可以与孙宁比翼并肩之际,她才会有底气。

自卑的姑娘总是这个样子,认为心上人必定高高在上,总想提升自己,再提升自己,优秀一些,再优秀一些。岂不知,错过一时,就可能错过一生,哪怕你多么爱,爱得多么深。余安安也是等孙宁有了女朋友后,才深知这一点。

没人知道余安安到底经历了怎样的刻苦努力,半工半读,两年的时间拿到了大专学历。那时,一米六的余安安只有八十七斤。过年回家时,父母看着她心疼地落泪说,"闺女,你那么拼命干啥?你看你都快瘦没了!"

彼时,孙宁已是工程硕士,没有在大学里继续深造。他去了上海,在一家大型机械制造企业做了技术员。

那年过年回家,余安安要去找孙宁,要跟他说明自己的心意,她爱他,在她十五岁时就爱上了他。

此时的余安安已是一家公司的销售主管,业余时间上着大学,再考过三门功课,她的本科学历就能拿下来了。以后,她还会再考研究生。这是她的计划,她要一直努力,非常努力,要弥补高中辍学带来的遗憾。

那天,余安安一大早就从家出发,骑车按照心中牢记的地址,一路骑一路问,终于找到孙宁的村庄,兴冲冲地往孙家赶去。

离着几十米远的地方,她看到孙宁正和一个年轻女孩踢毽子,两人有说有笑,非常快乐。余安安尚未意识到那个女孩就是孙宁的女朋友。直到她再走近一些,正好有个老太太从孙宁他们身边经过,边看那女孩边问孙宁:"小宁子,这是你从大城市里领回来的媳妇?"

孙宁的脸笑得像一朵花:"是的,三奶奶,你看我给你领回来的孙媳妇好看不?"

"好看好看,跟朵花似的。"老太太呵呵地笑着。

余安安愣在那里,无法再向前迈进一步。

孙宁好像感到有人在看他,向余安安的方向望过来,余安安急忙调转自行车,转身离去。其实,孙宁没看出她是余安安,脖子上的围巾遮住了她一半的脸。

从那以后,余安安再没联系过孙宁,但每年她都能从父亲那里知道孙宁的消息。孙宁第二年结婚,父亲收到了请柬;第三年年底,孙宁做了父亲,他的父母都去上海过年了。孙宁父亲一直跟余安安的父亲有走动,条件好了,到处都通了公交,孙宁的父亲总来找余安安的父亲聊天,或是余安安的父亲找孙宁的父亲喝酒。

孙父说,孙宁媳妇的娘家人有精神病遗传史,孙宁的媳妇高学历,人很好,但生下的女儿智力先天性发育迟缓,这也是有了孩子后才知道的事情。

再后来的后来，孙父不去上海了，说孙宁发展得挺好，只是因为孩子的事情压力太大。孙父看着儿子拼命工作的样子心疼。

再再后来的后来，又听说孙宁的母亲也从上海回来了，说孩子上了特殊教育学校，孙宁已被提拔为公司的副总，成了机械制造界有影响力的人物。

这些年，余安安不去刻意想孙宁，那个她从少女时代就爱上的男子。

她考了本科学历，又报考了研究生。二十八岁那年，她遇到了一个各方面都不错的男人，会为余安安做好吃的饭菜，为她煲很好喝的汤。他说他爱她，想和余安安有个家。

此时的余安安正在筹备自己的代理公司，好几个品牌已被她谈下来，尚在品牌方和终端销售那里做最后的定夺。

多年来，她一直在努力，从来没有间断过。

当初，她努力是为了能和才华横溢的孙宁走到一起会般配。后来，她还一直努力，她对错失的人生充满了懊悔。她总是想，如果当初自己家里不那么穷，如果她没在高中辍学，她一定会考孙宁所在的大学，她拥有的应该是另外一种人生，也许那个人生不一定像现在这样富裕，但肯定不会有太多遗憾。她在自己的懊悔中不断努力，每上一个台阶她就会想，如果读了大学会比现在做得更好吧？

可是，人生无法重新来过，她也想象不出那个她无法体验的人生会是什么样子。

一路走来，她的努力，她的优秀，她的精彩，一直吸引着不少异性青睐的目光。可她心底有个孙宁，尽管藏得很深，但他还是时不时会出来戳一下她懊悔的心脏。

二十八岁了，终究该成个家了。既然双方都感觉适合，那就嫁了吧,也许嫁了,心里的疼痛就止住了。

出嫁的前一天,余安安整理自己的东西,翻出了当年读高中时和孙宁的来往信件。她翻出自己这些年取得的所有关于荣誉和学历的证书,把那些东西都摊在床上。她突然发现,没能和孙宁分享这一切,她这么多年的努力一点意义都没有。

余安安哭了,哭得痛彻心扉,孙宁一直在她心里,那是她心里的一个洞,无法填补,所有逝去的岁月摞在一起也无法填补,那个洞那么深,深得似乎要吞没她的一生。

但是,她还是嫁了。

对于丈夫,她谈不上有多爱,可一旦生活在一起,她就习惯了有他的日子,似乎也分不开了。后来,她有了女儿,丈夫很爱女儿,胜过爱她。

日子不温不火,波澜不惊。

直到 2014 年 3 月 8 日,马来西亚航空公司的 MH370 客机失踪。余安安听到消息的时候,还在感叹人有旦夕祸福。可是第二天,父亲就给她打来电话:"安安,孙宁被公司派到马来西亚公干,正好赶上回国,他就在那架飞机上,现在失踪家属都接到通知,统一安排去北京。孙宁的父母都去,你到时候过去看看,照顾照顾两位老人。"

余安安犹如被人剜走了心脏,痛得无法呼吸。

她陪着孙宁的父母在北京的丽都酒店熬过了最艰难的时期。2014 年 3 月 25 日,马来西亚航空公司召开发布会,基于已有的证据,马来西亚政府发布声明,确认飞机失事,机上无一人员幸存。

是的,发布会宣称——无人幸存。

孙父孙母号啕痛哭,那是他们唯一的儿子,他们辛辛苦苦培养出来的大才子，他们的支撑，他们的血脉。孙宁的离世抽走了父母的灵魂，也抽出了余安安此生一直放在心底的念想，连骨带筋，从根拔起，扯着心脏。

无数次，余安安都拨打着孙宁的手机号码，一开始是无法接通，后来还是无法接通，几年过来，永远提示无法接通。她每个月都往这个手机号码里交话费，她也不知道里面积攒了多少钱，她只是怕停机，怕被销号。有时候她会突发奇想，万一所有失联人员被什么组织关在某处，孙宁说不定会想办法逃脱。

余安安在这样幻想中度过了一年又一年。她一直在照顾着孙宁的父母。后来听孙宁父母说，孙宁的妻子等不下去了，开始了一段新的恋情，带着孩子嫁人了。

起初，他们老两口想把孩子接到自己身边抚养，那是孙宁留下来的唯一血脉。可是孙宁的妻子不同意，在上海那样的大城市，有特殊教育机构，孩子的未来比跟着爷爷奶奶要好得多。

老两口想了想，人家说得在理，想要孙女的想法也就作罢了。

余安安的女儿很可爱，极喜欢弹钢琴，丈夫工作之余把心思全用在孩子身上。家庭让余安安感到安心。

孙宁父母经过这几年对儿子的思念，刚六十岁的人已经白发苍苍，老态龙钟了。

余安安心里的洞依然没堵上，她知道，这辈子这个洞就这么敞开着了，任多少岁月也无法填补。

孙宁1976年的6月6日出生。余安安十五岁那年，还跟孙宁开玩笑说："孙宁哥，你的生日真吉利，这么多六，人生一定会很顺。"2014年3月8日之前，她一直觉得孙宁是真的顺，顺得扶摇直上，学业和事业没有一丝磕绊。

孙宁一直没有回来，余安安在等待中慢慢明白"岁月静好"

的真正含义。

每年的 6 月 6 日,她还是爱在夜晚仰望星空。每当有星星闪过,她就会迅速许愿。她再也不期盼孙宁会回头看她一眼,再也不期盼他会亦如当年自己爱上他一样爱上她。她只愿:孙宁,在你父母有生之年,回来看看他们吧!他们已如油尽的枯灯,在人世间做着最后的挣扎。

比起孙宁,她才是被命运厚待的那个人。以前的自己到底年轻,没真正地苦过,不懂人世间的苦难和艰辛。

从前和现在,过去了再也不会回来。命运不能更改,好好活着,守着亲人,活好当下,珍惜现在。如果真有轮回,希望来世我们再博一个与今世不同的人生。

我活我的，与你无关

　　王海萝和赵帆青梅竹马，高中的时候两人就在老师眼皮子底下偷偷谈起了恋爱。
　　彼时，两人的爱情就像受惊的小鹿，在心里乱撞，瞒着老师，躲着同学。明明头碰头地在那里甜言蜜语，突然见有人进来，就变成剑拔弩张地争论数学题。
　　爱情，真是神奇的东西，爱得起的时候，无论如何都要爱。
　　爱得战战兢兢，爱得甜甜蜜蜜，爱得轰轰烈烈，爱得小心翼翼。
　　当初的爱，美好得一塌糊涂，只要是有爱在，什么都会有，牛奶会有，面包会有，前途更会有；只要有爱在，枯树也能开花发芽。
　　海萝和赵帆就这样爱了整个高中时期。然后，大学都来到上海，海萝考取了美术学院，赵帆考取了医学院。

上海是个既有理想，也有纸醉金迷的城市，是个亮得让人眼晕的城市。这个城市的霓虹使每个到这里寻梦的年轻人，周身都散发出一种淡淡的光环。

海萝和赵帆在这个城市里相互依偎，相互鼓励。他们坚信未来，坚信爱情，坚信他们会在这个城市里立足。

生活艰难，城市冷硬。内心坚定，爱情温暖。

几年后，两人都开始实习。海萝进入了一家服装公司的设计部，做设计助理；赵帆进了医学院的附属医院做大夫。

关于去留的竞争非常激烈。若在这个城市立足，对于一穷二白的学生来说，先得有份稳定的工作，这是所有梦想的基本保障。除了拼学识，拼技术，还要拼人脉。两个从农村来的孩子在夜深人静时，总是相互鼓励，可这鼓励是那么苍白无力，他们也不知道未来到底以什么面目在等待自己。

这天，海萝在休息日去医院给赵帆送饭。

赵帆的办公室里有个女孩和他面对面坐着，看到海萝进来，赵帆的眼睛闪过一丝惊慌，很快被他调整好，然后得体地向那个女孩介绍海萝："这是我的高中同学兼老乡。"

是的，赵帆没说海萝是他的女朋友。那一刻，海萝就有种"爱情完蛋了"的感觉。

海萝心里翻江倒海，却不动声色地和女孩打招呼。

女孩说："哇，你们是老乡！那你们聊，我先走了。"

赵帆要去送女孩。女孩把他按在座位上："不用送我，老乡大老远来了，你要陪陪人家才是。我明天再来找你。"说完"啵"地在赵帆的面颊上亲了一下，然后冲海萝挥挥手道："拜拜。"

海萝尴尬地笑笑。

女孩走后，赵帆向海萝解释："副院长的女儿，才从美国回来。"

海萝默不作声，把饭放在他的办公桌上，转身离去。

海萝漫无目的地走着，在这个车水马龙的城市里，她的心痛得无边无际。跟赵帆六年的感情，她对他还是了解的。他外表干净朴实，自带泥土般的清新气息；他又灵活狡黠，不失左右逢源的智慧。刚才的一幕让海萝全都明白了。他也许还爱着她，但他已在为自己的未来铺路了。

在现实生活面前，他已经顾她不及了。

海萝回到他们的出租屋时，赵帆已在房间等候。

上世纪九十年代末，在两人连手机都买不起的年代，所有等待都让人心急如焚。

赵帆小心翼翼站在她面前。

海萝看着他的眼睛，认真对他说："咱们分手吧！"

赵帆哭了："海萝，是我对不起你。"

海萝心如刀绞。

海萝想到赵帆的家境，身在农村，父母年纪已高，唯一的姐姐在他上大学那年出嫁，为的就是用彩礼给弟弟交上大学学费。来沪这些年，所有课余时间他都用来打工，挣生活费挣学费，挣自己的未来和前途。这期间，父母卖了牛，卖了羊，卖了鸡，卖了猪，卖了每季的余粮。海萝比谁都知道，赵帆把书坚持读下来的艰难。

海萝不恨他，恨不起来，也舍不得恨他。她不知道该恨谁，恨这生活？恨这环境？多少人都是这样无奈地活着啊！

没有幸运，没有例外，再苦再累，都要吭哧吭哧往前走，想要捷径，必须舍弃一些东西，比如，爱情。

在赤裸裸的生活面前，爱情只是奢侈品。

在赵帆哭着对海萝说"对不起"的时候，他俩此生注定缘断于此。

分手后，海萝搬离出租屋。不久以后，她在网上投了一份简历到北京，被一家服装公司录用了。

海萝离开了上海。没有告别，悄无声息，她和赵帆在各自的生命里消失。

两年以后，海萝在北京成立了自己的工作室。办公地点从一座筒子楼的单身宿舍起步，直到后来搬到宽敞明亮的写字楼。从最初的单打独斗，到员工发展到三十多人。

海萝在事业上算是成功了，可她再也提不起对爱情的兴趣。

三十二岁的海萝身材纤细，妆容精致，举手投足间透着优雅和高贵。追求者从钻石王老五到黄金单身汉，不一而足，但她对所有人的表白都一笑置之。海萝不拒绝爱情，但她要找一个让自己踏实的，让自己心动的，让自己可以永远幸福的。

这样的"永远"是那么渺茫，这样的"永远"是那么奢侈。

无论经济实力多么强大，精神世界多么独立，海萝感觉自己依然需要男人的呵护和滋润。

后来，有个电视剧组找到海萝，请她为剧中人物量身设计服装。一来二去的交往中，海萝认识了编剧乔安。

乔安并不出名，可他的每部作品都笃定真实，深入人心。海萝是喜欢的。

海萝的服装作品穿在每个人物身上都相得益彰。乔安也是喜欢的。

乔安对海萝说："我四十二岁，离异单身，前妻带着儿子定居美国。我，很喜欢你。"

海萝对乔安说:"我三十二岁,非离异单身,一个人定居北京。我,很欣赏你。"

无须试探,无须暧昧。海萝和乔安就这样谈起了恋爱。

人到中年,对恋爱的形式已不似年轻人那么热烈,更多的是一种陪伴和相依,为了抵御孤单,也为了让自己的心能够停靠和歇息。他们依然相信爱情是美好的,生活是美好的,未来,也是美好的。

在三十三岁这年的春天,海萝穿上了婚纱,和乔安举行了一场温馨而不失浪漫的婚礼。一年后,他们的女儿出生。

夫唱妇随,举案齐眉,共挽鹿车,琴瑟和鸣。

三十五岁这年,海萝参加了一场高中同学聚会。聚会的发起人是当年的班长,他的聚会理由让每个人都为之动容:"咱们班当初有五十四名同学,现在还剩四十九个在世。一个女同学在毕业不久就因为感情问题跳楼自杀了;一个同学得了肠癌去世,当年才二十七岁,舍下一双儿女;还有两个同学先后死于车祸;另外一个得了尿毒症,不忍拖累家人,服毒自杀。我花了三年时间,用各种各样的途径寻找大家,还有十二个同学没有联系上。咱们这些人先聚一次吧,我怕人会越来越少。"

想起当年高中时青春快乐的生活,想起那时欢欣雀跃的恋爱,海萝潸然泪下。

聚会上,海萝见到分别了十八年的伙伴,大家无不唏嘘泪目。当年分别时,大家都说"青春无悔",这次再见,大家都感念"岁月无情"。

赵帆就坐在海萝对面,他有些发福了。分别十三年,再见他,海萝心里早已波澜不惊。

一个空当,赵帆坐到海萝身边,问:"这些年,你还好吗?"

海萝微笑："我很好，你呢？"

"也都还好。只是有时感觉很累，生活压力大，事业压力大，好像活着时为了承受各种各样的压力。"

海萝微笑了一下。

"海萝，你还恨我吗？"赵帆突然问。

"我没恨过你，当年是舍不得恨，后来是没时间恨，现在是不值得恨。我感谢你当年的不娶之恩，现在我过着自己最想要的生活。"

海萝拿起酒杯跟赵帆碰了一下。赵帆有些尴尬地笑了笑。

岁月是最无情的东西，可以治愈你的疼痛，消散你的思念，留住你的回忆，让人看破世情，让人享受孤独，更可以让人不停地追求和寻找。只要活着，我们必须要用自己该有的姿态拼凑一段段生活，带着孤傲，带着希望，带着对美好的坚持，追求自己想要的生活，至于是苦是辣，是酸是甜，我体验，我淡然，我享受。

我活我的，一切，与你无关。

贰

那山水,那土地,那世人

我的伴儿

我在石头村支教的时候,曾有个密不可分的伙伴,一条黄毛狗。

那是一条流浪狗,每次收到家里给我寄的好吃的,它和孩子们一起围着我拆包裹。这个时候,它已经不流浪了,已经是我的伴儿了。

其实,这条狗以前是有主人的,是石头村的一个老光棍,无儿无女,没有家人,就一条黄毛狗陪着他。老人去世以后,这条狗就成了流浪狗。

这狗一开始经常在主人坟前一趴就是半天,饿了就到处找吃的,这家猪圈里偷口猪食,那家泔水桶里喝两口酸汤,有时还能在村口池塘边的垃圾堆里挑出几口碎骨头。没主人的狗就像没娘的孩子,脏兮兮,瘦不拉几的,怪可怜的。

最初跟黄毛见面,是一个阳光明媚的假期,是十一国庆节还是什么节,我不太记得了。平时学校里孩子多,那条狗基本没进来过,那几天都是我一个人在那里。就那几天的时间,那条狗和我成了好朋友,后来,它一直陪着我。

那天,我坐在教室前面晒着太阳看书,感觉有双眼睛在不远处望着我,抬头一瞧,一条土黄色的狗站在十米开外的地方,正盯着我瞧,脏得瘦得跟只黄鼠狼似的。

我本是爱狗之人。在老家,我爹也养了一条大黄狗,六七年了,每次我回家就抬着两只前爪往我身上搭,跟我亲得不得了。所以,看见这条黄毛流浪狗,我就想起家里的狗来,越发觉得眼前这条狗太可怜。

于是,我向它招手招呼它过来,那狗怯怯地看看我。我站起来向它走去,刚走两步,那狗向后退去,转身要离开的样子。我又坐回来,继续看书。我偷偷瞥向那狗,只见它踌躇着在阳光里卧下来,头趴在两条前腿上望着我。

我到小屋里拿了个馒头,掰成小块放在一个碗里,然后倒入上顿吃剩的菜汤,端出来,向狗走去。见我向它走来,那狗又急忙站起来,想要离开的样子。我停下脚步,把碗放下来,特意让它看着我闻了闻碗里的食物,然后脸上做出真的很香的表情。这次,它没离开,也不过来。我走回去,继续坐到凳子上看书,边看边用余光观察那狗,只见它悄悄往前走了两步,抬头看看我,样子很犹豫。我干脆装作无视它。那狗又犹豫了一会儿,见我没动静,又向前走了几步,已走到碗跟前了。它先是闻闻,很想吃的样子,又抬头看看我,我还是装作不看它。它又闻了闻,然后看了我一眼,最后,像下定决心似的吃了一口,随后就狼吞虎咽地把碗里的东西全吃光了。吃完,它抬头看着我,似在观察我的态度。我朝它招招手，它看看我，犹豫片刻，转身走了。

　　第二天，那狗又来了。我照前一天的样子，给它弄好食物，摆在离我几步远的地方，还是装作看书，不理它。这次，它没有昨天那么拘谨了，慢慢踱到碗跟前，看了看我，狼吞虎咽地吃起来。这次吃完以后，它没离直接离开，而是朝我走过来。我心里一阵窃喜，不动声色地继续看书。那狗在我身旁卧下来，竟然用它的头挨着我的脚躺下了。我还是保持原来的姿势没敢惊动它，大约过了有十几分钟吧，我的脚边传来均匀的轻鼾声——天哪，它竟然睡着了，晒着太阳，头挨着我的脚，竟然睡着了。它就像个心无城府的小孩，睡得又香又甜。

　　从此，黄毛总来我这里串门，一来我就给它弄食物。吃完，它就会在我身边趴下，或睡一觉，然后又不知跑哪里去了。

　　过了有四五天，它在我身边趴着的时候，我想给它清理清理毛发，有的地方太脏了，不知道被什么东西粘成一团。我端来一盆热水，把一块毛巾投湿，再把水拧干，热热的毛巾散发着白汽。我一下下地在黄毛身上擦拭着，它好像很享受的样子，开始还睁眼看看我，后来干脆闭着眼让我摆弄。一盆水变得乌黑，它终于干净好多，有了个狗样。

　　此后，黄毛天天追随我左右。当然，孩子们上课的时候，它就在校园里找个犄角旮旯地儿趴着；我下课了，它又跟在我身后走来走去。后来，有学生告诉我关于这条狗的身世。我摸摸黄毛的头，感觉它应该很老了，我愿意把它当成亲人一样留在身边。

　　我在学校附近捡了一些破砖头，学着我爸干瓦匠活儿的样子，一块一块把砖头码齐，给狗垒了个窝。狗窝上面盖上两块破木板，又找来一条村民用过的化肥袋子盖在上面，再用石头压严实，又弄了很多松软干枯的草铺在窝里。我干这些活儿的时候，黄毛就在旁边看着我。等一切就绪后，我指指里面，黄毛好像能听懂似的，钻进窝里趴下。我美美地拍拍黄毛的头说，"以后这里就是你的家了。"

每天晚上，黄毛都陪我走到村长家门口，然后看着我进去，自己就转身离开，回学校的狗窝里去睡觉。第二天一早，我从村长家出来，黄毛已在大门外等我，然后我们就一起到学校的小房子里准备早饭。周而复始，天天如此。

人们再提起黄毛，不再说"石老汉生前养的那条狗"了，而说"小老师的那条狗"，都说"那条狗真好啊，自从跟了小老师，毛也亮了，肉也肥了，天天在小老师后面跟着，像个保镖一样"。

每到星期六我去镇上的时候，黄毛也在后面跟着。我骑着自行车在前面，黄毛跑着跟在后面，要赶将近二十里山路。起初，我怕黄毛累，总喊它回去，我一喊它，它就停下来，然后趴在地上看着我，等我转身骑上车走了，回头一看，它还在后面跟着我。反复几次，见它非跟着不可，就由着它了。

每次上午到镇上，我先去公共澡堂洗个澡，黄毛就趴在自行车旁边等着。我出来以后，就找个地方吃饭。我坐在桌子前吃饭，黄毛就在我脚下趴着，我吃一口然后夹一筷子再扔给它一口。黄毛的功夫练得特好，头一抬，嘴一张，准确地把食物吞下去，一点也不会碰到我的筷子，好像害怕我嫌弃它似的。吃完饭，我们就去采购一周的吃食。

真的，有黄毛跟着的日子，我心里很踏实，很有安全感。以前一个人骑车在山路上，总爱胡思乱想，万一碰到强盗怎么办？万一被劫财又劫色怎么办？脑子里像过电影似的，一个又一个发生在自己身上的悲惨故事奔赴脑海。有了黄毛以后，我一路都会快乐地喊，"黄毛，快点！""黄毛，前面有个赶马车的老大爷，咱俩比赛看谁先追上他！""黄毛，你看你，傻啦吧唧非要跟着我，气喘吁吁的累坏了吧？""黄毛，回去以后我炖土豆吃，这次我在里面放点肉，咱俩分着吃。"……就这样，我跟黄毛好得谁也离不开谁。

当我独自坐在教室外面晒太阳想家的时候，就搂着黄毛的脖子望着远方，然后跟它念叨："黄毛，我想我爸了，也想我妈了。想我爸跟我呛呛着吵架时超级可爱的样子，想我妈包的白菜馅饺子。你说，我是不是太馋了？黄毛，你想你以前的家吗？想你以前的主人吗？"说着，我就会流下泪来，黄毛就像是安慰我似的，枕着我的腿躺下来，睁着眼睛看着我，眼里都是想说而说不出来的话。

日子就这样一天天过去，当我有一天必须面对支教期满要离开的时候，我也不得不正视自己和黄毛的分别。

几千里的火车，过好几次安检，要带着黄毛一起回家乡，太不现实。

新来的老师是当地教育局安排过来的男老师，家就在当地镇上，每天骑着摩托车来来回回，不住学校。我跟他交接了每个学生的学习情况及家庭状况，也交接了学校所有的档案和物品。唯独黄毛，我不知道该如何交接，交接给谁。

我抱着黄毛的脖子默不作声，黄毛好像感觉到了什么，忧伤地沉默着。

那天晚上，黄毛仍护送我到村长家去住。走到村长家大门口的时候，我没让黄毛回去，低眉臊眼地领着它进去，跟村长大叔和大婶小心地商量，能不能在我走后照顾黄毛，它已经很老了，估计也没几年的寿命，我不想走后，它再做一条流浪狗。大叔和大婶听明白我的意思，立马表示："这没多大点事情，放心，以后我们天天喂这狗吃食，保证不让它饿着，不让它乱跑。"

那两年的工资除去自己平时的花销，再加上平时给学生们买学习用品、课外书，买画纸画笔，最后满打满算还剩下两千六七百块钱，我原本打算着，除去回家的路费，还能剩下两千，到时候都给父母算是尽孝。两年的时间，我觉得对不起他们。可现在要走了，我又感觉对不起黄毛。我拿出其中的五百块，非要给村长留下。其实，我是不放心的，怕他们对黄毛不用心，感觉自己当时有点小人之心了，可当时的心情真的是很复杂、很难过，就好像要把自己的亲人托付给别人一般，舍不下，又不得不舍，还想最后为它做点什么。当然，那五百块钱村长一家没收。

永远记得那一天，村长借了辆柴油三轮车载我去镇上的汽车站，黄毛在后面一路狂追。我冲着黄毛喊："黄毛，你回去！黄毛，你回去，我要走了，你别追了！我要去很远很远的地方，你跑不到那里的。你真的跑不到的，你会累死的。"喊着喊着，我就哭了出来，二十多岁的大姑娘，鼻涕眼泪流了一脸。村长大叔将车停下，黄毛从后面跟上来，一下子跃进车里，然后，我抱着黄毛一顿号啕，黄毛对着我的脸一顿狂舔。就这样，我和黄毛依偎在车厢里，像一对即将离别的生死恋人。大叔默不作声地把车发动起来，继续前进。

到了车站，我不得不和黄毛分开。我要先坐长途汽车去市里，然后再去转火车。我背着背包，提着行李，跟大叔说了几句告别的话，让他搂住黄毛的脖子。我最后望了一眼黄毛，转身上车，再次泪如雨下。我不敢再回头，不敢再看黄毛一直追随我的眼神。

三天以后，我回到家乡，先给村长家里挂了个长途，向他们报平安,又问起黄毛。村长说,"没事,跟着回来了,回来后就到学校的狗窝里趴着去了,你大婶这两天到点就去给它送食儿。你放心吧!它还是住那里,就是喂它的人变成我们了,不会出错的。"说到这里,我也不好再追问什么,比如黄毛每顿都把食儿吃了没?黄毛的精神如何,有没有萎靡不振?想问,但问不出口,害怕人家多心,觉得我不信任他们。

一个星期左右,我突然梦见黄毛,它坐在草地上的阳光里看着我,我走到它身边,它舔舔我的手,然后我和它一起坐在草地上,我们相依偎着,犹如当时在一起的样子,我们周围都是金色温暖的光。醒来后,我心里有隐约的不安,感觉黄毛像是发生了不好的事情。我跟爸妈说起来,他们说我是想黄毛想的,才分开十来天,不会发生什么事情。我也用爸妈的话自我安慰,黄毛一定还好好的,不会有事。可我止不住地心神不宁,终于在傍晚给村长家打了个电话。

村长告诉我,黄毛死了。

自从我走后,黄毛就没好好吃过饭,每天早上还是等在村长家的大门口,可每天大婶把门开了以后,它一看出来的人不是我,就垂头丧气地回学校去了。大婶每天去给黄毛送饭,一开始三四天,它还吃点,后来连续接了几天都不见我从村长家出来,慢慢地连饭也不吃了,哪怕给它特意盛上鸡汤,它也不吃。

最后这天早晨大婶开门的时候,一看黄毛没在门外站着。到了中午,她去给黄毛送饭,发现它在窝里蜷着一动不动,居然死了。大婶回去跟大叔说了,大叔扛着把铁锹,在学校附近挖了个坑,把黄毛埋了。

我压住悲伤,小声地问大叔:"没埋到黄毛原来主人的坟旁边吗?也好让黄毛有个伴儿。"大叔说:"你要是不提,我们差不多都忘了黄毛的前主人这茬儿了,现在都知道这狗是小老师你养的,天天像个保镖一样跟着你,我就想把它埋在学校旁边也好,以前它就在这里守着你嘛!你也是狗的伴儿嘛!"

嗯,是的,也好。

今生我何德何能,竟能得一条狗如此的深情厚谊!

有伴儿如此,此生还有何憾?愿来生,我们再相见,再相依,再相伴。

杀儿的母亲

当年，石华被他妈用斧头砍死，整个镇，乃至整个县都沸腾了。

石华是石妈妈的独子，从小当宝贝一样养大，恨不得天天捧在手里，揣在怀里。

自从上了初中，住校的石华像脱了缰绳的小马驹，结识了镇上的一些小混混，渐渐染上痞子习气。上着学就开始和他所谓的患难兄弟们创业。他们瞄上学校里的自行车。

二十世纪八十年代，初中生都以镇为中心，从四面八方的村庄赶来上学，都骑自行车，初一到初三，无一例外。学校里的两个大车棚，满满的都是自行车。当时，每周一天半的休息日，每到星期六下午学生们才会骑车回家，除此之外，一周都不会理会自己的自行车。那个年代，也没有保安，学校也不是封闭式管理，家长可以随便进出校园给住校的孩子送水送饭送干粮。

突然就在那个周末，好多学生要回家了才发现自行车不见了，那可是上学回家唯一的交通工具，有的家远的得二十多里路。大伙儿都在车棚那里乱叫，哭的、嚷的、骂的，乱作一团。

　　自行车在当时是家庭中最重要的交通工具，有的人家就一辆自行车，专门给孩子上学骑的。

　　事件惊动了老校长，于是报了案。

　　丢车的学生有的被同村的伙伴驮回去，有的让同村的伙伴带口讯给家长，让家长来接，还有的索性步行回家。

　　后来，案子破了，是石华勾结校外人员偷盗的。他们趁夜里大家都睡着以后，把车一辆辆偷出去。那时候，没有网络，没有电脑，没有监控，学校虽有一个大铁门在入夜后就锁上，但旁边有个一人多宽的小门可以供人进出。这就方便了偷盗团伙。

　　被偷的自行车都放到另一个小混混家闲置的院子里，再一辆辆推到修车铺去销赃。卖到第三辆的时候，民警已接到报案，加强了调查围堵，尾随团伙中的一个人，最后成功端出一锅人。本来都是十几二十郎当岁的孩子，随便一审就清楚了。

　　公安民警来学校抓捕石华的时候，大伙儿都震惊了。孩子们就像地里的土坷垃一样憨厚朴实，谁也想不到在读书大于天的年纪，有人竟有这样大的胆子去偷盗身边同学的自行车。

　　老校长一看公安来抓自己的学生，一下就急了。他顶着满头白发，含着眼泪抓住干警的手，让他们放石华一马，说他还小，还是个孩子，是学校管理不当，以后学校会好好教育看管，不让他再给同志们添乱。老校长还说，石华现在还小，如果被抓进去，上学这条道路就毁了。民警也被老校长感动了。当时，他是镇上唯一一所中学的校长，在全镇有一定威望，更何况，老校长桃李满天下，既正直又清廉。

石华被免予抓捕拘留。至于教育，家长、老师、校长，那是轮番来，要他改邪归正，要他好好念书，要他好好做人。

石华老实多了。

由于这件事情，同学们都和石华疏远了，没人愿意和他一起玩。如此，石华在学校越来越郁闷，也越来越孤僻，在学校又待了半年后，自动退学了。

退学之后的石华脾气变得暴戾，动不动就在家里打砸摔，无缘无故地发脾气。石爸石妈也唉声叹气，拿他没有办法。

后来，石华学会了抽烟喝酒，动不动就管老子娘要钱，只要不给，就大发雷霆，把家里弄得稀巴烂，水缸砸烂，窗户敲碎，然后像狼一样狂喊狂吠，瞪着红红的眼睛要杀人的样子，石爸石妈只好把钱给他，由着他去胡闹。

就这样过了几年，石华成了全村人眼里的魔鬼，没人敢靠近他。再后来，家里被他败光，石爸石妈年纪也大了，再也挣不来钱供他挥霍。

石华又开始偷。

谁家的羊拴在地头吃草，主人在地里干活，一转脸的工夫羊就不见了。谁要是有个铁锨、铁镐的放在院门外，上趟茅房的工夫，再回来就找不着了。谁家的小孩在宽广的麦场上学自行车，学累了，跟旁边的孩子玩一会儿泥巴，再回头，车子就没了。

村里的人慢慢都知道，是石华干的，可又找不到真凭实据，只能吃哑巴亏。有个人气不过，找到石华家里去理论，石华就端个铁叉子，瞪着眼睛对人家喊："你哪只眼睛看到我偷了？再到我家里胡咧咧，戳死你个王八羔子！"吓得来人赶紧走了。

石爸被石华气得一口气没上来，一头栽到地上。石妈哭天抢地地招呼邻居把丈夫送去医院。石爸是脑血栓，半个身子被拴住了,话也说不出来了,命虽保住,人却瘫在床上。石华不管不问,照样家里家外逍遥自在。

石妈挨家挨户去借钱,村民们知道她家是个无底洞,借出去的钱有去无回,但看她可怜,或多或少的都帮衬了一下,凑了些钱,给石爸交了医药费,都说石华就是一祸害。

石爸出院后就天天在床上躺着,石妈一个人家里家外地操持,每天做了饭还要喊石华来吃,否则他就跟石妈闹,闹得鸡飞狗跳,四邻八舍都会听到石华的骂人声,声声不堪入耳。

这天,石华在父母屋里吃完饭后,又伸手要钱。石妈说:"我没钱,要是我这把老骨头还能卖点钱,你就把我卖了吧!"

石华骂一句:"就你这老皮垮么眼的,卖都没人要!"

石爸在床上气得发出"啊啊"的声音,五官扭曲着。

石华鄙视地瞥了他亲老子一眼,混蛋地说:"怎么?老小子,不服气?你有种起来跟老子练练!"

石爸气得在床上翻白眼。

石妈用拳头捶打石华,边打边骂:"你个畜生,你说的是人话吗?我悔啊,生下你这么个冤家……"

石华胳膊一撩,石妈一个趔趄摔倒在地上。然后,他到处乱翻,把床上的被子衣服扔了一地,终于在石爸枕头里翻出几张被卷成卷儿的零钱。石妈扑上去,想把钱夺回来:"这是给你爸买药的钱,你这么作践你爹妈,不怕天打雷劈啊……"

"去你妈的,老不死的!要怪就怪你们生下我,活着真他妈没劲!"石华又是一撩胳膊,石妈又摔倒在地。

石华拿着钱扬长而去。石妈在地上坐了好长时间。石爸躺在床上流着泪。

后来,石爸见老伴一直在地上不动,就开始冲着她"啊啊"

叫。石妈这才慢慢起身，安慰老头子说："没事，我就是歇会儿。"然后，她开始收拾满屋子的凌乱。

天要黑了，石华才两腿打着晃，提着一瓶酒边喝边进家门。

那天晚上，很多人都听到了石华惊恐的惨叫声，只是谁都没去在意。

第二天一早，石妈就去了村长家里，平静地告诉村长："我把那畜生给砍死了。你是干部，找公安来处理吧！"

整个村子沸腾了。

公安来了。石妈面对警察的讯问，坐在小马扎上平静地讲述昨天发生的所有事情，以及后来对烂醉如泥的石华，如何两下就把他砍死的，先是对着他的脖子砍了第一下，石华惊恐地睁大眼睛发出一声惨叫，她又对着他的脖子砍了第二下。围观的村民们听着唏嘘落泪。

一个母亲对自己的亲生儿子痛下杀手，是被逼到了怎样一种境地！

石妈被带走了，走时托邻居照顾石爸。

后来，村里人联名上书，到镇上去保石妈，大人小孩全部签字。再后来，各村的亲戚们也发动所在村庄的乡亲们签字。如此一来，半个镇的人都联名上书保石妈。石妈的事情终于引起上头领导的重视，经过多方调查走访核实，最终判她有期徒刑三年，缓期两年执行。

所有人都松了一口气。

后来，石妈和石爸一起平静地生活，村里也一直在帮衬他们。村民们都说石妈大义灭亲是在为民除害。石妈没再提过她的儿子。

石妈杀子那年我八九岁的样子。如今，二十几年过去，每每想起石妈坐在马扎上平静地向民警讲述那惨烈的过程,我的心就一片凄然痛楚。石妈脸上是用文字无法描述的一种平静,是人活着心已死的那种平静。

多年来,石妈的表情于我始终清晰异常。

没几年,石爸去世了。

石妈经常独自坐在门前晒太阳,头发花白,眼睛望着远方,脸上永远没有表情。

又过了好多年,一次回家,听说石妈也去世了,临终央求村里人把他们一家三口葬在一起,还说,"我儿石华刚出生时也是白白胖胖眼睛明亮惹人爱的呀!"

那是石华死后,石妈唯一一次提起儿子。

过往

1

在我支教的那两年，住在当地村长家。

当地镇教委的领导把我带到那个小学，我一眼就爱上那里的孩子，他们的脸蛋虽然脏兮兮的，有的还挂着鼻涕，但他们的眼神明亮，特别是看到我的时候，那眼睛好像星星在闪烁。

我感觉快乐极了。

学校在村外，校舍还算整齐，有间小房子早被打扫出来，虽然简陋，但干净整洁，里面放了一张小床。显然是为我准备的宿舍。

事情安顿好后，我向领导提出了一个不情之请：我不住学校的宿舍，一个人害怕，想住到村民家里去，可以交房租。人家一听先是一愣，随即笑了，理解地说："先前没想到来这里的是个小女娃，的确不能一个人住这里的。"

后来，我被安排住在村长家，跟村长儿媳妇住一起，村长的儿子出去打工了，小孙子跟着爷爷奶奶睡。当然，没人收我房租。

就这样，一日三餐在学校的小房子里自己做，也在这里批改作业。晚上九点以后，就回村长家住。

村长一家人特好，非让我跟他们一块儿吃饭，我婉言谢绝了。我在这儿不是住个十天八天，而是两年，说什么也不能麻烦人家。

一天放学后，我正在小房子里休息。村长家的大婶来了，端来一大碗炖鸡块。

大婶笑着说，"你大叔看过你的身份证，说今天是你生日，我们宰了只鸡炖了给你送来。听说平时你家里给你寄的东西，你都给这些小孩子们分吃了，趁现在他们不在，你赶紧吃。你在我们这里太亏嘴了。"

除了孩子们，平时就跟村长一家打交道最多，没想到人家看过我的身份证就记住了我的生日。

我含着幸福的泪水把那碗鸡块吃了，满心温暖。我没敢告诉他们，我只过阴历生日，身份证上的日期我从不理会，这天离我的生日还有一个多月呢！

其实，一个人在那个地方生活真的很难，一个人坚持着也真的很累。

有时候，我感觉特别孤独，内心特别凄凉，特想家，想我爸，想我妈，想我弟。哪怕想起小时候我爸揍我，心里都感觉幸福。好在有人像爸妈一样想着我，我就不觉得那么孤单了，感觉拥有了很多幸福。

我至今记得村长大叔一家的笑脸。我唯一能为他们做的，就是送他们三岁的小孙子一些儿童画册,有空时教他读拼音、认数字、唱几首儿歌。

那份感动永远留在我的心里。

2

平时,镇上有个邮递员大叔总过来送报纸。

大叔有四十多岁,骑着一辆不带消声器的摩托车,"呜呜"地响,老远就能听见。

每次大叔看到我都笑得特别慈祥。家里给我寄的包裹都是他送过来的。次数多了,他特别纳闷,为什么那些孩子看着他拿着包裹过来,就会呼啦围上来,而且满脸欣喜和期待。

那次,他把包裹交给我以后,没像往常一样直接离开,而是在旁边看着,看着那帮孩子欢欣雀跃地围着我,看着天天在学校附近转悠的那条流浪狗也摇着尾巴围着我。

当我把包裹打开以后,一堆好吃的展现在大家面前。我开始给孩子们分,那条流浪狗也呃么着嘴捡孩子们啃食掉落的残渣。

邮递员大叔恍然大悟,然后对孩子们喊一声:"你们这帮馋孩子,把老师的东西都吃了,她自己吃什么?"孩子们一下戛然而止,面面相觑,不好意思地看看我,又看看邮递员大叔。

我笑着说:"没事,没事!家里还会寄来的,这些老师都吃过,你们吃就行。"

孩子们都听我的话,听我这么一说,继续吃起来。邮递员大叔无奈地摇摇头,跨上他的摩托车,"呜呜"地走了。

第二天,大叔来送报纸的时候,给我带来一大兜子苹果,说是他自己在镇上买的,让我无论如何也得收下,而且要保证自己吃,不要给孩子们吃。他说,孩子太多,每人都来吃几口就能把你榨干,你小小年纪在我们这里教书不容易啊!那口气特像我的亲人。

我听了后,心里感动得一塌糊涂,在这荒凉的地方,被一个无亲无故的人心疼,这感觉真好。直到现在,如果在大街上看到一些人骑摩托车轰鸣着驶过,我就会想起那个邮递员大叔,想起大叔带给我的苹果,带给我的感动。

3

支教的最后一个学期,我提前跟学生们打好招呼,做好了思想工作,并一再嘱咐他们务必要好好学习。

学生里有个叫平安的,悄悄拉着我的手,忽闪着大眼睛对我说:"老师,我再努力些,成绩再好些,你能留下来吗?"

当时,我心里就泪崩了。我曾想,如果我家在这里,如果我不想爸妈和弟弟,一定会在这里教一辈子书。

那次期末考试,学生们的成绩都特好!我校的成绩在镇上排名第一。

那个叫平安的小孩念二年级,从一年级时他每次考试就基本双百,这次又是。

我对所有学生都做过家访,也只有平安的父母一直坚持让孩子上学,拼死拼活都要供,期望今后子子孙孙的命运在平安这里改写。所以,我也偏爱平安,在他身上花的心思也多,给他买的各种各样的书也多。

考试那天,平安的妈妈一直等在教室外面。考试结束后,她拉住我递上一包东西,那是她亲手绣的鞋垫,各种花型,各种耀眼。

平安妈妈说:"你对俺们一家的情,俺们都记着了。没有能拿得出手的东西，鞋垫是我自己做的，没花一分钱，在外面买不到，你垫在鞋里，以后走路不累脚。"

当时，我真想扑在那大姐怀里哭上一场。可她是学生家长，我是老师，旁边还有那么多学生看着，我不好意思哭。我含着泪，笑着，和她拥抱了一下。平安妈妈却哭了，好像我是她要离别的亲人。

其实，我只是做了一个老师应该做的事情，没想到能换得他们那么深厚的情意。

至今，我还留着那些鞋垫。

是念想，是记忆，是一种情感，更是过往的一种沉淀。

4

再讲一件小时候我和弟弟之间的事情。

我和我弟相差两岁，从小一起长大，一起玩，一起吃饭，一起上学，一起做作业，一起帮爸妈干活。我俩也打架，只要爸妈冲过来要揍我们，我们就一起跑。还有，我们有时也一起打别的小孩，反正谁敢欺负我弟，我就直接上去把他撂倒，就算比我大的孩子我也不怕，我和弟弟一起上。

我和弟弟一直形影不离，一前一后，永远在一起的样子。

第一次分开，是我到镇上念初中，要住校。弟弟在村里上五年级，天天回家。

那时，每周还是一天半休息日。学校还规定我们每周六下午再上两节课才能回家。每到周六这天，我就归心似箭，因为想爸妈，想弟弟。以前天天在一起，现在一周见一次，中间想家想得有时要哭。

刚上初一时，我每星期都带一篮子馒头、一瓶咸菜，还有两块钱零钱买热水喝。条件好些后,给学校的食堂交粮食,然后在食堂打热馒头吃。刚去时,熬一个礼拜下来,感觉肠子里空得要命,就想回家吃好吃的。其实,当时家家都穷,好吃的无非就是在家喝热粥,吃白菜汤,这样也比在学校就着咸菜啃冷馒头喝热水好得多。

那次,我骑着辆破自行车,行了十几里路,快要到家时天就擦黑了,弟弟一直在村后的路口等着,见到我以后欢欣雀跃地迎上来喊"姐"。之前弟弟一直喊我名字,尤其我欺负他时,更是一口一个"静"地叫,说我不像姐姐,不让着他,什么事情都爱跟他争。

上初中的第一个礼拜,我回家时弟弟就喊我"姐",不喊我"静"了,当时我还挺不好意思答应的。

那天,我和弟弟回家后,我跟妈妈念叨,想吃地瓜,想啃玉米棒子。当时,地瓜都在地里还没收,一般都是下了霜后再从地里往外刨。玉米正嫩着,煮了以后啃着吃正香甜。妈听了后跟我说,地瓜给你准备好了,一会儿给你蒸上,想啃棒子明天到地里掰去。

就这样,我们说着笑着进屋了。

这时,我发现弟弟不知跑哪里去了,以为是去玩了,没有在意。后来,天黑透了,我开始担心,熊孩子还不回来,蹿谁家玩去了?我站在门口高声喊了几声,也没人应。我就在家附近转悠着找。

过了好大一会儿,我见远处走来一个黑影,走一步"唰啦"响一下,等人影走近些,我小心地问:"谁呀?干吗的?"

"姐,我!"竟然是弟弟。

我迎上去,弟弟侧背着一个筐,那筐太高太沉,每走一步,筐底就碰一下他的脚脖子。我急忙把筐拿下来,筐上面是一捆鲜玉米秸秆,被弟弟折断后整齐地码在上面——十来穗鲜玉米棒子啊!

我感动得要命了。

我心疼地责怪他:"天都黑了,你还往地里跑,咱家棒子地离家那么远,明天咱再去掰也行呀!"

弟弟嘿嘿笑。

我又说,"你把棒子秸秆留在地里多好啊!还一起背回来,多沉啊!"

弟弟又嘿嘿一笑,说:"牛爱吃!"

我摸一下他的脑袋,夸他:"你真疼你姐和咱家的牛啊!"

那年,我十二岁,弟弟十岁。

从那时候开始,我每礼拜都要节省七八毛钱,周六的时候买包方便面带回家,给弟弟当零食吃。

也是从那时候开始,我才有了做姐姐的样子。

会算命的那位大叔

　　张明媚骑着自行车，按着铃铛，欢快地驶过来，后面还跟着那条黄毛狗。
　　独眼大叔笑呵呵地看着她下车。
　　"大叔，你吃饭了没？"
　　"等会儿集上不大有人了，我回家吃。"
　　"给！刚才我买的热包子，你吃！"张明媚在独眼大叔面前的马扎上坐下，把包子递向大叔。
　　"不不，闺女，你自己吃，我不饿。"
　　"我吃过了，您吃吧！趁热。"
　　"这孩子，这可如何是好，如何是好啊！"
　　"给，大叔，水！"张明媚又把自己的保温水壶递过去。
　　"不不不，闺女，这可使不得，大叔脏。"

"哪里的话嘛，大叔，您用吧，没事！"

张明媚把水壶给大叔放下，转身进了书店。黄毛狗在自行车旁边趴下来，很乖的样子。

张明媚是城里来这里的支教老师。支教的小学离镇上大约二十里路，每星期六或星期天，她都会骑着自行车，带着一条黄毛狗来镇上采购。

小镇逢三、八就是大集，也就是农历的初三、初八、十三、十八、二十三、二十八，这些日子都是赶大集的日子。如果星期六、星期天有一天正逢三或八，张明媚肯定会在大集日来镇上。很多和她相熟的人都知道她的习惯。

起初，都是她一个人，独来独往。后来，张明媚收留了一条流浪狗，从此，这条狗与她形影不离，永远跟在她身后，成了小镇上一道独特的风景。

独眼大叔是个摆摊算卦的，就在新华书店的旁边。至于他的眼睛是怎么瞎的，没人知道。

张明媚每次来都会看到这位老人脚下铺着一张太极八卦图。她对这些从来不感兴趣，对这位独眼老人亦无太多关注。

一次，张明媚从书店出来，见独眼大叔正在喂自己的黄毛狗。他拿着一块烧饼，自己吃一口，就掰一小块下来扔给黄毛。黄毛天天跟着张明媚，生死永相随的样子。

见黄毛狗毫无戒心地吃独眼大叔给的东西，明媚断定对方是个善心人。在她的心里，狗狗能亲近的陌生人，身上必定散发着善良的气息。

张明媚对大叔说着"谢谢"，然后在他跟前的马扎上坐下来。

"闺女，听说你是从城里来的老师？"

"嗯嗯，是的。"

"你养的这狗真好，每次你去书店，它就趴自行车旁边等着，从来不乱跑。真好啊，比个娃娃都听话。"

"嗯，我和狗狗相互是个伴儿呢！"

正聊着，一个男子带着一个老太太急急火火地赶来。

"大叔，俺娘说你给俺算的有血光之灾，这不，俺赶紧过来了。您再给算算，啥灾啊？能破解不？"

明媚赶紧起身，把座位让给母子俩。

只见独眼大叔又掐指算起来，嘴里还念念有词。

"破解之法很简单啊！你天天有贵人相伴，只要把你身边的贵人服侍好，保你将来福气满满，子孙后代也会一团和气啊！"

"贵人？大叔，谁是我的贵人？"

"你娘就是你的贵人啊！据我推算，你娘是天神降世，为的就是庇护你全家人的平安，只要你娘在，你的血光之灾就可避免。可今天上午你娘来的时候，我在她的头上看到了死神的影子。你娘若亡，你必亡之。"

"啊？死神？娘，你咋了，哪里不舒服？是不是病了？"

听儿子这么问，老太太一把老泪流了下来。

"小伙子，天机不可泄露，有些事不要问你娘了，都是天神的安排。只要你好好尽孝，对老娘知冷知热，你娘会延年益寿，你的兴旺发达也指日可待。"

"那我的血光之灾如何破解？"

"三日之内不要出门，守在老娘身边精心伺候，血光之灾即可免除。"

"哦，好好好，谢谢大叔，谢谢大叔！"

"小伙子，你要记住，你老娘是天神下凡，是你家里唯一可以镇住灾难的人，只要老娘好好活着，你家里就会多子多财多福多寿啊！"

"好的，谢谢大叔，谢谢大叔！"那男子说着递过来二十元钱，大叔道了声谢，就把钱收了。

男子搀着老太太走了。

张明媚在一旁看得目瞪口呆："大叔，你这二十块钱挣得真容易啊！"

"闺女，这不是坑蒙拐骗，我这是在做好事啊！"接着，他给明媚讲起整件事情的来龙去脉。

上午，老太太找他算过卦。她儿子开了一个废品收购站，她天天在收购站帮他收拾分类，可儿子不孝顺，娶了个媳妇也是个夜叉。老太太天天累死累活地给他们干活，连口饭他们都不管。一到饭点，老太太就一个人回到自己的小破房子里去做。儿子在收购站旁边盖了一座宽敞明亮的大瓦房，和媳妇住着，从来没想过把自己的娘接过来一起住。

儿媳妇前一段时间怀孕了，可自己不小心摔了一跤，把孩子摔没了。儿子儿媳的心情更不好，看到老太太越发横眉竖眼的。尤其媳妇，骂骂咧咧的，说老太太晦气，云云。

老太太心里凄惶啊，感觉活着也没啥盼头了。索性找老头算算，看她还有抱上孙子的福气没有，实在没那个命就不等了。大叔听出老太太要轻生的念头，就对她说，她儿子近几天会有血光之灾，要想破解，就让孩子来一趟。老太太爱子心切，自然不敢怠慢，回去就跟儿子说了，然后母子二人赶了过来。

"闺女，我是故意这么说，回去以后，那儿子会好生孝顺老太太的。是坑，也是蒙，但目的是做了一桩好事。要问我来世和前程，我老汉算不出，都靠蒙。呵呵！"

明媚看着大叔对自己毫不保留地坦诚之言，感觉非常愉快。

"大叔，您把这些告诉我，就不怕我说出去？"

"不怕！你是文化人，根本不信这些。我告诉你实情，你反而从心里能理解我。我跟你说啊，我靠这个方法，帮了好多人。原来有个小媳妇在婆家受气，来算卦的时候，我就告诉她婆家人，这个媳妇是这个家的贵人，媳妇过得好了，整个家才会好。然后，媳妇就不受气了。呵呵……"

"大叔，你行啊！"明媚听了以后笑得像喜鹊一样欢乐。

从此，明媚和独眼大叔成了莫逆之交。

每次赶集来书店，明媚都会给大叔买点吃的，有时是几个热乎乎的包子，有时是几个热馅饼。家里给她寄来的真空烧鸡，也给大叔带来，让他尝鲜。大叔也给明媚带过地瓜、棒子、豆角、白菜等，都是自家种的。明媚也不跟大叔客气，给什么要什么。

大叔跟明媚讲过，自己只有一儿一女，女儿远嫁外地，一年回不来一趟两趟的。儿子儿媳妇出去打工了，也是过年时才回来，他和老伴儿在家带孙子，孙子现在上四年级了，还算听话，就是有时想他爸妈，会跟爷爷奶奶发脾气，把自己关在房间里赌气。

后来，明媚买过一套童话书给大叔的孙子。大叔告诉她，孩子看得可高兴了，天天写完作业就看，入迷，以后会和小老师一样有出息。

明媚支教期满要离开的时候，提前跟大叔打了招呼。

又到星期六，明媚没到镇上去，还有两三天就要启程回家了，也不需要再采购什么东西了。快到晚上的时候，她在村长家接到新华书店打来的电话。书店负责人说，门口旁边摆卦摊的老头带着一个十多岁的孩子等了明媚一天，天要擦黑了刚走，还在书店里留下一包东西，说要是小老师还来的话，就把东西转交一下。

第二天一早，张明媚就骑着自行车到书店去了。这天不是赶大集的日子，整条街道上冷冷清清的。

　　书店的人把那包东西交给明媚，里面是一包干豆角，还有一幅画，估计是大叔的孙子画的，一个干干净净的太阳从海面正升起来，海面蔚蓝蔚蓝的。画的底部还有一行字：陌生的老师，谢谢您送我的书，谢谢您的爱。看得明媚心里暖暖的。

　　明媚在书店又给男孩买了两本书，留了纸条放在书里：你爷爷是个善良的人，告诉他，我会永远记得他。你的父母为了让你过上更好的生活常年在外奔波劳作，你要理解他们，爱他们。尽管我没见过你，但我能感觉到，你是个很好、很优秀的小孩，好好读书，书中有你光辉灿烂的未来。

　　明媚托书店的人在大叔赶集摆摊的时候，转交给他。

　　之后，明媚离开了，离开了那所她付出了两年青春的山村小学，离开了那个充满人情味儿的小镇。

　　一段青春，一段过往，一段回忆，一段文字，记录留在心底一生的温暖。

那个人死了

多年前,我们村里有个李老汉,家境殷实,所有家当都是靠他使出牛一样的力气干活攒下的,吃得清淡,穿得简单,一分钱掰成两半花,能从牙缝里省下来,就绝不咽下去。靠着积攒下来的家底,他给孩子娶了媳妇。

在大家只能手提肩扛的七十年代末,他就置办了大架子车,很气派,前面一匹大马拉着,后面的架子车上装满收下来的庄稼,行驶在靠脚力劳动的农人中间,那叫一个让人艳羡。不光马拉的架子车,他家还喂了两头牛,一头黄的,一头黑的,在地里拉犁的时候,两头牛一块套上,活干得又快又漂亮。

李老汉早年丧妻,一个人拉扯孩子长大不容易,自从儿媳妇桂花进门,日子越过越好,越来越让人羡慕。后来,儿媳妇生下一个大胖小子,取名"新海"。村里人都夸李老汉命好,以后该享清福了，他整天乐呵呵的，眉毛、皱纹、眼睛里全是笑。

可在新海四五岁的时候，李老汉的儿子突然得疾病死了。

那时正是麦收季节，他儿子那天中午正在麦场晒麦子。靠天吃饭的年代，趁着天气好都抢种抢收。李老汉的儿子像他一样有一把子力气，一副宽厚的身板，趁着日头正毒，把收下来的麦穗翻晒两遍，弯着腰弓着身子一直埋头干，干着干着，突然停住不动了，说了声"头晕"，一头栽在地上。人们七手八脚忙着救人，可人就这么走了，又急又快又突然。任谁都唏嘘，太年轻了啊！

李老汉一下子变老了，头发也白了，背也驼了。

悲痛过后总要把日子过下去，眼看年轻的儿媳妇守了寡，又怕桂花带着孩子改嫁，想来想去，李老汉托村里的老人们给桂花找了个靠谱的男人，必须上门当女婿，还要给李老汉当儿子。

就这样，安泰进了李老汉的家。安泰家里兄弟七个，有三个成家了，还有一个送给了没儿子的舅舅，剩下的都是孤家寡人，安泰是其中之一。李老汉之所以选安泰，是因为他比那几个兄弟好看，个子高，人白净，而且话不多，看起来特安稳的样子。

起初，李老汉指挥着整个家，安泰在庄稼地里和桂花一块干活，儿子新海天天由爷爷带着。挺好！大家都说李老汉捏着这个家没散，不容易。可在新海八九岁的时候，桂花得了肝腹水，胀肚子胀死了。家里剩下三个男人，李老汉、安泰，还有新海。老的老，小的小，中间的安泰还是招来的假儿子，互相都不是父子关系。

从此，新海变得脏兮兮的，鼻涕流老长就用衣服袖子抹，沾在脸蛋儿的两边像盔甲，衣服也脏兮兮的，穿什么看着都直不棱的，像铁做的似的，大冬天看着他就感觉冷。

此时，李老汉已经老得不中用了，听说经常拉尿在床上。

他家在前院里养了一头大种猪，专门给母猪配种，一次收三块，这样能挣点钱零花。其实，李老汉当时在床上就这么干耗着，安泰给他碗黏粥喝，他就喝碗黏粥，给他口水喝，他就喝口水。后来，大家又议论说安泰嫌李老汉拉尿不能自理，给他清理又麻烦，便不怎么管老头子吃喝了，老头子应该就是这么耗死了。

李老汉死后，安泰可算自由了，跟着非亲生的儿子过起了神仙般的生活，整天好吃好喝，顿顿有菜，还隔三岔五有肉。安泰还是不爱吱声，但再也不下地干活了，任地里的庄稼自生自灭。人们这时才知道，安泰的不爱吱声是懒的，并非什么性子安稳之类的，蔫巴人有蔫巴心眼儿，李老汉活着的时候看走眼了。

新海跟着不像样的后爹过着吊儿郎当的日子。吊儿郎当地上了几年学，读到四年级就不学了，一是不愿学，也学不会，二是安泰没钱给他交学费了。所有家当能变卖的变卖，能换吃的就换吃的。马和牛在李老汉死后不久就卖了，架子车后来在安泰把粮食吃完后也被卖了。干农活的家什，比方说铁锨，安泰就把铁锨头卸下来，当废铁卖了，什么铁耙子、铁镐，甚至用来炒菜的铲子，全部被当废铁卖掉了。

头几年，安泰光顾着玩，不下地，存粮一早消耗干净。那个年代，除了种庄稼就是养俩牲口，安泰家养的种猪还在苟延残喘地活着，听说到他家里串门的邻居的鸡，都会被他家饿得发狂的种猪吃掉；还有来赶着母猪来配种的，听说有个人进去差点被种猪给咬了。安泰在旁边举着个大铁棍子边揍猪，边引导着配种。慢慢地，给猪配种的人也不大到他家去了，宁愿走远路去别的村，谁也不愿冒险被他家的猪给咬了。

眼看着皮包骨的种猪也没啥用了,安泰就找收猪的人过来,把猪给卖了。谁知,人家根本不要他的猪,说除了皮就是骨架,连肉都没有。安泰央求人家,皮里面还能出一挂猪下水呢,做好了也能卖不少钱。对方连称都懒得称,目测了一下,给了安泰两个钱就拉走了。

此时,安泰家里已没有余粮,地里的玉米刚开始长玉米粒,他就开始往家掰,煮着吃;到玉米成熟了,别人都一车一车往家里运金灿灿的棒穗子,他就收了两筐头,和新海一人一筐头背回去。

是的,新海从那个懵懂无知的小孩被安泰带成了一个熬天数混日子的"小安泰"。尽管这爷俩没有血缘关系,但生活方式是一个模子里倒出来的,吃了睡,睡了玩,玩完再想办法弄吃的。

爷俩就这么凑合着过了几年。新海长到十六七岁的时候,村里开始有人出去打工,爷俩看着羡慕,老的也想让小的出去挣钱,却连路费也没有。最后,安泰破釜沉舟,把家里的压水机和铁水桶都给卖了,换了钱打发新海出去闯世界,殷切盼望这个没血缘的儿子能在外面发迹,给他拿大钱回来。

家里没了压水机,安泰就到村头的井里提水喝。可家里的铁桶都卖了,用什么提呢?用油罐!他把人头大小的油罐拴上麻绳,一路提着去村口,惊呆了众人。我们那里的油罐都是用来盛猪油的。那时,生活条件不好,不怎么吃肉,家家都是买来肥肉膘,在锅里炼成猪大油,把油放在油罐里存着,炖个白菜土豆了,挖一勺子放里面,吃着也是香。谁也没想到,安泰竟然用盛猪油的油罐到井里去提水,日子到了什么份儿上了,可想而知。

从此,安泰孤苦伶仃地熬岁月,家里能变卖的都卖了,地里早就荒了,想种点粮连种子都买不起。村里人看着他把李老汉原来置下的家底败成这样,心里来气。可气归气,不能看着他没粮吃啊!那年秋天,村里将半袋子麦种给了他,让他先把麦子种上,最起码来年能收粮食。谁知,安泰这个蔫儿人当面答应得挺好,后脚就把麦种卖给面粉厂,到集上买了猪头肉来吃。村里几个长辈知道后,就去训斥他,他一声不吭低着头听着。村人们看他那三脚踹不出个屁来的蔫儿样,都不愿再可怜他。

弹尽粮绝后,安泰开始串门子混吃混喝,到别人家里去玩,饭点也不走,又是个没嘴不会聊天的,就在人家里干坐着,明摆着等着人家开饭。一次两次可以,时间一长,谁都不愿接待他,他一到谁家去,主人家就说:"正好,有事要出去,要锁门了。"安泰一听这话,走了;他一走,人家把门在里面插上了。安泰不再低眉臊眼地上别人家混饭吃了。

可他饿呀!有地不种,没有生活来源,怎么办呢?虽然安泰是李老汉招来的假儿子,但村里人也不想他饿死。于是,谁家有喜事了,就让他去给帮忙。因为常年不洗衣服不洗脸,安泰整个人脏兮兮的,只能让他守着大锅炉烧水。还有,谁家有白事的时候,人在下葬前要先打好坑,就让他去守坑,别让什么小动物进去。这样,每次下来,谁都能给他个几十块钱,然后再给他拿上些吃的。一年下来,这样的事情也不少,他也能混个勉强够吃。

儿子新海走后就没再回来,二十几年过去了,从来没见过人影。偶有一次听说外地公安局有个电话打到村里,询问有没有新海这么一个人,然后又核对了一些资料。具体是干什么,谁也说不清,都猜测新海在外面应该是小偷小摸什么的,犯了事,被抓了。后来,别人问起安泰,新海怎么样了;安泰说,来过信儿,已经放出来了,在外面挣钱呢!安泰哪里听到的信儿,没人知道,新海具体在哪里挣钱,也没人知道。

后来,安泰年纪大了,村里找人种了他的口粮地,让那家人每年给他一定斤数的粮食。这样,安泰既有粮食吃,又能卖点粮换点钱花,倒不像年轻时那么可劲儿造了,有时看他买几个馒头,有时看他称点咸菜。

前两年,上面下来扶贫,专门帮助孤寡老人。安泰的房子要塌了,成了危房,他依旧提着油罐到井里打水喝。上面的人看他可怜,把他列为扶助对象,给他盖了两间新房子,还免费给他安装了自来水。村里又给他申请了低保,每年领取低保费。

近些年,政府是越来越照顾老百姓了。年过六十的老人还能每月领取一百元养老费。

安泰感觉自己享福了,那年冬天还给自己买了电褥子,用他的话说,天冷啊,睡电褥子暖和,在被窝里都出汗!现在真好啊,自来水让他免费用,电也让他免费用,日子越过越好了。

应该就是这电褥子要了他的命。不知是漏电了,还是操作不当,抑或他突发其他疾病致死,反正人就死在了电褥子上。

那天,两个经常和安泰在门前晒太阳的老头见他老不出来,就敲他门,一直没动静,进去一看,人早就凉透了。村里几个老人主张拿炕席一卷,到李老汉的坟地里挖了坑,把安泰给埋了。

有些人说安泰这辈子白活,临死连个棺材也没有;有些人说安泰这辈子值了,一辈子吃睡玩;也有人说,安泰到了那边,李老汉不会饶了他,他把人家一辈子置办的家业都给败光了;更有些人说李老汉在阴间会想办法让安泰下地狱,他把李老汉家里唯一一条根都给整丢了,到死,新海在哪里都不知道。

唉,谁知道安泰在阴间会有怎样的命运?一个比猪还懒的人！这时，又有人说了：猪？猪比他有用，猪宰了还能吃肉呢！安泰能干个啥？他还不如猪呢！

从小到大，我都看着安泰在村里提着个小油罐子来回走过，直到他死，都是一副老实人、受气包的样子。就是这样一个蔫人，竟葬送了李老汉所有的根基，包括家！包括人！

两个爹的孩子

1

兰英嫁给大福的时候也就十八九岁,正是一朵花,娇俏玲珑,羞羞怯怯,含珠带露,大福心里美得脚底都开了花。

两个都是苦命的人。

大福从小就没了爹妈,跟着一个哑巴大爷长大。天生吃苦,耐劳,踏实,肯干,有一大把子力气,为人也憨厚实诚。二十岁那年,哑巴大爷去世了,大福孤苦伶仃的,做梦都想成个家,有个女人。

兰英的娘自年轻就守了寡,一个人拉扯着如花似玉的闺女,也受尽了别人的骚扰和欺凌。兰英娘一直咬着牙,撑着,苦着,熬着,闺女大了该找婆家了,不图穷富,就是要找个靠得住的男人,希望有个顶天立地的汉子,为女儿撑起一片天。

经人牵线，大福和兰英成了两口子。没过个一年半载，兰英就怀了孩子。

巧笑倩兮，美目盼兮，兰英天天把家收拾得利利索索，每天做好饭，坐在小院的门口等大福做工归来。夫妻二人宜家宜室，卿卿我我，如胶似漆，情投意合，共挽鹿车，凤凰于飞，日子甜蜜得一塌糊涂。

生活就是这样，当你生活在蜜里的时候，老天偏偏喜欢给你扯开个口子，再撒一把盐。

那天下雪，采石场停工，大福看着兰英鼓鼓的肚子，心里比吃了喜鹊蛋还欢喜，要上山去给兰英打野味吃。大福说，越是雪天，野牲口们的洞越好找，顺着它们的脚印说不定能把畜生一家来个一锅端。哪知道，就是这次上山给这个家带来了灭顶之灾。

大福滑下山崖，摔断腰椎，等兰英大着肚子寻到大福的时候，他已没了知觉，是半个死人了。

大福醒来是在两天以后。睁开眼，先是发现自己躺在家里的土炕上，扭脸看见兰英也在炕上，怀里抱着个孩子。

孩子？！大福想坐起来，才发现下半身动弹不得，像被剔了骨，抽了筋，放了血，不痛，不麻，不痒，像截木头。

兰英见他醒来，放下孩子来扶他，满脸是泪，花瓣一般娇嫩的白皮鸭蛋脸竟然瘦了一大圈，像个纸人。

兰英跟大福说："你摔到腰了，还不能动，我寻到你时，你都快冻死在雪地里了。等找人把你抬回来，咱儿子也着急出来了。"

大福看着儿子白嫩嫩的小脸，心里又酸又涩。

兰英给大福后面靠上被子和枕头，把孩子放到大福怀里：

"你和孩子亲一亲吧！看咱儿子长得多好看！你好生养着就行，俺不会让你和孩子遭一点罪。"

这个孩子后来取名平安。是啊，不求大富大贵，只求今世平平安安。

兰英月子期间，兰英娘一直帮着照料。天寒地冻，冰天雪地，家里的柴不够烧，兰英娘山里山外到处去捡柴。凄苦的日子，老的老，小的小，处在中间的人还残的残，坐月子的坐月子，孩子早产，兰英体弱，一家尽是荒凉。

祸不单行，老天爷专门捶打弱小的人。

兰英娘在山上捡柴时不小心跌了一跤，脑袋杵在了石头上，脑血管破裂，送到医院抢救了三天，还是撒手而去。

日子到底是个什么东西？折磨人的是贫穷？还是命？都说"人间天堂""人间天堂"，这人间更似地狱啊！

兰英刚刚二十岁，正是如花般的年纪，给老娘出殡那天，哭得昏天黑地，骂老天爷王八蛋，骂菩萨不长眼，骂命运糟蹋人，村里人听了跟着一起骂，一起哭，哭得天地间刮起了黄风，群山也跟着呜咽。

她怀里抱着襁褓里的孩子，炕上躺着瘫痪的丈夫，家里一贫如洗，家徒四壁。

兰英把孩子和大福都在炕上安顿好，让孩子躺在大福的里侧，在缝好的小棉囤子里放好大福要吃的馍，放好孩子要喝的米粥，给孩子准备好尿布，给大福准备好尿壶。一切妥当。

兰英戴上手套，围好围巾，去大福原来工作的采石场做工了。就这样，一个二十岁的女人干男人都感觉吃力的活计，往日水葱一般的双手粗糙开裂，仙桃一般娇俏眉眼开始有了纹路。按理说，她正值水葱般水嫩的年纪啊！

冬去春来，夏去秋来，一年一年过去了。太阳、月亮轮流看着兰英早出晚归，看着小平安在炕上慢慢长大，看着炕上的大福牵着拴着平安的绳子让他在炕沿边上慢慢会走会跑，看着这一家人在苦海里慢慢地熬。

　　石场里有个一个三十多岁的石匠，早些年被石头崩瞎了一只眼，讨不到老婆，落下个光棍。天天在石场凿石头，叮叮当当，乒乒乓乓，日子就在这一锤一锤的声响里，枯燥无味地过去。

　　石匠老实憨厚，经常帮着兰英抬点这搬点那，挑个担扛个筐，兰英一个小女人家家的就能轻快不少。有时，也给兰英带点米，裹点面，一年年下来，也接济兰英家不少。

　　这天做工中午休息的空当，兰英见石匠的汗衫扒下来扔在一块大石头上，光着膀子在一旁抽烟。她拿起那汗衫到一旁清亮亮的溪水中去洗。

　　石匠受宠若惊地跟过去："大妹子，使不得，俺自己搓两把就行。"

　　兰英不说话，弯了腰，把汗衫在水里荡来荡去。天上白云飘荡，阳光热烈，空中微风轻拂，鸟语花香，兰英的腰肢摆来摆去，婀娜多姿。

　　石匠看着兰英浑圆的臀部，赶紧把眼珠子错开。

　　兰英蹲下来，在石头上搓着衣服，汗水顺着头发丝流下来，顺着脖子流进衣衫里，裹在衣衫里的胸脯一颤一颤的。石匠蹲在一旁看着，抽着烟，喉结一鼓一鼓地上下移动。他的胸膛红红的，在太阳底下闪着异样的光彩，像一盘热烘烘的大火炕。

　　……

　　这天，石场看大门的老头带着东西，领着石匠到大福家里来说亲，石匠在门外站着没敢进去。

看门的老头对大福说:"他说了,只要兰英嫁过去,一辈子不叫她受委屈,也拿你平安当自己的亲娃,还说把你也接过去一块过,只要有他的吃喝,就少不了你的。你看你在炕上动不得,平安再过一两年就该上学了,上学还要过五里山路,得由家里的大人去送,兰英一个女人家苦啊,顾得了养家,顾不了娃娃上学啊!咱这穷山沟沟里除了石头就是石头,要想娃娃有出息,还得念书!石匠是个老实人,就想成个家,愿意照顾你们一家三口,愿意供孩子上学……"

大福靠在炕头上阴着脸,兰英坐在炕脚上,满脸都是泪。

看着大福的脸色不好,兰英凑过来,抓住大福的手:"娃他爹,你别生气,俺不嫁,你要是不愿意,谁来说俺也不嫁。"

大福伸出锤子一样厚的手掌给兰英抹眼泪:"这些年苦了你,也苦了娃了。"

大福对看门老头说:"大爷,俺同意。俺的命不好,拖累了她娘俩,俺就想看着平安长大成人,也想看着兰英过两天舒坦日子。兰英是俺婆娘,俺不情愿她以后躺到别的男人炕上,可俺争不过命啊,俺只能认输……"

石匠在外面听得直落泪,掀了门帘进来,拍着胸脯说:"大福兄弟,你放心,俺虽然瞎了一只眼,可俺的心不瞎,这辈子接屎接尿俺养活你,保证不让你遭一点罪。俺也会把平安当成自己的娃来疼,以后俺天天背着他,驮着他去上学,只要他愿意上,将来考上大学,中了举人,成了状元,俺也一直供他。"

就这样,兰英带着丈夫,领着平安,嫁给了石匠。

兰英有了两个男人,平安从此有了两个爹。

……

2

平安入学那年正好我到当地的小学来支教。

一只眼睛的石匠背着一个虎头虎脑、眼睛忽闪忽闪的男孩来上学。放下孩子离去的时候，他摸了摸男孩的头，眼睛里满是疼惜和宠爱。

这个男孩就是平安。

后来听到好多孩子取笑平安，说平安有俩爹。平安听了后脸憋得通红，眼睛里闪着泪水。

那天，我走了五里山路，去平安家里做家访。

那个家庭的存在形式让我震撼，也让我感动。大福睡在厢房里，房间收拾得干干净净，东西放得整整齐齐。我以为一个瘫在床上的男人会很脏很臭，可大福却很干净，也没有闻到想象中的臭味，靠在炕头上坐着，憨笑着跟我打招呼。

石匠和兰英忙着给我沏茶。

大福说："石匠大哥和兰英对俺很好，就俺这没用的身子，俺自己都嫌麻烦，可他们从来没埋怨过俺。"

石匠在一旁搓着手道："大福，你说啥哩，咱是一家人，是你的成全给了俺一个家，还给了俺一个娃，让俺当了爹，俺沾你的光哩！"

大福接着说："俺们都是粗人，都是搭伙凑合着活着，就希望平安好好念书，将来走出这大山，不再过这凄惶的苦日子。"

石匠和兰英也在旁边附和着说："是哩是哩！就想孩子有出息，走出这山沟。"

平安在旁边仰起头对他的两个爹一个妈说："俺老师可好哩，会的可多哩！会认字，会算数，会唱歌，会画画，还会做广播体操。俺会好好念书，跟俺老师好好学文化，学本事。"

我摸摸平安的头,他生得面相像兰英,眉眼清秀,身架像大福,浑圆高挑,但性格也不失石匠的厚道和淳朴。看着平安闪着光芒的大眼睛,心里所有的情感都化成水,将我淹没……

回学校后,我向镇教委会递交了平安的特困生申请。

在学校,我给那些高矮不同、参差不齐的学生们讲梦想,讲追求,讲尊重,讲生活的艰辛,讲贫穷中的希望,讲做人的厚道,讲人格,还讲品德。看着他们的眼睛,我感觉他们都听进去了,能理解我对他们的期望。从那以后,我再也没听过哪个孩子取笑平安有两个爹。

我用我微薄的工资给学生买字帖,买画笔,买唐诗,买宋词,买各种各样的书籍。教他们读:"天对地,雨对风,大陆对长空。山花对海树,赤日对苍穹……"教他们背:"故今日之责任,不在他人,而全在我少年……"还教他们唱:"我的未来不是梦,我认真地过每一分钟……"

我看着学生们在纸上画草地,画鲜花,画太阳,画月亮,画彩色的翅膀,画他们也说不清的未来……

在这些孩子中,平安的成绩出奇的好。他一年级就背完了小学六年课本上全部的古诗词,一年级学完了乘除法的简单运算;二年级,他能从天对地雨对风背到彩凤知音,乐典后夔须九奏;金人守口,圣如尼父亦三缄;他还学完了千以内的混合运算。

是的,平安是我的骄傲,也是全校的骄傲。我在平安身上花的心血远比其他学生多得多。我深知,平安全家人都有一股韧劲,对学习、对知识有超乎寻常的信仰,透过这些,我能看到这个家庭的希望,看到平安的未来。

我在那个地方支教了两年,教了平安两年,一年级和二年级。后来，平安每年都给我写信。是的，写信。因为那个地方除了村长，没人家里装电话，村民也没手机，我在那里连手机信号都连不上。只有每个周末，骑着自行车过二十多里山路到镇上，才能通讯正常。

后来，平安到镇上读初中，到县里读高中，通讯方便了，但他还是给我写信，没有哪种联络方式，比平安写的信更让我内心安然。

平安的信从开始的稚嫩，到后来慢慢变得成熟，无论何时，都能让我读到一种力量，一种希望。

去年暑假，平安在信里说："老师，您曾告诉我，只要朝着梦想的方向努力，就能到达梦想的彼岸。这么多年，我一直在朝着梦想努力，我原来的梦想就是听爸爸妈妈的话，好好学习，走出这山沟。后来的梦想是做老师这样的人，让别人看到梦想和希望。老师，是您当年在我心里种下了一颗梦想的种子。我现在考上了大学，感觉离梦想更近了，我好像触到了梦想的翅膀。大学，应该就是天堂的模样……"

是的，平安考上了大学。读到这封信的时候，我哭了，比当年自己考上大学还高兴。

我给平安寄去一部手机。我跟平安说，用手机可以更为方便地学习和查询资料，更利于你了解这个世界。

当然，我仍然喜欢他给我写信。他的信让我看到一种奇异的光芒，如一粒沙，一滴水，一瓣花，似清泉雨露，似一缕阳光。

在耀眼的光芒里，我似乎又看到平安小时候在摇头晃脑地背诵："蒹葭苍苍，白露为霜。所谓伊人，在水一方。溯洄从之，道阻且长……"

一枚祖传戒指

　　福花有个翡翠戒指,是她婆婆当年传给她的,翡翠戒面,铂金戒托,金贵得很。

　　当年,福花要和男人结婚的时候就表示,想要件首饰,大小都行,手镯、项链、耳环、戒指,哪个都可以,只要是件真金白银的首饰,就可以。

　　福花娘家穷啊,看着村里同龄的姐妹们都有首饰,亮晶晶,光闪闪的,照得福花心里直痒痒,自己要是有件首饰多好啊!

　　男人听了福花的要求,愣了愣:"嘿,你要那玩意干啥?又不当吃不当喝的,还不如给你多做两件花褂子实惠,穿着还好看!"

　　"不,就不,我宁愿不要花褂子,也不要新裤子,我就想要个首饰,啥首饰都行,小点也行!"

　　男人为难地挠了挠头,"我跟俺爹娘说说吧,想办法给你置一件，结婚时你可别嫌其他东西少。"

"行！"福花甜甜地应着。

后来，男人跟福花说："俺娘有个铂金翡翠戒指，是俺奶奶传给她的，俺都不知道，俺娘一直都不舍得戴，一直放着呢！娘说你进门的当天就传给你。"

福花听了心里都美酥了，祖传的哇！那可真是宝贝啊！

"孩子，这戒指你戴上，咱家祖传的，稀罕金贵着呢！"婆婆说这话时，福花明显感到她脸上有种不安。

洞房夜，福花还在想婆婆脸上的不安。是怕自己弄丢吧？一定得保存好了，"戒不离身"才行，永远得在这个手指头上套着。

从婆婆手里把看起来依然崭新的戒指接过来的时候，福花就想，将来也这样传给自己的儿媳妇，就这么一代代传下去，心里有种源远流长的感觉，就像自己的血脉生生不息。

后来，福花又想，如果早知道他家里有祖传戒指，就该跟男人要台缝纫机，以后做针线活会省不少劲。她又摸了摸手上的戒指，心里又想，这比缝纫机可稀罕多了。想着想着，又高兴了。

生活并不是按人们想象的那样按部就班地来。

福花没像婆婆那样只生一个儿子。她先是生了一个闺女，春霞，又生了俩儿子，大山和小山。手心手背都是肉，戒指只有一个，传给哪个儿媳都不妥，传给闺女春霞？想到这儿，福花赶紧摇了摇头。不行，闺女带着嫁去了婆家，将来春霞不管生男生女，春霞传给儿媳还是闺女，都传不回自己家里来了。对，不能有传给春霞的想法。福花觉得这么做的话，对不起婆婆对自己的一片心。

将来传给谁呢？大山媳妇，还是小山媳妇？传给哪个，都怕另一个媳妇不愿意。福花愁啊，从生了小山以后就愁，愁到大儿子娶了媳妇生了娃,小儿子又该娶媳妇了,还是愁。

后来,福花就跟男人商量。男人不屑地说:"年轻人谁稀罕那玩意儿?谁也不给,你自己戴,死了以后带坟里去。"

福花想了好几天,感觉男人的主意不妥。真要那么做,我的良心等于喂了狗了,我不能做这样的人。

这戒指是祖传的,不能在我这儿断了,否则对不起死去的婆婆,更对不起留下这个戒指的祖宗。福花又想了几天,还是没想出好办法。

这天,大儿媳领着三岁的孩子在院子里逗狗玩。那狗是福花男人养的,通人性。男人上田下地时,狗在后面跟着;男人下河摸鱼时,狗在旁边守着;男人散步遛弯时,狗在身边陪着。总之,狗跟男人的感情深厚得很。小孙女经常骑它身上,还爱搂着狗脖子,狗好像也特别喜欢孩子,爱用头蹭孩子的脸蛋。看着孩子拿狗当玩具,狗拿孩子当朋友,大儿媳感觉这日子真好,可一瞅见福花手指上的翡翠戒指,又把脸拉下来了。

大儿媳心想,自己进门那么多年了,也不见婆婆把戒指传给自己,是不是想着传给小儿媳啊?听说兄弟小山在大学里谈了个对象,还是个城里姑娘,怕是自己争不过人家啊!想到这儿,大儿媳见狗舔孩子的手,孩子乐得咯咯笑,气便不打一处来,踢了狗一下,"死狗,滚远点!"骂完狗,抱起孩子,拧着屁股出去了。

那狗受了委屈,黯然走到窝里趴下了,眼睛忧伤地望着自己的两只前爪,思考着人类情绪变化无常的原因。

马上过中秋节了。

小山打来电话说,过几天带女朋友回来。这消息让全家又高兴又紧张。

福花一天把院子扫三遍，生怕哪里脏了，到时让小儿媳笑话。男人皱着眉头看福花，"你把地扫得太狠了，像刮掉一层皮。"

这天晚上，福花又翻来覆去睡不着。她想把祖传戒指给小儿媳，毕竟小山媳妇是大学生，大城市里来的人，得高看人家，其他也没啥东西拿得出手。

第三天，福花瞅着大儿媳哄着孩子逗着狗正开心的时候，把想法跟她说了。

大儿媳听了以后，脸上一片黑，问福花："娘，你嫌俺是农村的没文化？"

福花急忙否认，"不不不，按说你是老大，传给你是正理儿，但你兄弟在城里找个媳妇也不容易，城里的媳妇领回来，你脸上也有光不是？我想那城里人都有钱，见面礼给钱，人家不一定能稀罕，给她这个戒指，又是个老物件儿，人家肯定能高兴。你放心，娘也少不了你的，我呀攒了两千块私房钱，这钱你拿着，到县城里的首饰店挑自己喜欢的去买一个。"说完，她把用手绢包着的两千块钱塞到老大媳妇手里。

老大媳妇接过钱，直接塞到裤兜子里，脸色这才缓和下来。

"行吧！俺是老大，得有个老大的样子，你这戒指是个文物级别的，肯定值钱。虽然俺也稀罕这个戒指，但俺也知道心疼娘，不让你为难。俺不跟老二家争了，谁让俺是老大呢！俺吃点亏，让给她。"

"哎哎，娘就知道你懂事。"福花脸上笑成了一朵花。

"那娘，你让俺戴一天新鲜新鲜呗，就戴一天，到明天俺就还给您。"

"行行行！"福花把戴了三十年的戒指从手上褪下来，交给大儿媳。

小孙女正用小饼干逗狗,一个个抛出去,狗狗稳稳地接住,接不住的就再用嘴巴拾起来,一口吞进去,乐得小孙女拍着小手笑着跳。

大儿媳接过戒指一边往手指头上套,一边自言自语:"戴这个有点大,戴这个也不合适,戴这个上面,哎哟,太紧,卡得疼……"然后就见大儿媳妇使劲从她的胖手指头上往下拽,拽,拽……

福花在一旁心疼那戒指让她撸坏了,揪着心,直皱眉头。

"噗"的一下,戒指撸下来了,掉到地上像个屁一样发出一声闷响。

大儿媳还没来得及转身,福花还没来得及弯腰,旁边的狗悠然地把头伸过来,将戒指一口吞下去,然后望着直愣愣看着它的两个女人,似乎等着大家为它的反应机敏而鼓掌。

突然,福花"嗷"一声抱住狗头,就掰狗嘴。

大媳妇一脚踢在狗肚子上,"你这死狗!"然后对福花说,"算了吧,娘,在狗嘴里你是掏不出来的,等狗拉出来就行了。"

福花不理她,急得眼泪直飞,"啪啪"扇着狗嘴,"你个死狗,吐出来!吐出来!吐出来!"

福花男人在屋里听见动静出来了,"干吗呢?打狗干啥?"

"狗把娘的戒指给吞了。俺说让娘等狗拉屎带出来,娘不听,看把娘急的。"大儿媳妇嘴角带着点幸灾乐祸,拿眼睛直瞥福花。

"就一破戒指,行了,别打了!"男人一把把福花拉过来,"明天就和屎一起拉出来了,把狗拴好别往外跑就行,拉出来后洗洗擦擦一样戴。"说着把狗链子挂在狗脖子套圈上。

福花抹着眼泪一屁股坐在凳子上:"那是祖宗传下来的

啊！"

"行了行了，又丢不了，一个破戒指。"说完，男人抱起小孙女出去玩了。

男人抱着孩子到村里新修建的小广场上玩了一圈，小孙女和几个小孩玩皮球，男人蹲在旁边看别人下象棋。一会儿工夫，男人突然感到心慌气短，赶紧坐在墙根靠了半晌。

小孙女过来牵他的手，"爷爷，爷爷，你怎么了？"

他笑呵呵地对孩子说："爷爷老喽，刚才觉得难受，现在好些了，可浑身没力气喽！"

小孙女特懂事地牵着他的手往家里走，嘟着小嘴奶声奶气地说："爷爷不难受，我以后自己走，不让爷爷抱。"

男人和小孙女刚走到院门口，忽然感觉空气里有种异常的味道。男人心里一紧，步子有些发抖。

推门进去，他心口好像被石头砸中一样，疼得抽搐。一副血淋淋的景象让他犹如被人扼住了咽喉。狗被吊在一旁的枣树上，已被开膛破肚了，白花花的肠子流出来，从狗肚子里一直淌到地上。狗的头颅朝天仰起，双眼紧闭，四肢朝前直直地伸出来，像是要抓住什么。

儿子大山正蹲在地上，在一个大盆里正洗着什么，盆里还有个红乎乎的肉团，那是狗的胃囊。大儿媳和福花在一旁围着。

突然大山说："找到了！找到了！戒指还没坏，幸亏宰得及时，否则就让胃液给腐蚀了，这可是祖传的宝贝啊！"

男人的心一阵颤动，气得声音发抖："你们……你们……"

小孙女在一旁"哇"地哭起来："哇……我的狗狗，哇哇……我的狗狗，哇哇哇……我的狗狗……"

男人从儿子手里拿过戒指，摔在地上，死命地用脚踩，边踩边骂:"狗屁祖传!狗屁祖传!狗屁祖传!狗屁……"

男人跺得没力气了,一腚坐在地上,也像小孙女似的号哭起来:"我的狗啊!我的狗啊!为了个铝合金镶玻璃的破戒指,我害了你啊,我的狗啊……"

大儿子和大儿媳面面相觑。

福花一愣,也一腚坐在了地上。

西边残阳如血。

空气里血污的味道铺天盖地地向人的头顶压过来。

我和一个男老师的故事

二十世纪八十年代，农村孩子上学比较晚，也不知道是几周岁，好像虚岁要够八岁，才能上小学一年级。

那个年代，村里连个幼儿园都没有。镇上有，还不叫"幼儿园"，叫"育红班"。我只是听说过，没去过，更没见识过。

我在还没到上学的年龄时，特羡慕那些天天背着书包去上学的大孩子，眼馋得不行，天天在家里跟我爷爷闹，闹着要去上学。那时，心里有什么愿望不敢跟爸妈说，怕他们揍我，只敢跟爷爷说。

上学的愿望跟猫抓心似的，搞得我天天安不下心来好好玩。

一天，我在家里翻出一个用了一半的练习本和一支半截铅笔，估计是我叔以前上学用过的。有了这两样东西，我感觉可不得了了，这就等于做好了上学的准备啊！上学不就是老师教着学写字吗？有了笔，有了本儿，就剩老师教了。我说什么也要去上学。

爷爷让我缠得没办法，大手一挥，"你去吧！"

于是，我搬着个凳子，揣着那半个练习本和半截铅笔就去上学了。

到学校的时候，老师还没来。当时，村里小学只有两个教室，我随便进了一个，就把凳子一放，拿出笔和本乱画。

所有学生都是同村的孩子，见来了我这么一个小不点，都感觉特别新鲜，问我："静儿，谁让你来的？你怎么来了？你还小呢，什么字都不会写，你跟我们一起学什么呢？"

"我让老师教，老师一教，我就能学会了。"当时特小，什么话都敢说。

那些大孩子有的教我写名字，有的教我写村小学的名字，一会儿工夫，我照着葫芦画瓢学了几个字。虽然写得不好看，不懂笔顺，但把字整个画下来了，凭模样记下了那几个字念什么。

后来，老师来了，就是今天要讲的这位葛老师。葛老师当时也就是二十六七岁吧，他所在的村庄离我们村有十几里路，每天骑着自行车来回奔波。

葛老师一进教室看我一个小不点杵在那里，先是一愣，接着问大家："这是谁领来的小孩？"

"她自己来的。"

"她爷爷让她来的。"

"她天天在家里闹着要上学，特别不听话。"

"她还小呢，可是脾气特别大，她爷爷也管不了她。"

"也不是，他爸爸能管得了她。她在她爸面前可老实了，她爸不在的时候，就跟她爷爷闹，非要上学。"

"对，都跟她说了，她太小了，学校不收这点的小孩，她就是不听。"

那些大孩子们七嘴八舌，恨不得把知道的关于我的全部都汇报给老师。

葛老师看看我，又拿过我的本子看了看，问我："你认识哪些字？"

我把依照相貌记住的那几个字指给老师读。

老师问我："你还认识别的字吗？"

"不认识，这是他们刚刚教会我的。只要有人教，我什么都能学会。"我大言不惭道。

葛老师笑了："你现在太小了，学校里不收这么点的小孩。不过以后你可以来玩，老师有空的时候就可以教你认字。"

"好，那我以后就来找你教我认字。"我也不认生，感觉什么都那么理所应当。

"我找个人送你回去。我们马上要上课了，你在这里待着，他们不会认真听课。"

"我自己回去，你们上课吧！以后你们下课的时候，我就来找你认字。"说完，我就揣好练习本和半截铅笔，扛上小凳子回家了。

到家以后，爷爷看不出我的喜怒。他本以为让我自己去一次，碰上一鼻子灰，以后就不会再闹着上学了。谁知，我倒给自己找了个老师，还说有空就可以去找他认字。

我翻箱倒柜到处找爸爸的空烟卷纸盒，然后拆开，铺好压平，拿剪刀再一分为二，厚厚的一叠。我拿出妈妈纳鞋底用的针线，把那叠烟纸钉成一个小本本，往自己衣兜里一装，不大不小，正合适，又把半截铅笔装衣兜里。

从此，我随身带着认字的工具，还不耽误玩。从此，我也开始了对葛老师的纠缠。

学校外面是我们村的打麦场,既宽敞,又平整。平时,我们村里的小孩都在麦场上玩,滚铁环的围着麦场疯跑;捉迷藏的在麦草垛里乱钻;还有各种各样的游戏,我们天天玩得热火朝天。

自从葛老师许诺他有空的时候可以教我认字,我的耳朵整天支棱着,只要听见校园里的学生下课了,我就跑进去,找到葛老师,从随身的口袋里掏出自制的小本本和那小半截铅笔,让他教我写字认字。

我的举动在那帮小孩子中间掀起了大波。他们既眼红又羡慕,可谁也不敢跟我似的明目张胆地去找老师认字。

葛老师一天教我认三个字。我尚未学过拼音,每个字通过样子记住读音,每天都有进步。有时候,我还牛气哄哄地教小伙伴们在地上认字,学着老师的样子,学不会的就训几句,慢慢地把小伙伴给训跑了,没人跟我学了。

当时,小小的我特别忧伤,为什么那些孩子都不爱学习呢?唉!

一天,爸爸知道这件事情后,让我把学的字拿给他看。他一张张翻着我那用烟纸盒钉成的小本本,上面密密麻麻写满了字。他一个个指着让我念,我都特别大声地读出来。

爸爸笑眯眯地看着我道:"我闺女——行!比爸强,你写的这些字,爸都认不全。"

第二天,爸爸就在附近的造纸厂买来一令白纸,还到镇上的文具店买来一百支 HB 的中华铅笔。

那时候好像所有小孩家里都会批发白纸,自己装订成练习本。

一令纸啊!一开的白纸,整整五百张啊!我整个小学时代都是用这样的白纸做的练习本。

小学时代,我用同样的练习本、同样的铅笔,用得够够的,用得只想吐。后来，我将自己的铅笔跟别人换着用，只要外皮不是绿色的就行——审美疲劳过度。

直到毕业，那一令纸我都没有用完。

后来上初中，学校统一订作业本和练习本，自己用白纸装订的本子才彻底走出我的学习生活。

话说回来，自从有了像样的本子和铅笔，我学得更带劲了。

后来，葛老师还帮我借到一年级的课本。在我看来，这些都太简单了。我经常很神气地在小伙伴面前显摆自己的"博学多才"，整得有些大孩子给我冠上"骄傲"的帽子。我当时不知道"骄傲"是啥意思，但能从他们的脸上看出，那是个贬义词。

后来，我上了学，我的老师就是葛老师，数学语文都是他教。由于之前跟他混得很熟，有些恃宠而骄，真的是特别骄傲。

有时候，老师布置的作业我都不写，理由是——我都会。

记得有一天，老师在批改作业时，把我叫到他跟前，悄悄跟我说："静儿，你学得真棒，学得真好，会得真多啊！"

"嗯。"

"可你连作业都不写，我没办法在同学们面前夸你呀！"

"啊？"

"你全部会做也要认真写，你会得多，作业也要完成好，这样我才能在大家面前夸你，才能让别的孩子向你学习呢！"

"嗯，对。"

从那以后，为了让老师在大家面前大张旗鼓地夸我，我每次都把作业认认真真地写完。

我跟葛老师特亲，感觉他脾气特好，连写作业的事情都是和我商量着来，比我爸的脾气好多了。我爸要是知道我不写作业，肯定会踹我屁股。

有时中午放学，我拉着老师的手说："老师，我家今天中午包饺子，我爸说不让你回家了，跟我一块回家吃饭。"或者是，"老师，我家宰了一只公鸡，今天中午炖上，我带你一块回家吃鸡肉。"

葛老师从来不跟我客气："好，咱俩一块走。"然后他帮我拎着书包。

那时感觉好神气啊！老师给我提书包，别的孩子只有看的份儿。

我一二年级都是跟着葛老师读书。要上三年级的时候，教委要把葛老师调到他们村所归属的中心小学。彼时的中心小学就好比现在的学区。他的村子和我的村子不在一个学区。

当知道要把葛老师调走的消息，我就受不了了，不光我受不了，别的同学也受不了。我们都喜欢葛老师，因为他脾气好，对学生有耐心。

我们每个人回家后都向家长汇报了葛老师要调走的不幸消息。后来，我们村的家长向村长求助，村长联合几个家长去镇教委求情，要留下葛老师，听说去了好几次，教委也没答应，葛老师还是按照上面的指示调走了。从那以后，我基本就见不到葛老师了，倒是听我爸爸跟我提起过几次："我赶集的时候，碰到你葛老师了，他还问了你的学习，让我嘱咐你好好学，说凭你脑子的灵光劲以后能考出去。"

"哦。"我总是淡淡应着。

后来，我们换了一个梅老师。他也是一个让我记忆深刻的老师。因为好多现实的问题和评价，令我很不喜欢他，学习也慢慢变得不好了。

我怕见到葛老师，特别怕让他知道我的学习成绩。

五年级的时候，我到中心小学念书了。那时懂事了，听了父母的教诲,又离开了梅老师,全都是新的开始,我又重回学习霸主的位置。

再见到葛老师是初中的时候。

那个星期六,我骑着自行车回家,前面一个人也骑着车,只看背影我就知道那是葛老师。他的背影我太熟悉了。我骑着自行车狂追,边追边喊。葛老师听见喊声停下来,看着我气喘吁吁的样子,他笑得挺开心。

"老师,你干吗去了?我刚放学,正要回家,咱俩正好一路。我现在上初中了,前几天期中考试我在班里还是第一名呢!"我的话像流水一样哗哗往外冒。

可葛老师一句话把我整懵了:"哈,学习真好!你叫什么名字来着?"

"我,我,我是静儿啊!老师,你把我忘了吗?"我心里好难过。

"哦,静儿,你长大了。"老师满脸的惊喜。

是啊,六七年过去了,老师的样子没怎么变,我一眼就认出来了;可是我长了啊,个子高了,小辫剪掉了,模样应该也有所变化吧!毕竟老师教我的时候,我才七八岁,这次再见到,我都十四五岁了。

想到这里,我瞬间就释然了。

"我前几天看到你爸了,他说你在初中学习挺好,不跟以前似的那么调皮,那么贪玩了……"老师的话又像流水一样刹不住了。

是的,两个熟悉到生命里的人,哪怕中间隔了几年没见,再见面,那种感觉能分分钟找回来,特亲切。有说不完的话,拉不完的呱。

就这样,我俩骑着自行车同行了十几分钟,到了一个岔路口，我们就要分道而行。

我心里特不舍，便说："老师，咱俩一块回家，到我家里去吃饭。"

老师笑了，笑得我心里特难过，想哭。我想起当年老师给我拎书包，我们结伴而行，去我家里吃饭的情景。

"老师不去了，你早点回去吧！天一会儿就黑了。一定要好好学习，将来考出去，到大地方去。"老师还像以前那样，脾气特好，不像教诲，像劝，像嘱托，像哄自己的孩子。

真的，直到我大学毕业，再也没哪个老师用葛老师那样的口气跟我说过话、聊过天。

再后来，我到县城念高中，到省城上大学。

上大学那年，我爸在一个集市最东头租了个小门头房，卖种子农药，只干了一年多。那年暑假，我就天天守在店里。

有一天，葛老师来了，一边往里进，一边喊："老王哥，我把自行车放外面，你给瞧着点，我去西边菜市……"

"老师！"我从店里迎出来。

"啊？静儿，你回来了？"这次见面离当年初中那次骑车偶遇相隔了六年。

"嗯。"我把老师迎进来，然后给他沏茶。

老师已人到中年，只比以前瘦了些，精神还是那么饱满。

"你爸自从在这里开了这个门市，我只要赶集就会来待一会儿。"老师打量着我，"长大了，真长大了。"

"嗯。"

"真好啊！当时听说你考上大学了，我真高兴啊！在你小时候，我就看出你以后肯定有本事，将来会是人上人。"

"老师，我哪有您说的那么好啊？比我厉害的同学有好多，压力好大，高考前夕我都快坚持不住了。"

"那也不怕。记得你小时候天天拿个小烟纸盒钉的小本本缠着我，让我教你认字，当时也就五六岁吧！你是我见过的胆子最大的小孩，什么都不怕。"

我想起小时候猴子似的调皮劲儿，特别不好意思。

"当时让老师教我认字不是求教的态度，而是命令式的，一到你们下课，我就追在老师屁股后头，老师老师，赶紧教我认字儿。老师脾气好，从来不烦。"

"咱爷俩投缘啊！当时我教四五年书了，从没有哪个学生像你那样大胆，不怕老师，何况，你还不是我的学生。太好了，你这样的小孩太少见了。"

这是我和老师这些年来聊天最长的一次。

那天，我特意给爸爸和老师做了几个下酒菜。他们老哥俩在我面前喝得高兴得一塌糊涂。

再见到葛老师是一年前，离那次在爸爸的小门市里见面，隔了十七年。

一年前，我回家处理点别的事情，爸爸接我侄女放学正好回来。村里的小学早就不存在了，所有学生都要到中心小学去读书。爸爸跟我说，现在葛老师调到我们这里的中心小学了，接孩子的时候能经常看到他。

下午，我去送侄女上学，特地带了两盒茶叶。当时到了学校，大多数老师还没来。我问清葛老师的办公室，在门外等他。

好多小学生围着我瞧，还叽叽喳喳地问："你不是娇娇的姑姑吗？你在这里干什么呀？""我们这里不让送小孩的大人进来，看着你家孩子进来，你走就行了。""调皮打架的孩子会在这里罚站，你站在这里干什么？"……

我笑笑:"我在等我的老师啊!"

"你那么大的人还有老师吗?"

"有啊,我小的时候就是葛老师教的呢!"

这时,我看见葛老师推着自行车进来,头发已经花白,脸上布满沧桑。

"葛老师!"我欣喜地喊。

一群小孩立马围了上去。

"老师老师,这个大人是娇娇的姑姑。""老师老师,她说你是她的老师。""老师老师,你教过这么大的人吗?"……

"静儿?"

"嗯,我来送娇娇,也来看看您。"

"你们都回教室去。"老师喊了一声,小孩子们都一溜烟跑了。

我随老师到了他的办公室,把两盒茶叶交给他:"只记得您天天喝茶。"

老师笑了:"好茶叶,够老师喝半年的了。经常看见你爸接送娇娇,有时向他问起你。"

有其他老师进来,葛老师开心地向人家介绍:"我学生,八十年代教过的学生。是我教过的学生中第一个考上大学的,在省城安了家,立了业。有出息!"

看着那些陆陆续续进来的老师,有的年龄比我还小,葛老师一直不厌其烦地重复着给大家介绍我。

看着老师花白的头发,看着他自豪的笑容,我想起三十年前第一次见到他的情景。我搬着个小凳,拿着一本用了一半的练习本和小半截铅笔,仰起小脸,一本正经地对老师说:"只要有人教我,我什么都能学会。"老师听了我的话笑得一脸灿烂,露出洁白的牙齿,闪着耀眼的光泽。

那时候的我无忧无虑；那时候的老师很年轻。

老师的笑脸像阳光一样温暖着我，我则像一株倔强挺拔的向日葵，一直围着老师转。

思念安然无恙，回忆一直未忘。这一切，时间一直都记得。

春姐之死

春姐是我远房亲戚家的一个表姐，比我大七八岁。

小时候走亲戚时见过几次，大了以后我一直上学，她去别的城市打工，我们就很少见到。

有次过年的时候，听说春姐带了个对象回来，被她爸妈赶走了，不让他们两人进门。那是上世纪九十年代，打工潮刚刚兴起，无非都是到城里的工厂里去。

工厂里有各个地方来的青年男女，风华正茂凑在一起，日久生情的很多。今天这里传谁家的儿子领回来个媳妇，明天那里传谁家的儿子也领回来个媳妇，好像小伙子们都长了很大本事，不用父母操心自己也能找到媳妇。

但春姐领回一个男人来，却炸了锅了。好像姑娘往家里领男人是很丢人的事情，好多人都说，这姑娘本事真大啊，自己能领回男人来!

当时听着那些议论,我心里特不服气。一天,我在一群妇女堆里替春姐打抱不平:"在外面谈了对象,还不兴领回来让父母看看啊?"

"小伙子领媳妇回来那是本事,大姑娘领男人回来是啥?你要是在学校里不好好念书,领个男人回来,看你爸妈不打你!"一个大婶呲嗒我。

"春姐都已经到了谈恋爱的年龄了,跟我一个学生比什么比!真不可理喻。"我气呼呼地要离开。

"现在的小姑娘脸真大哈,谈恋爱这样的话也敢说出口了。"那大婶还在后面叽叽歪歪地说。

"老封建!"我回头怼她一句,然后走了。

是的,那个年代就是这样,不讲道理的年代,没有原则的认知,无法沟通的思想。

春姐的父母就是那样决绝,不让闺女领来的男友进门,似乎这样显得家风很正,显得父母活得很有原则。春姐不依,她喜欢的小伙子不允许别人指指点点,不允许家人对他不尊重。

春姐和小伙子一起走了,去了他的家乡。

过了大半年,春姐家里人倾巢出动去寻她,人找到了,已经怀孕五个月了。

春姐父母强行把她带回来,说名不正言不顺的,不能让闺女这么稀里糊涂地跟了别人。至于当时那个小伙子到底怎么做的,无从得知,毕竟双方家乡离得很远。我一直在外面念书,她的事情都是听别人讲的,知道得不那么详细。

后来,我在姥姥家里听舅妈说,春姐被她的父母弄到医院做了引产。当时不懂什么是引产,一个劲缠着舅妈问。舅妈告诉我，医生会在孕妇的肚子上按着来回摸，摸出哪里是孩子的头，就会用很长的针刺进去，直接把小孩扎死在肚子里，再给孕妇输液打针，把死胎生出来。

天哪！我听了以后感觉恐怖极了。引产其实也是杀人，只是隔着一层肚皮杀人而已。

"那得多疼呀！为什么非要给春姐做引产呢？"

舅妈说，"名不正言不顺，哪有没结婚的大姑娘生孩子的？"

"那就让春姐和那个男的结婚不就行了吗？"

"唉，世上的事哪有你说得那么简单？"

"有什么难呢？春姐嫁给谁都是嫁，嫁个和她情投意合的、自由恋爱的对象不好吗？"

这世上总有那么多让人想不通的事情，那么多讲不通的道理，有时把人搞得那么疼，搞得那么苦。

再后来，我听说和春姐谈恋爱的那个小伙子找来了，听说孩子被打掉了，在春姐家门外哭得不能自已。春姐也哭，被父母关在家里哭。

春姐的父母跟那小伙子要两万块钱彩礼，要他带着钱和礼物正儿八经来提亲。

上世纪九十年代末，两万块钱真够高的！

我和我家大帅是 2008 年结的婚。记得当时我们那个地方，不管谁家嫁闺女，彩礼都是一万一，万里挑一的意思。可当年春姐的父母有他们自己的道理，闺女嫁去外地后都不一定回来了，这个彩礼钱就当是她对父母尽的孝。

小伙子当然拿不出钱来。

春姐被关在家里出不来，就在家里叫着她爹的名字狂喊：某某某要高价卖女了！某某某要高价卖女了！她的声音撕心裂肺，听到的人心里说不出是什么滋味。

那段时间，村里村外到处是关于春姐的议论。有的说她不孝，被男人勾了魂儿，连自己的亲爹都指名道姓地骂；也有人说她父母心太狠，就知道认钱，跟卖闺女也没啥区别。对于当事人来说天大的事情，在别人嘴里只是无关痛痒的谈资，茶余饭后翻出来，磨磨嘴唇，如此而已。

小伙子带着绝望走了。

不管哪个年代，真爱在钱和世俗面前总是无能为力。

后来听说春姐父母找人给闺女找到一户人家，条件不怎么样，家里穷，男人也不怎么样，脾气大不说，还不求上进，天天无所事事地瞎逛游。可在春姐父母看来，女儿已是残花败柳，声名狼藉，能有人接着就不错了。关于彩礼，还是按我们当地的风俗来，不比别人高，也不比别人低，五六千块钱的样子。

当时，我年龄还小，也想不明白闹腾了这么久春姐还是出嫁了，嫁的是自己不喜欢的人，这图个啥？

再后来，听说春姐生了女儿，挺漂亮，人见人爱。可春姐的男人不喜欢，说什么臭丫头片子，长大以后会跟她妈一样水性杨花。

就他那天天无所事事的样子，不知哪里来的资格和权力这么说自己的妻子！

春姐天天就像没表情的木偶，整日辛苦劳作，养着自己，养着女儿，养着那个好吃懒做又好动手打人的男人。春姐对人说过，她心里都是恨，要是没有女儿早就去死了，这人间，待着没意思！

春姐的命苦。她在恨谁呢？恨自己？恨父母？恨命运？还是恨这苍白无情的世道？

春姐说，她这个世上的亲人除了女儿，没有他人。只有女儿是她的亲人,只有女儿离不开她,只有女儿留得住她在人间的脚步。可春姐还是走了,走得突然,走得决绝,带着她心爱的女儿。

春姐的男人约了一个和他同样天天游手好闲、好吃懒做的男人在家里喝酒。那段时间,春姐在邻村的木材厂打工,给伐好的木头刮树皮。每刮一根木头挣两毛钱,每天她都会加班,一天下来比别人多刮好多根木头。

女儿就在村里的小学读书,自己走着上下学,不需要接送。

那天,春姐的男人和他约来的那个男人都喝醉了。女儿放学后就躲在房间里写作业。春姐的男人睡着了,睡得跟死猪一样。另外那个男人看着春姐如花似玉的女儿起了歹心。

据说,春姐回家的时候那个男人刚从女儿身上爬下来。女儿吓傻了,不哭不闹,光着屁股躺在床上,下体都是鲜血。春姐当时就疯了,拿了把菜刀对着糟蹋女儿的男人砍下去。那个男人被砍的时候还在发愣,当他发出恐怖的叫声后,已经没有挣扎之力了。春姐一刀一刀砍下去,把那个男人砍得面目全非。

春姐的男人被惊醒,被已经杀红了眼的春姐给吓住了。他没去阻止妻子杀人,而是极度惊恐地往外跑,边跑边大喊:"救命啊!杀人了,杀人了!"

当人们都向春姐家聚拢过来的时候,春姐抱着女儿从家里走出来,脸上一片死寂。

她当时已经把女儿的衣服穿戴好了。女儿不声不响地搂着妈妈的脖子,伏在春姐的肩膀上。母女俩都不说话,就这么安静地向村口走去,浑身上下溅的都是鲜血。

人们就那么呆呆地看着她娘俩。

春姐就这样抱着女儿平静地走着,走出人们的围观,引领着大家呆望的视线。直到春姐抱着孩子在村口的水井旁停住,人们才反应过来——不好,她要抱着孩子跳井!

可是,晚了!

人们反应过来的瞬间,春姐抱着女儿随着"扑通"一声消失在井口。等人们找到梯子、绳子再救人的时候,春姐和女儿都死了。把人捞出来的时候,春姐还紧紧抱着孩子。

这件当时轰动一时的凶案,随着凶手的自杀也就这么了结了。

如果春姐知道她以后的命运是这个样子,当初外出打工遇到心上人时,她会做怎样的选择?

听说春姐父母当时赶来,在女儿的灵堂前哭得晕厥过去。如果两位老人知道女儿最终的归途,当初他们会不会成全春姐的爱情?

春姐死了十几年了,听到这个消息时留给我的震惊尚在。如果世上的亲人从一开始就对她另眼相待,也许最终她不会走吧!

可是,万事都不能重来。此时,写下"如果"两字,又写下"也许"两字,竟是如此难过。

肖美丽和她的狗

肖美丽小我一岁。2004年，我们在北京相识，老家都是一个地方。老乡遇老乡，感觉特别亲切。我当时在报社做策划，她是一家培训机构的业务员，要在我们报纸上投放软文广告，一来二去，我们认识了，后来还成了死党。

肖美丽长得和她的名字一样，名副其实！一米六七的个子，眼睛大大的，犹如鹅蛋的白皙脸庞，天生的尤物一个。可这样一个大美人却一直单身。

美丽常说："我不需要男人，我有我的狗就行了。"她养的狗是条黄色的大金毛，特别干净漂亮。

美丽以前也和几个男人谈过恋爱，后来还和一个男人结了婚，婚后半年就发现他和另外一个女人的奸情。美丽二话不说，和那个男人决绝地离婚了。她跟我描述过男人挽留她的情景。他说最爱的永远是美丽，和外面的那个女人没感情，是对方自己贴上来的，他只是占个便宜玩玩而已。美丽当即就踹了男人一脚："妈的，玩玩而已？你怎么不去玩你妈！"

离开那个男人以后，美丽也离开了那个城市。来到济南后，她在洛口附近租了一套小公寓，开始开网店卖女装。一开始挺难的，自己搭配服装，整理图片，有时对着电脑一忙就是一夜，过着不分昼夜的日子。一个人，养着一条狗，从来没听她说过孤单。

美丽头脑灵活，在平台上直播卖服装，没想到大赚特赚，两年之内就买了一套三居室的房子。一间房子用来搞网店，一间房子是她和狗的卧室，如果我要在她那里过夜，第三间就会给我住。相比起来，她跟狗更亲一些。

美丽在直播过程中遇到过形形色色的男人。一次，有个男人买了两万块钱的货，不要美丽给他发物流，他来济南自提。两人碰面后，他又说不要服装了，两万块钱送给美丽，说白了，就是为见美丽一面。美丽直接问他："你这么做，你媳妇知道吗？"男人急赤白脸地解释，"就是单纯地见你一面，什么都不做。"美丽说，"你老婆在家看孩子呢吧？这两万块钱舍得给你老婆花吗？"问得男人无地自容。美丽直接把两万块钱摔给他，呵斥道："赶紧带上你的钱滚蛋！"

美丽就是这样，在她面前，那些想跟她发生点什么的男人只能落荒而逃。

每次我跟美丽谈及找个男人的话题，她总是坐在自己宽大的真皮沙发上，搂着她的大金毛说："我有我们家金子就够了，本姑奶奶不需要男人！"看到她那个样，我就爱呛她："狗又不是男人，狗能吻你吗？狗能抱你吗？你能和狗传宗接代吗？狗要是能代替男人，全世界女人早都养一群狗了，谁还给男人生儿育女、洗衣做饭,当老妈子啊?男人再不济也得用啊……"

这个时候,美丽总是随手拿起沙发上的抱枕,咬着牙砸向我,连她的金毛也冲我汪汪。我总爱揪着金毛狗的两只耳朵骂:"你俩再怎么相互忠诚,也做不到人狗为奸!"

美丽对那金毛狗真的好,每天都给它洗澡,洗完,美丽再洗,用一样的沐浴露,所以每次我都说她身上的味道和狗身上的味道一样。

每次狗吃完东西喝完水,美丽都拿抽纸给它擦嘴擦鼻涕,真跟伺候孩子似的。

一次美丽告诉我,她带着金毛去小区菜市场买菜,有个男人撞了她屁股一下,明显是占便宜。美丽那火暴脾气才不会吃哑巴亏,拉住那男人的衣服非要对方道歉。男人刚想要挣脱,金毛直接立起来把两只前爪搭他肩膀上,两只眼睛和他对视着,伸着舌头把狗嘴里出来的热气都喷那贱男脸上,当时就把他吓得脸蜡黄,急忙给美丽道歉,就差给狗下跪了。美丽喊一声,"金子下来。"金毛才把那男人放开,好多人看着他屁滚尿流地离开,都哈哈大笑。

美丽每次跟我说这些的时候,抚摸着金毛的狗头,她的眼神里都是自豪和宠溺。

我对美丽叹息道:"金子再好,也替不了男人啊!你都三十多了,总不能跟狗过一辈子;再说,肖爸肖妈都给我打过多少次电话了,让我给你物色个男人,最起码你先见见,行不行的处处看再说。"说着,我就做出一脸色眯眯的样子对她动起了手。美丽大笑着骂我是条母色狼。突然,我感觉什么地方有些不对劲。当时,美丽穿着睡衣,胸罩也没穿,我摸着她的右侧乳房里面好像有东西,葡萄粒大小。

我说:"美丽,你别动,你疼吗?"

美丽打开我的手,"你乱摸什么啊?你这条母狼趁机占我便宜。"

我看她一眼,"我摸着你里面好像长了个东西,你没感觉吗?"

美丽傻啦吧唧地对自己的胸口一顿抓一顿摸,眨着大眼睛说,"是有个块儿,是不是乳腺啊!我一点感觉也没有啊!对了,我最近有时胸闷,算不算?"

我抓抓她的,又抓抓我的,更觉不对劲了:"美丽,你那个块不是乳腺,乳腺不是单独的块儿。乳腺和乳腺之间都筋头巴脑地连着呢!你这个块儿是独立的,怎么不疼呢?我乳腺增生疼得要命,你这是什么呢?"

我在平板电脑上面各种各样地查找,关于乳腺增生、乳腺肿瘤、乳腺癌。我对比着自己的胸部各种研究,美丽搂着金毛的脖子发呆。

是的,我们那天就有种不好的预感。刚刚还在各种乱腾各种玩笑,下一刻就被乳房里的一个肿块儿打击了。

我和美丽去医院做了检查,是乳腺肿瘤。

美丽拿着 CT 结果特无知地说:"是肿瘤,吓我一跳,我还以为是乳腺癌。"

我眯着眼睛冲她笑一下,心里的泪水土崩瓦解,把胸腔冲击得生疼。

我又带美丽去了肿瘤医院。我一直抱着希望,希望是良性的,希望是只需开个刀,把那个肿块取出来就好。可老天爷就是这么不长眼,肿瘤是恶性的,已经有了扩散迹象,腋下淋巴已经感染。

我替美丽取结果的那一刻，心里一万次默念这是做梦，不是真的，睁开眼就好了，一切都没事。我闭了无数次眼睛再睁开，还是在医院，在医生的办公室，我坐在那里不敢挪地方。美丽在外面走廊里等着呢，我怕见她，我没拿个好结果出去，感觉对不起她。

我跟医生辩解，"你再给看看，她现在什么感觉都没有，跟没生病的好人一样一样的，肯定没事。您再给看看，就算是肿瘤，也是刚刚发现，肯定能治好的。"

医生推了推鼻梁上的眼镜，继续跟我解释，"恶性肿瘤早期多无明显症状，即便有症状也常无特征性，等患者出现特征性症状时，已经属于晚期。任何癌症只要开始扩散，治疗起来都很棘手，病人最多还有一年寿命。接下来的化疗会让病人遭受很多痛苦……"

医生后来的话我没听，站在门口看着来来往往的癌症患者，我不敢想象美丽以后会变成什么样子。

事情是不能瞒的，也瞒不住。当美丽看到我的时候，似乎什么都明白了，直接问我："医生说没，还能活多久？"听到这话，我瞬间就崩溃了，在医院走廊里号啕大哭，别人都用特怜悯的眼光看我，肯定都以为是我得了癌症。

美丽后来决定采取保守疗法。用她的话说，反正都治不好了，保留个完整的身体也不错，否则带着一个乳房去那边，她会有自卑感。

那段时间美丽特伤感，搂着大金毛给我讲她的初恋。美丽说，那时自己是农村来县城上学的，家里穷得很，感冒发烧都没钱买药，就这么在教室里硬挺着上课。旁边的男孩那天上午看她趴在桌子上难受，下午上学时就给她带来了感冒药，什么也没说，给她放在课桌上,说吃了吧,吃了能好受点。美丽说,她永远忘不了那个男孩子眼睛里透出来的善良,那种眼神不带殷勤,不带暧昧,只有善良和关心。那是第一次有异性让美丽感觉到温暖。

美丽说,后来上了大学,都各奔东西,农村的家里连电话都没有,更没有网络。那个男孩是县城的,家里有座机,当时自己就默默把那串数字记下了。她从未忘记曾有次给男孩家里打过电话,自己是骑自行车赶了二十里路,到镇上的邮局打的。当时快过年了,男孩也放假了,应该在家。可电话接通的时候,是男孩的母亲接的。他母亲问过美丽的身份过后,直接跟她说,"以后你别打电话来了,他要安心好好学习。"

美丽的初恋就这样被扼杀在摇篮里,可她从未忘记那个男孩。美丽问我,"你说我现在能联系他吗?毕竟我活着的时间不长了,我好想再见见他。"说这些的时候,她脸上泛着少女的光辉。我和她躺在床上,她怀里还搂着她的金毛。金毛安静地睁着眼睛听着主人说话,表情忧伤,好像那些话它都能听懂似的。

后来有一天,美丽惊喜地告诉我,她联系到"大牦牛"了。我问她,"大牦牛是个什么?"

美丽无限羞娇地告诉我,"大牦牛"就是她的初恋,就是那个阳光一样温暖的男孩,因为长得高高壮壮,所以上学时就喊他"大牦牛"。

大约有两个月的时间,美丽都是很开心的,毕竟那是她的初恋!后来,他们发生了什么我不太清楚,美丽曾失望地对我说,"不联系了,跟想象得一点都不一样!"

是啊,十五年,早已物是人非,初恋也好,暗恋也罢,皆是藏于美丽内心最深处的纯真与美好。患了癌症的她似乎是为了不留遗憾,却未想到初恋早不是最初的感觉,那份悸动被自己的莽撞亲手打碎,也成了她最大的遗憾。

最后两个月的时间,美丽不得不住在医院里。她每天都感觉疼痛,疼的时候就蜷缩在床上掉眼泪,实在受不了,会请医生给她打一针杜冷丁。她总是念叨,为什么中国不能给人实行安乐死?这样等死才不人道呢!好疼,好痛苦,不如赶紧死了好过些。

住院的那段时间,狗进不了医院。她把金毛交给我,嘱咐道:"我知道你也是爱狗之人,请你好好照顾金子,就把金子当成我养活着。"

后来,美丽的父母都来了。我们瞒不下去,这么大的事情,老人家早晚得知道。肖爸肖妈只得这么一个女儿,自然心碎成了渣。肖妈总是念叨,怎么不是我得这病呢?干吗跑小丽身上去?肖爸对着美丽的时候总是笑,"妮,你想吃啥,爸爸给你买去。""妮,你还有什么事情没做,跟爸说,爸帮你完成……"避开美丽的时候,肖爸就老泪纵横。

金毛狗在我家里则不吃不喝,就那么趴着。这时,我就会和美丽手机视频。我拿着手机给金子看,美丽的声音就传过来:"金子,去吃饭,回家我就去接你。"金毛狗深情地看看视频里的主人,像领到圣旨一般,乖乖去吃狗粮了。

弥留的那段时间,美丽还会和金毛狗视频,却没力气命令它去吃饭了。她把手伸出来,像要透过屏幕摸金子的头。金子就那么静静地看着屏幕里的美丽,有时会在屏幕上舔一下,像是在舔主人的手或脸,美丽就在那边有气无力地笑笑。

最后,美丽走了。她的父母把骨灰带回老家去安葬。我曾经征求过两位老人的意见,看看能不能选块墓地,将美丽安葬在城里。我们农村老家,未出嫁的姑娘死了是不能入娘家祖坟的,如果找不到合适的人家结一门阴亲,和死去的男人合葬,只能找个闲地方埋个孤坟。两位老人思来想去，还是把女儿带回去了。老人说，想闺女的时候可以到闺女坟上和她说说话，就算埋个孤坟，有父母常过去陪伴，也就不孤了。

美丽下葬那天，我本想带着金毛狗一块去，可老人家告诉我，老家有讲究，四条腿长毛的牲畜是不能靠近死人灵位的。所以，金子也没能送自己主人最后一程。

美丽走了以后，金子再也不能和她视频了。它一直不吃不喝，天天在阳台上趴着，我怎么哄怎么劝都无济于事，金子见不到美丽，开始绝食。约一周后，金毛狗已经瘦骨嶙峋。那天早上八点左右，金子突然双眼放光，趁人不备越过阳台的护栏，从我家五楼一跃而下。等我跑到楼下时，它的尸体旁边围了一圈人。有个女人说："吓死我了，我刚走到这儿，这只狗突然就从楼上跌下来，直接摔在我脚旁边……"

我在这个女人旁边，闻到一股熟悉的味道，是从她身上散发出来的清香，和美丽的体香是一样的。她们应该用的是同一个牌子的沐浴露。

我抱着金子的尸体泪流满面。自从美丽走后，金子就厌世了。它思念美丽，精神上受尽煎熬，鼻子太灵，在五楼就闻到了熟悉的香味，误以为美丽归来，最终自绝生命。

我带着金子的尸体去了美丽的老家，征得美丽父母同意后，将金子葬在了美丽身旁……

叁

那苦乐,那年华,那血脉

老爹

我爹老了,老得有些不像话,假牙一摘,两边的腮帮子就塌陷下去,怎么看怎么别扭。我心里直犯酸,爹怎么老成这样了?看着都不像我爹了。老爹听了,瘪着嘴唇,嘿嘿一笑,继续坐在那里吧唧吧唧地抽着烟,看着电视。

以前总有好多人说我长得像我爹。问人家哪里像,总听见这样的话:"瞧你那大脸、大嘴、大眼睛,跟你爸一模一样。"我听了总有些不甘:"我倒希望长得像我妈呢!"我妈是鸭蛋脸,我爹是国字脸,女孩子自然不希望自己长得跟我爹一样英气逼人。

是的呀,老爹年轻的时候还真是英气逼人呢!有时,我对着老爹年轻时的照片由衷赞叹:"老爸,你年轻时候真叫个俊啊!长得像谁啊?"老头嘿嘿一笑,走了,又躲旁边干活去了,扫扫院子,喂喂鸡,给狗食盆里添点水。

有一年过春节,和一位婶婶闲聊天。那个婶婶说:"你爸真疼你妈啊!你妈要是有个头疼脑热、小病小灾的,你爸那架势,紧张得不行,又找医生,又上医院,花钱都不带眨眼的!"

我听了挺自豪:"对啊!我爸最疼我妈,比疼我们还疼得狠。"

"你爸年轻时家里穷得就五间土坯房,兄弟三个,你爸又是老大,上面有两位老人,下面有两个兄弟,你妈一点也没嫌弃,就认准你爸这帅小伙了,二十岁就嫁过来。虽说过了好多年穷日子,归根结底你妈还是有福气啊,被你爸疼了大半辈子。你妈年轻时那个俊啊!"

婶子说着,瞅了我一眼:"比你现在可俊多了,你长得不像你妈,你跟你爸年轻时一样。"

我一时语塞,心里犯嘀咕,刚刚还说我爸年轻时是帅小伙呢!我爸一个男人长成那个样就好看,我一姑娘家长得像我爸就不俊了?

后来,我夸我妈:"老太太,你眼光当年够好的啊!找我爸这么一老伴,你肯定是上辈子做了不少好事,积了不少德。"老妈瞥我一眼:"怎么那么贫呢!"随后又笑逐颜开地问我,"你觉得你爸这样的老伴真好吗?谁说的?""和你差不多年纪的婶子大娘们都这么说,说我爸疼你比疼他自己还狠呢!"老妈听了,绽开满脸的皱纹,一旁乐去了。

从小到大,我在家里听到我爹对我妈重复最多的话就是——"你别管了"。

爹在外面做工回来,问妈:"猪喂了吗?"

妈说:"没喂。"

爸说:"你别管了,我去喂。"
又问:"给牛槽里倒草了吗?"
妈说:"还没。"
爸说:"你别管了,我去倒。"
再问:"棉田里喷虫药了没?"
妈说:"没顾上。"
爸说:"你别管了,我去喷。"
……

他们还年轻的时候,妈妈照顾我和弟弟的吃喝拉撒,还有爷爷奶奶的生活起居,又种了十来亩地。爸爸虽然在外面做工很累,但他知道妈妈照顾家也挺累,每次回来都和她抢着干活,从来都很体贴我妈,疼我妈。现在老了,还是一样疼她,这么多年没变过。说实话,我特羡慕我妈。

前几年,爸爸弄了个小型养猪场,天天伺候那些猪,天天把猪圈打扫得干干净净。有时夏天回去,看我爸在猪圈上方搭凉棚。我问,"爸,你费那么大劲忙活啥呢?"爸说:"遮上,要不猪热啊!"看到他老人家在猪圈里安装好多水嘴,又问:"老爸,你又忙活啥呢?""猪嘴一碰这水嘴,就能喝到干净的自来水,要不猪多渴啊!"冬天,又给猪点炉子,怕猪冷;给猪圈里刷石灰,怕猪感冒。总之,我们家老爷子不光疼人,也疼他养的那些动物,猪啊,狗啊,鸡啊,猫啊的。

老爷子爱喝口小酒,但真没什么酒量。

前两年,一次在外面喝了酒,脚下走路没根儿,从二楼楼梯摔了下来,胳膊肘摔骨折了,伤好了以后,胳膊也使不上劲,拎猪饲料、拎水啥的,都不行,就把所有猪都卖了,猪场就关了。

看得出来，爸爸那段时间真的挺失落的，好像没事做就看不到自己的价值，出来进去地吸着烟，也没有以前那么大的精气神了。

去年春天，老爸感觉自己胳膊恢复强壮了，能干活了，硬要跟着村里的建筑队去工地上干活。父亲六十一岁了，尽管年轻时就是技术很好的瓦匠工，可年纪大了，包工头不敢让他再踩到高架子上拿着瓦刀抹灰垒砖，就派他在工地上筛沙子。可还是出了意外。吊车那天往楼顶上吊石柱，上升的过程中钢丝绳松了，石柱子溜下来，砸到爸爸腿上，小腿骨靠近脚腕的部位骨折了。

我赶回去后，忍着眼泪心疼地冲老爸哇哇叫："每年我和弟弟给的钱够你们花，还非要出去做工，做工，做工，这下好了，还去做吗？"

爸爸躺在床上对着我笑，笑里带着讨好的味道："腿好了就听话了，不去做了。"听了这话我的泪再也关不住闸，以前老爸从没对我说过这么软的话。

今年"五一"我回家，发现老爸又到邻村的糕点厂上班了。我心疼他的腿，虽说痊愈了，但毕竟不如以前健朗，就跟他商量："爸，我每年多给你些钱，你别去做了。"

老爸说："活不累，我负责磨豆子面，磨小米面，还调糕点馅儿。哪天我买些回来给你尝尝，挺好吃的。"见我不吱声，他又说："你们给的钱够花，是我不愿意天天待着，一闲下来就感觉老了，没用了，好像天天在等死。有事做觉得活着充实些。"

我心里苦溜溜的，笑着夸他："我老爸也会说'充实'了，真不赖！"

上月有天晚上，老爸在微信上和我视频，我向他跷着大拇指："老头儿厉害了哈，现在会视频聊天了。"

爸爸嘿嘿一乐："挺好学的，娇娇教的。"娇娇是我弟的女儿，今年八岁，和我儿子同岁。

忽然，我感觉有些惭愧。这些年，我一直给爸爸买老年机，从不去想着教他怎么用智能机。其实是心懒，觉得教老爷子用智能机太费劲，有什么话直接打电话嘛，可事实上我很少给他打电话，都是他给我打得多。

娇娇和我儿子雨宝都会使用智能机。小孩学得也快，不管是玩游戏、看动画，还是学习上遇到难题请教"度娘"，他们用起来无不得心应手。我却从来没想过去教爸爸如何用这些东西，平时电话里和他聊天话很少。他问我："工作还好吗？"我说"好"；我问他："身体好吗？"他也说"好"。然后，他会把电话交给我妈，妈就在电话里跟我说："你爸说想你了，给你打个电话，电话通了又说不出几个字来。"每次听到妈这么说，总感觉老爸好可爱。

那天视频，爸爸和我说了好多话。他问我："头发怎么这么湿？"我说"刚洗完澡"。然后，爸爸说："去把头发吹干，别感冒"；又问我："脸咋弄得这么白？"我说："做面膜呢！"他说："都三十多岁了，还那么臭美！"又说，"你用手机照照孩子的奖状，我看在墙上贴了多大一片了。"我就对着每张奖状指给爸爸看："这张是你外孙书法比赛得的奖，这张是你外孙习作大赛得的奖，这张是你外孙绘画大赛得的奖，这张是你外孙参加电视台诗歌朗诵得的奖……"老爸在视频另一端一个劲念叨："好，真好……"

其实，爸爸曾向我讨教过智能机的用法。早些时候，他问："你弄个小棍儿在手机上点什么呢？"

我嫌弃地一翻眼睛:"这是手写笔,可以在手机上写字,写好了短信发出去,对方就看到了。"

爸爸讪讪地一笑:"在这边写完信,那边直接能看到,挺好。"

后来他又问:"你为啥拿着个手机不往耳朵上放,自己走来走去说个没完?不听听人家在手机那边说什么吗?"

我又嫌弃地一翻眼睛:"老爹,我耳朵上戴着蓝牙耳机呢!能直接听到,好吗!"

爸爸又讪讪地一笑:"哦,也不用线接上就能听到,这玩意挺好。"

好像前年爸爸还问我:"你拿着个手机,手指头在上面总来回划拉啥呢?"

我无语地一皱眉头:"我在看文章呢!手指头划拉是在翻页。"

爸爸又是讪讪一笑:"里面藏着书呢!手指头划拉就是翻书啊,挺好挺好!"

再后来,我在微信上用语音聊天,爸爸在旁边听了以后感叹,"跟对讲机似的,挺好挺好。"

一次过年在家吃着饭,我和同学在微信群里语音聊聚会的事情,爸爸在旁边听了后说,"还能在手机里好多人一起开会,谁的声音都能听到,真好真好……"

爸爸那么多次表现出对这些新生事物充满了好奇和羡慕,我却从没想过去耐心地教他如何运用网络,如何运用智能机,总觉得他们这个年纪用不着这些。现在发现自己为人儿女做得真是挺差劲的。父母老了,他们也想通过网络融入我们的生活,可我好像懒得去领会他们的心情,真的挺糊涂的,就知道给他们钱,给他们买衣服，买吃的，却忽略了与他们的灵魂相伴。

　　明天回去，我就要教会老爸怎么用手机看文章，怎么关注公众号；教他怎么把我的公众号置顶，教他如何为她闺女点赞。只要他想学的都教他，一次教不会就教两次，两次学不会就教多次。

　　明天农历六月十三，是老爸六十二岁的生日。有时想想，岁月真挺无情的，把我长得英俊帅气又好看的爹整得那么老，都六十二岁了，像做梦一样。

　　老爸，生日快乐！爱你！

无处安放的灵魂①

弟弟生于 1994 年，2015 年天津 812 爆炸事件中牺牲时刚刚二十一岁。我是姐姐，1984 出生，整整比弟弟大了十岁。

弟弟长得和我很像，都是圆脸，大眼睛，双眼皮，笑的时候露出两颗洁白的小虎牙，脸蛋上还带着俩酒窝。

妈妈为了怀上他，受了很多罪。生下我以后，根据政策妈妈要满三十岁以后，才能生二胎。为了避孕，妈妈在体内安放了节育环。

妈妈满三十岁了，生二胎的指标申请下来，她在医院取出了节育环。过了很长时间，她却一直不能怀孕。爸妈跑了很多医

---

① 此文根据相关事件新闻报道撰写

院。其间,妈妈做过输卵管疏通术,服用过很多促排卵的药物,还刮过子宫内壁,每次从医院回来,都会很虚弱。当然,这只是我知道的治疗的一部分。

我那时年龄小,对父母执意要生二胎很不理解。其实,也是心疼妈妈受罪,劝他们别要二胎了,有我一个孩子就够了。可不论我怎样不情愿,他们还在努力地争取怀上二胎。为此,妈妈吃了很多民间偏方。其中就有托人找关系,在医院弄出来的胎盘。当然,我不知道那是胎盘,只记得爸爸一脸欢喜地提了一兜东西回来,兜子外面还渗着血水。不知道爸妈用什么方法把那东西做熟了,妈妈皱着眉头吃了下去,中途她恶心得要吐,但都忍住了。我长大些问起来,妈妈才告诉我那是胎盘。她说,吃了以后以为能很快怀上孩子,但半年过去了也没动静。妈妈又找来各种中药熬着喝。很长一段时间,家里都充斥着中药刺鼻的味道。

也不知道是哪种方法起了作用,在努力了三年以后,妈妈竟然怀孕了。

我听妈妈笑着对爸爸说:"家里这些年的存款都花干净了,孩子也来了,是个小讨债鬼哦!"爸妈一脸的幸福甜蜜。

妈妈怀孕后,我很郁闷,不理解他们为什么那么执着,为怀孕还花光了所有积蓄。我曾对他们说:"我将来会很孝顺你们,就算以后出嫁了,也会像儿子一样经常守着你们,有我就够了,你们为什么非要再生一个呢?是为了要个男孩子,对吗?你们嫌弃我是女孩的,对吧?"

父母和我解释,他们不是非要生个男孩,只是想多要个孩子,无论男孩还是女孩,多生个孩子,在这世上我们就多一个亲人,等他们以后老了,不在了,我还有个弟弟或妹妹陪伴。在他们心里,两个孩子一样重要。如果妈妈的心脏分为左心房和右心房，我就是她的左心房，未来的弟弟或妹妹就是她的右心房，父母的世界少了哪个都不行。

听了这样的话，我仍是半信半疑，但逐渐接受在不久的将来，家里会多一个小孩，那个小孩和我一脉相承，身上流着相同的血液。看着妈妈一天天大起来的肚子，我竟然开始期待那个小生命的降临。

妈妈怀孕那段时间，爸爸拼命做工，庄稼地里的活不让妈妈干，家里的重活也不让她干，生怕肚子里的孩子有什么闪失。其实，我当时心里颇有醋意，小孩还没出生，父母就这么宝贝他，生下来以后会不会抢走爸妈全部的爱？

无论我如何忐忑，弟弟还是出世了。他生下来时小小的，我第一次看到这么小的孩子，鼻子、眼睛、眉头都皱着，样子好丑。可爸妈都说好看，喜笑颜开地呵护着他，捧着他，亲着他，好像捧着未来，捧着世界。

小孩真是一种神奇的生物。我每天放学回来都发现弟弟越变越好看，先是脸上的皮肤不皱了，再是眼睛变大了，变亮了；后来觉得他的脸圆了，变胖了；再后来，我趴在床上看他的时候，他竟然舞着小手，咧着小嘴冲我笑，笑得我心里一片柔软。

我真正爱上弟弟就是从他冲我笑的那一刻开始的。他笑得像天使一样，打碎我内心所有的戒备和不安。他那么可爱，谁都会爱他，我怎会怕他抢走父母的爱呢？我会和爸妈一起爱他，使劲爱他。

渐渐地，弟弟会走路了，在地上蹒跚着，像个小肉球。如果他跌倒了，我会紧张得整颗心都缩起来。他那么小，那么嫩，怎可以摔倒？可弟弟每次爬起来就会继续咯咯地笑着朝前跑。我曾惊奇地跟妈妈说："弟弟软软的，摔倒了也不会疼，好像棉花做的。"

后来我到镇上去读初中了，住校，每个周末才能回来。每个礼拜五下午，天要擦黑的时候，我就骑着自行车进村了。妈妈和弟弟总是在村口等我，弟弟一看到我的影子，就冲我跑来，边跑边高兴地喊"姐姐"。每当这个时候，我感觉有弟弟真幸福！

我到县城里上高中的时候，弟弟开始上小学。我每次回去，弟弟都和我坐在一起写作业。他总是问："姐姐，书上这些字你全都认识吗？"我说："认识啊！"弟弟满脸崇拜："姐姐好厉害啊！我们老师只认识我书上的东西，你比我的老师厉害多了。"又问："姐姐，你数学书上这些数字好多哦！这样的题你都会做吗？"我说："会啊！"弟弟又是满脸惊叹："姐姐你真是太棒了！这样难的题应该是科学家们才会做吧！姐姐像科学家一样厉害。"那时，活在弟弟的崇拜里，感觉这种亲情甜蜜无比。

我考上大学了，变成一个学期才能回家一次。每次弟弟给我打电话，总会说："姐姐，我想你，你明天回来吧！"我像哄小孩子一样哄他："姐姐要到放假才能回去。"弟弟就会在电话的另一头啜泣，我的心就像被撕开一道口子，继续哄他："我回去的时候给你带好多好吃的，给你买好多你喜欢的玩具，买冲锋枪好不好？买遥控汽车好不好？买电动坦克好不好？"我真的好感激爸妈坚持生二胎的决定，这种骨肉相连的亲情存在，无可替代。

后来的后来，我毕业了，成家了，生了个乖巧伶俐的女儿。有了孩子以后，我才发现，我对弟弟的爱更接近母爱。弟弟就像我的儿子，我喜欢看他对我撒娇，对我崇拜，对我依赖。

弟弟比较贪玩，学习成绩不是太好，初中毕业后上了一所中专学校。中专毕业后，他说想去当兵。好男儿豪情万丈，好男儿志在四方，我们想让弟弟的青春不留任何遗憾，去做他喜欢做的任何事。他的要求，我们全家人支持。

2011年6月,弟弟入伍当了兵,服役于天津消防。当兵四年期间,每次出警之前他都会给我和父母打电话,出警回来以后也会再给我们打个电话报平安。唯独2015年8月12日晚上最后一次出警,他没有打电话给我们。当时应该是任务特别急,他来不及告诉我们;也许是太晚了,他以为我们已经休息,不忍心再让电话铃声吵醒我们。

然而,2015年8月13日,我们全家人的世界都崩塌了。

当我们全家赶到天津的时候,已有多人遇难,多人失联。当时,我弟弟也在失联人员的名单里。

看到媒体在空中俯拍的爆炸地点的照片,爆炸时留下的那个巨大的坑,像流血流脓的伤口,留在渤海湾的土地上,也留在我们的心上。

我们和其他消防官兵家属被安顿在附近的一家宾馆。越来越多的消防官兵和搜救部队进入事故现场。越来越多的死者和伤者被小心翼翼地用担架抬出事故现场。伤者交给等候已久的救护车,死者交给殡葬车,那些昔日的战友和兄弟从此阴阳相隔,或被送去医院,或被运到殡仪馆。

辨认遗体的工作都是消防官兵在做。他们问清我弟弟的体貌特征,哪里有痣、哪里有疤痕、牙齿什么样,等等。

等待的那两天里,我已预感到弟弟离我们而去,因为我做了一个梦,梦见他在阳光里对着我灿烂地笑,然后转身离去。梦里阳光的方向应该就是通向天堂的模样。我不敢对父母讲述这个梦,面对白发横生、气息奄奄、形如枯槁的二老,我不断安慰他们,说弟弟不会有事的,弟弟会被找到的,也许是受了伤,在某个地方动不了,现在还没被人发现而已。

父亲像被抽走了灵魂,不吃不喝地等待。母亲一直自言自语:"前几天,他还给我打电话,说是在网上看到一所新疆小学的地址,那里的孩子都没衣服穿,没书读,让我抽空把他以前的衣服和书籍都整理一下,给那里的孩子寄过去……"

我回忆着关于弟弟的点点滴滴,心如刀绞。我期盼着搜救部队能尽快找到他,又怕他们找到他,因为在等待的过程中我们还有希望。如果弟弟是幸存者还好,哪怕受重伤呢,哪怕伤胳膊断腿呢,我们都不怕,只要人还活着就行;可如果弟弟已经死了呢?我不知道怎么面对那样的打击。

那天接到消防队的通知,我们的心情格外沉重。尽管他们告诉我们,只是让我们去殡仪馆辨认,也不一定是弟弟。我想他们也像我们一样抱着侥幸心理,都希望弟弟还活着,只是还没被找到而已。

当殡仪馆的冰柜被拉开的瞬间,我们的幻想都破灭了。弟弟的身体虽然漆黑,已辨不出模样,但他圆圆的脸庞,那两颗小虎牙,小时候膝盖上摔破的伤疤,还有锁骨下方那颗红豆大小的红痣……在家属提供的身体特征的地方,弟弟的皮肤都经过了擦拭。其实在通知我们来之前,战友已经确认了弟弟的身份,只是不得不通知我们。

消防队的人员告诉我们,政府会派最好的美容师给牺牲的官兵做遗体美容,让他们走得干净,走得体面。他们问我们还有什么要求。妈妈只是摇头,一直沉默不语的爸爸说:"孩子生前最喜欢坦克战斗机这类东西,你们请殡仪馆用纸扎几辆,放在孩子身边,让他带走吧!"语毕,所有在场的人都哭了。

我们被带去弟弟所在消防队的宿舍,领取他的遗物。弟弟的床很整洁,床单被抻得很平,像镜面一样;被子叠得方方正正,像豆腐块。妈妈摸摸弟弟的衣服,摸摸弟弟的被子,摸着弟弟生前睡过的床，泪如雨下。我在弟弟床下的脸盆里拿出毛巾给妈妈擦脸上的泪水。妈妈把毛巾捂在脸上号啕大哭，说上面都是弟弟的味道……

遗体火化时，弟弟所在的消防队举行了隆重的告别仪式。大家脱帽敬礼，向弟弟的遗体告别。现场有当地政府的各界领导和很多媒体同志，还有很多志愿者和附近的群众。

那一刻，庄严而肃穆。望着弟弟的遗像，我一直在问，你就这样走了，到底值不值？

后来，我们带着弟弟的骨灰回老家安葬。此时，弟弟已被追认为烈士。骨灰下葬的那天，附近村民都来送行，镇上的领导也来参加了葬礼，并在弟弟坟前立碑，碑上刻着"人民英雄，流芳百世"。

那天，整个村庄都弥漫着悲伤。凄婉而肃穆的气氛中，我一直在想，弟弟用烈士交代了整个人生，到底值不值？

同年九月，我们拿到了弟弟的赔偿金。捧着存着两百三十万元的银行卡，犹如捧着弟弟沉甸甸的生命。那一刻，我的心悲痛欲绝。我们家出了个英雄，出了位烈士，虽然有人们对弟弟的瞻仰，虽然有人们对我们生者的同情，政府给了钱，可我们更想要那个活泼可爱、青春阳光的弟弟。我的弟弟呀……

爸妈在以后的日子里经常自责，后悔让弟弟去当兵，后悔当时没有阻拦他。

我把爸妈接来和我们一家三口住在一起，可他们因弟弟的牺牲已经萎靡不振。一天，他们拿出弟弟的补偿金对我说："这张卡你放好，我们两个老人是不会花的，里面存的好像是我儿子的血，我儿子的肉。我儿子的每个细胞、我儿子的每根头发都在里面……"

那些钱，我也不会花，就像妈说的，里面存的是我弟弟的血、我弟弟的肉，更是我弟弟的灵魂。如果把钱花了，弟弟好像也蒸发了。我不愿意动里面的一分一厘，只想要我的弟弟。

去年春天，我和丈夫商量，"咱们再生个孩子吧，就像当年我爸妈执意要生二胎一样。我想在这个世界上再多一个亲人。孩子生下来以后，就让我爸妈带着，他们的心和灵魂因为弟弟的牺牲一直找不到安放的地方。"

今年二月，我儿子出生，两分像他爸，八分像我。丈夫说我的基因太强大了。我笑着没说话，其实，孩子长得更像我弟弟。把孩子抱在怀里的那一刻，我想起了弟弟出生的情景。我对着儿子的脸，在心里默念：孩子，如果你是弟弟的灵魂转世，你对妈妈笑一个好不好？就在下一刻，孩子咧着嘴对我笑了，嗓子里还发出咿呀的声音。

那一刻，我泪如雨下！

是自我安慰也好，是自欺欺人也罢，我更相信是弟弟换了一种方式来陪伴我们这些亲人。父母脸上从此有了笑容，把所有精力都放在带孩子上。

弟弟下葬两周年了，他的牺牲带来的悲伤已被我们慢慢压在心底。

我坐在阳台的藤椅上，怀里的宝宝正在吃奶。父母种的桂花正开得金黄，香气缭绕中，金色的秋阳温暖地照耀着我的身体和孩子的脸庞……

做鞋

从我记事起,每晚妈妈就纳鞋底,哧啦哧啦,一针针,一线线。我在一边写着作业看着书,这哧啦声就随着我的呼吸,流进了我的记忆。

妈妈每年都做好多双鞋,给我做,给弟弟做,给我爸做。

单的、棉的,红的、黑的、花的,所有鞋都是妈妈一针一线扯出来的。

我穿着妈妈做的平板布鞋,走过了所有青春。一步一步,踏踏实实。

记得小时候,我放学写完作业,妈妈就会教我做鞋,缝衣服。她说,所有针线活,女孩子都应该学会,否则以后到了婆家,什么也拎不起来要受气的。那时我听话,在不影响学习的情况下,我会认真地跟妈妈学着做鞋子。

记得十岁那年，我完整地纳了一双鞋底，把我妈给乐坏了。她用那双鞋底给我做了双鞋子，我穿在脚上还蛮自豪的，经常抬脚向小伙伴们显摆，也向他们的家长显摆："看，这双鞋底是我纳的，这针脚、这花形，啧啧，我都快赶上我妈厉害了！"

上了初中，住校了，也感觉学习吃紧了，每周回家一次。跟妈妈一起做针线活的时间也少了很多。有时她会说，"过来，我教你铰个新鞋样。"我会勉为其难地走过去看两眼。妈妈看我心不在焉的样子，又会数落我："好好学学针线活儿，到时候自己不受憋，想要什么自己做，不吃屈。"

我不愿意听，但也不反驳。

那时候，我天天穿着妈妈给我做的布鞋，脚很舒服。到县城上高中时，我带了两双布鞋。高中的操场是水泥地，每天跑早操，特费鞋，鞋底很快就磨穿了，我心疼，舍不得扔。这鞋底是妈妈千针万线扯出来的，拿到修鞋摊上花三块钱，让人在鞋底钉了一层胶皮，鞋底不怕磨了，可极不舒服；鞋底是硬的，鞋帮是软的，也不配套。

后来，我知道爱美了，省下生活费买了双白球鞋。白球鞋穿着好看，跑操的时候也耐磨。慢慢地，就把妈妈做的布鞋搁置了，也穿，但不像以前那样天天穿了。

每次回到家，妈妈做针线时，还会喊我学一学。我干脆不搭理，妈妈喊得紧了，我会回一句："我学习呢！哪有时间学这些没用的东西。"妈妈听了就会叹气："女孩子家家的，什么针线活也不学，以后嫁了人，婆家人会给你脸子看的。"我不屑："如果凭会不会做鞋来评价人的能力，这样的人家我连看都不会看，更不会嫁！"妈妈听了直叹气。

上了大学，放假回家，妈妈不再喊我学着做鞋子了，可她自己一直在做,给我,给弟弟,给我爸,一双又一双,做了很多鞋子。有时,我劝她别做了,根本穿不了那么多;妈妈总说:"你自己又不会做,我要不多给你攒几双,你以后穿什么?"妈有她的理由,我不会做针线,她心里不踏实,怕将来我在婆家受委屈,怕我以后穿的鞋都不合脚……

忘记了从什么时候开始,我不穿妈妈做的鞋了。出门时,妈妈总往我包里塞两双鞋让我带,说上班的时候你穿皮鞋,下班回来后趿拉着,养脚。我带上,却想不起来穿。其实有时感觉自己挺混蛋的,好歹该穿几次,也是给妈妈一个安慰,可我懒得去适应鞋子刚上脚时又硬又板的感觉。

上班时,我穿皮鞋,下班后,穿拖鞋,妈妈做的鞋被我束之高阁。再回家,妈妈还会让我带鞋,我回她一句,"上次带去的鞋还没穿过呢!"这样的次数一多,再回城的时候,妈妈不再让我带鞋了。

后来我成家了。我不会做鞋,婆家人也没给我脸子看,更没给我委屈受。时代不一样了,卖的鞋子各式各样,穿在脚上,漂亮也舒服。

怀小帅的那一年,我弟媳雪儿也正怀着娇娇。怀孕五个月后,我就回老家了,和爸妈住在一起。就在那一年,妈妈天天加班加点做鞋,一刻也不停歇。

有一次半夜,我睡醒了,看到妈妈还在灯下做鞋。妈妈老了,戴着老花镜,还把针线拿得再远,然后又近一些,远了看不到针,近了又看不到线。曾几何时,我那个一头秀发俊俏的妈妈,变成眼前这个垂暮的妇人。

我看得泪湿了眼底。

我劝妈妈:"睡吧,别做了,做那么多鞋干什么?我们又穿不了。"

妈妈依然哧啦哧啦地扯着针线，边纳鞋底，边接我的话："我得趁你和雪儿没生之前多做几双。等你们生了，我要帮你们带孩子喽，针线活就拿不起来了。再说，现在妈的眼睛也不比以前了，看不清，做起活来慢好多，原来一晚上能纳好一只鞋底，现在这只鞋底纳了三个晚上还没完。"

"不要做了嘛，到处都是卖鞋子的，买来多省事。"

"卖的鞋跟我做的能一样吗？那些胶皮烧脚。妈做的鞋穿着养脚，你们现在不穿没事，我留起来，等你们老了以后再穿。我得做啊，等你们想穿的时候，妈可能就不在了，没人给你们做了。"

她还在灯下绵绵细语，我没往下听，把头埋在被子里，装睡，不让妈看见我满是泪水的脸。

我和雪儿前后相差一个月临盆。我生下小帅，雪儿生下娇娇。妈妈有了外孙和孙女，然后真的就变得很忙了，没空再做鞋了。可她还是抽空给孩子们做衣服，做衣服快一些，不像做鞋子那样磨人。尤其冬天，她给孩子们做棉袄棉裤，每个孩子做好几套，就怕我们这些拿不起针线的年轻妈妈们亏待了孩子。

孩子上幼儿园了。孩子不在身边的日子，妈妈又拿起她的针线，做鞋。

一天，小帅收拾他的衣柜，拿出一双崭新的布鞋对我讲："妈妈，你看姥姥给我做的这双鞋，我还没怎么穿呢，就变小了，要不我带回老家吧，给娇娇穿，否则就浪费了。我看过姥姥做鞋，一针一针的，可费劲了。"

孩子的脚长得特别快，几个月就能增一个码。

本来姥姥给孩子做的这双布鞋，孩子很喜欢，但就穿了一天。放学后，孩子跟我说，上操的时候穿着不得儿劲，跳不远，跑不快。我知道，是新做的布鞋板脚。后来就把鞋放到柜子里，再也没想起来给孩子穿。

我拿着那双鞋，对儿子说："放起来吧！你妹妹也穿不上，小了。"

今年中秋节回家，那天艳阳高照，妈妈在堂屋里往外拖着两个大口袋，喊我过去帮忙。

我打开大口袋一看，都是鞋子，有我的，我弟的，弟媳的，还有我家大帅的，最多的是我爸的。

妈妈说："天好，晒一晒，前一阵下雨，天潮，别霉了鞋子。"

妈妈在院子里，在阳光下，铺下一条干净的床单。我帮她把鞋一双一双地摆上。

"妈，这么两大口袋鞋我们根本穿不了，做这么多鞋，你得熬多少夜啊？"

"也就七八十双，鞋子在口袋里装着支棱空，看着多。穿不了总比不够穿强啊！都是前些年做了攒下的。这两年，妈的眼睛不中用了，做不来了。有这些鞋子在，我也放心，以后我要是不在了，你爸还有鞋穿，你们老了以后不愿意穿皮鞋时，就会想穿这些布鞋了，你们又都不会做……"

我说我去茅房，赶紧站起来，走了。是的，我又哭了，怕我妈看见。我躲了。

这些年，给爸妈买了很多鞋子，可妈妈自己做下的鞋子更能让她心里踏实。她挂念着儿女们老了以后穿的鞋子，挂念如果她不在了我爸要穿的鞋子，挂念着我们的脚以后会不会舒服。妈妈用一针一线，把自己的爱缝进岁月里，把自己的情缝进鞋子里，把她所有的惦念都拉扯进我们日后的脚步里。

……

那天,我坐在一堆鞋子中间,眯起眼睛,像只幸福的猫一样,感受着阳光的照耀和温暖。

爷爷

八岁的时候,我爷爷就去世了。爷爷走后,我曾在无数个日日夜夜独自垂泪,那种思念的滋味痛彻心扉。当然,我那时还不知道"痛彻心扉"这个词。

我从小跟爷爷亲,跟奶奶也亲,可奶奶去世得更早,在我四岁那年就走了。我对奶奶的印象很淡,大多数记忆来自爸妈对我的描述,说奶奶有多疼我,多宠我。

爷爷奶奶膝下有三个儿子,没有女儿,我是第一个孙子辈的孩子。我出生的时候,奶奶就曾无限欣喜地对爷爷说,"是个大胖闺女啊!真好啊,咱能当个老闺女养着!"

他们都那么喜爱我,可谁都没能等我长大。我四岁时,奶奶死于乳腺癌;八岁时,爷爷死于肺癌。

我今年三十六岁,奶奶走了三十二年,爷爷走了二十八年。

时间真无情啊，拉拉扯扯间就把我给拉扯到这个年纪。到了这个年纪，我还依然记得爷爷在世的日子。

爷爷的一生平淡无奇。他是个铁匠。原来我们镇上有个铁厂，他就是铁厂的工人。铁厂早在我十来岁的时候就消失得无影无踪了。其实，我记事的时候，爷爷已经退休了。

爷爷去世的时候，我还不明白死亡的意思，看着爸妈叔婶都穿着白色的孝服，跪着哭了一地，我只感到害怕和好奇。看着人们进进出出，忙前忙后，等爷爷的丧事忙完了，爸爸还很伤心，眼珠子哭得通红，我感觉害怕。

是的，我在爷爷的丧礼上没哭，一脸懵懂地看着大人们哭。那时，我尚未开始想念爷爷，因为他就在那里躺着呢！我更不知道死亡就是再也见不到了，看着他们举行各种丧礼仪式，看着亲戚们跟爷爷的遗体告别。全部仪式结束后，我在爷爷的房间进进出出，感觉丢了很重要、很重要的东西。

是的，爷爷走了，我的心没有依靠了。

过了两三天，我在爷爷的房间里发呆发愣，在他睡过的炕上躺着看房顶，想着他身上的味道，想着他的怀抱。

我哭了，我跟妈妈说，"我想爷爷，我想找我爷爷。"

我在房间里翻来翻去，想找爷爷的大烟袋，想找爷爷的刮胡刀，想找爷爷的柴油打火机。我想找出爷爷天天带在身上的那些东西。妈妈告诉我，那些东西都放你爷爷棺材里了，跟你爷爷一起去了。

然后，我在爷爷的炕上哇哇大哭，打着滚哭。

再后来，我看到爷爷坐过的马扎子会哭，看到爷爷扎的笤帚还会哭，甚至看到爷爷垛起来的干草垛也会靠在草垛上哭。所有跟爷爷有关的一切，都能勾起我思念中绝望的眼泪。

爷爷在时，他是我最亲近的人。

妈妈有时回姥姥家住一晚两晚，我就跟我爷爷睡。

当时，爸爸三十多岁，在我和弟弟面前很威严，从来没跟我开过玩笑，没跟我们做过游戏。我跟爸爸不亲近，我跟爷爷亲。

有时，我和弟弟一起玩着玩着就会吵架，爸爸看着烦，眼睛一瞪，就让我们去大门口站着。我和弟弟谁都不敢反抗，灰溜溜地就去门口了，在大门口一边站一个，跟两个把门的小狮子似的。站一会儿没人注意我们，时间一长，都看着我和弟弟在那里乖乖地不动，就会有小孩过来挑逗我们。这个说，"走啊，我们玩捉迷藏去。"；那个说，"嘘，他俩罚站呢，他俩不敢动。"然后，那几个小孩就围着我们窃窃私语。的确，没有爸爸的命令，我们不敢动，怕动了以后有更严重的惩罚。现在想想真傻，跑去玩不就得了吗？自己亲爹还能把自己吃了不成？

要是没人围着我和弟弟观看，爷爷不会插手爸爸教训我们，但他要是看见有小孩在外面看我俩的热闹，就不愿意了，把脸一拉，气呼呼地走出来，拉着我和弟弟一手一个往院子里走。爸爸没发话，没让我们停止罚站，我和弟弟都害怕，胆小如鼠地躲在爷爷后面，观察爸爸的脸色。这个时候，爸爸脸上一般没表情。

爷爷把我们带进房间后，给我俩拿红枣吃，拿花生吃，让我俩在他房间里玩。玩着玩着，我和弟弟又会不知为什么小屁事吵起来，爷爷就会吓唬我俩说，让他听见又该去门口罚站了。

是的，爷爷不说"让你爸爸听见"，不说"让我儿子听见"，跟我和弟弟说，"让他听见"又该会怎样怎样。每每这时，我和弟弟就感觉我们爷仨是一伙儿的，共同提防我那动不动就罚我们站的老爸。

听了爷爷的话，我和弟弟立刻感觉对方都是自己人，老爸像个专门惩治我们的外人。自己人之间瞬间什么事都没了，对方的一点点不懂事，不用计较了。

爷爷比我爸妈都亲，爸妈天天忙着生计，去地里干活忙进忙出，我和弟弟天天和爷爷在一起。我依然记得爷爷在一块包饺子，爷爷拿棵大白菜在菜板上哐哐剁馅儿，我和弟弟把他提前和好的面团一分为二，在面板上揉来揉去。当然，我俩就是为了玩面团。接下来，爷爷就会把饺子馅儿调好。我和弟弟照葫芦画瓢地照着包，管它像锅贴，还是像馄饨，就为了好玩。爷爷带着我俩玩得乐此不疲，在玩的过程中，还把饭给做了。现在想来，爷爷的带娃还蛮有方法的，两全其美。

上世纪八十年代农村出生的孩子没什么玩具，大家一块玩泥巴，玩石子。我和弟弟拿着爷爷给我们做的小斧子、小瓦刀、小铁锹等工具，盖房子玩。每次，我俩煞有其事地在土堆上忙活，都能引来一群孩子在那里围观、羡慕。然后，就有小孩偷偷把家里炒菜的铲子拿出来和泥巴用，再被他妈拧着耳朵拎回去。

我和弟弟在被拧耳朵的小孩的哇哇大叫中对视，感觉自己真是太富有了，别的孩子没有的工具，我和弟弟一人一套，我们的爷爷是多么有本事的人呐！

现在想想，我小时候玩的竟然都是男孩子玩的游戏。我特爱光脚丫子，把鞋子扔一边，在水里踩，在泥里踩，在土里蹦，怎么疯怎么玩，感觉天天光着脚丫子，太惬意了。每次看见，爷爷都嘱咐我把鞋穿上。我嘴上答应着，转头就忘，整天撸起裤腿光着脚跑来跑去。有时回家把鞋忘外头了，家人问起来，再出去找，如果天太黑，就打着手电筒去找。

如此几次，爷爷似乎意识到问题的严重性，很严肃地嘱咐我："静儿，你说你个小闺女家家的，整天不穿鞋，比小小子还野,这毛病必须改过来,以后在外面玩不许脱鞋。"

"嗯嗯嗯。"我答应得比谁都痛快,可白天在门外玩起来,该脱鞋还是脱鞋,脱了鞋玩才痛快。爷爷看到了,又非常严厉地警告我,"不许脱鞋,以后再看你光脚丫子,我就拿铁丝把你的鞋绑到脚上,让你再也脱不下来。"吓得我赶紧把鞋穿上了。回家以后,还跟爷爷卖乖:"爷爷,我今天穿上鞋以后没再脱。"

第二天,我又在门前的大土堆上玩,开始还想着不能脱鞋不能脱鞋,玩着玩着就忘了,两只脚一踢,把鞋踢到土堆下面去了,然后在土堆上继续盖鸟窝、挖地道。突然一抬头,看爷爷冲我直直地走上来,还特别纳闷:爷爷表情怎么这么严肃?再一看到他手里拿着的铁丝和钳子——妈呀!我一下子反应过来,"嗷"的一声,在土堆的另一侧冲下去,跑得离爷爷远远的。爷爷年纪大了,追不上我。其实他没追我,也不会追,就是为了吓唬吓唬我。可我当时不知道啊,一想这鞋子要是用铁丝绑在脚上,用钳子拧紧了,就再也不能脱了,我这以后还怎么睡觉啊,怎么往下脱裤子啊,怎么洗脚啊!坚决不行。

后来,弟弟提着那两只鞋给我送过去,我乖乖穿上了。

晚上,我跟爷爷说:"我以后再也不光脚丫子了。"爸爸在旁边说:"你要是再天天光脚丫子,就让你爷去他的铁厂给你做一双铁鞋,焊在你的脚上,让你一辈子也脱不下来。"

我吓得禁了声,好嘛,比我爷用铁丝绑鞋还要狠!当时感觉天天光脚丫子真是个特严重的坏毛病,后果简直不堪设想,除了铁丝就是铁鞋。还是年纪小,他爷俩说啥我都信,连我妈在旁边偷着笑,我都忽略了。

从那以后,我真把不穿鞋的毛病给改了。想到脚上会被绑上铁丝或安上铁鞋,就不寒而栗。这是爷爷唯一让我感到害怕的一次，所以记得特别清楚。

爷爷去世以后，我姥爷也在同年初冬去世。后来，每到清明之前的寒食节、农历七月十五的鬼节、农历十月初一的寒衣节，妈妈会回娘家给我姥爷上坟，我在家就会学着大人的样子，准备好贡品和烧纸，给我爷爷去上坟。

我爷爷三个儿子，没闺女。在我们老家都是闺女回娘家上坟，没女儿的就儿媳妇上坟，我始终不理解这个风俗是怎么形成的。反正到我这里，我不按这破风俗来。小帅的爷爷去世后，我和大帅每次回去，我们夫妻俩还有哥嫂们一起，一块去给爸爸上坟。

话说回来，我爷爷有五个妹妹，也就是我的姑奶奶们。每次，我都是提着东西跟在姑奶奶后头，她们给我的太爷爷和太奶奶上坟，我就跪在爷爷奶奶的坟前烧纸，脸上流着泪，嘴里念叨着各种关于想念的话。

我那时还很小，别人都说这么小的孩子去坟地干吗？我不听，后来多少年过去，我上习惯了。

再后来，我离开家乡，给爷爷奶奶上坟的机会逐渐没了，尤其在支教的那两年，还有在北京北漂的那几年。其实，我一直感觉自己和死去的亲人能心灵相通。那几年，只要一梦见爷爷，我就翻日历牌，必定是到了该给他上坟的日子。我会想，爷爷奶奶肯定是念叨我了，肯定在说，静儿过两天过来给咱俩上坟，就会看到她了。这样想完，我就开始哭，哭完，就给我妈打电话，嘱咐她给姥爷上坟的日子一定要跟给爷爷上坟的日子错开，不要赶在同一天，不要忘记给我爷爷上坟。

妈妈总嫌我唠叨，说自从我为了梦想不管不顾抛下父母，抛下弟弟，抛下我们的家，抛下我家最亲我的大黄狗和大花猫，离开家乡以后，每到上坟的日子，她都会安排好，错不开时间的时候，我婶就会去上坟，不用我来操心。她还说："你真这么惦记你爷的坟，干吗还跑那么老远？"我不吱声。

是因为我长大了吧！我在寻找我的方向，不听父母的指引，凭着自己的感觉走。我的心里太空，想做好多有意义的事情把心填满，但不知道前方等待我的是什么。

我那时常想，如果我爷还活着，我会舍得离开他出来受各种各样的罪吗？如果我爷还活着，我会远赴大西北在穷乡僻壤待两年吗？我长大了，我爸管不了我了，如果我爷活着，他来管我，我会听吗？我很想念我爷爷。

前两天和小帅看了部电影。电影里演到人如果死了只是去了另一个世界，在那个世界是和那边的亲人生活在一起，很快乐，还能见到这个世界上依然活着的亲人。电影里的世界真好，比这个世界要好。电影里还说，如果死去的人被这个世界里的人遗忘，他就会终极死亡。那一刻，我哭了。

我不会忘记我的爷爷，如果我死了呢？我的孩子，以及以后的孩子们都没见过我爷爷，谁还会记得他？他到那时会终极死亡吗？将来我要是去了那个世界，还会见到他吗？他是最疼我的人，我是最想他的人。我们两个还能团聚吗？

我又想到，如果这时我爷爷也能像电影里那样，他的灵魂就站在我旁边，看着我在写这些想念他的文字，他会说什么呢？也许他会对我说，"静儿，你长大了。"也许他正摸着我的头对我说，"静儿，你懂事了。"

爷爷，其实我早就懂事了啊！您走后的这二十八年，我见到了人性的疮痍，领略过世态的凉薄，验证过不离不弃的真情，更体会过爱而不得的悲苦。这一路走来，静儿早已是个处事不惊的大人了。可是，变成大人的静儿，您还会喜欢吗？

我依然怀念您坐在马扎子上,我靠在您的怀里,拿着您的柴油打火机,给您点烟袋锅的日子。那时的我,圆脸,短发,眨着大眼睛,看着您吸着烟袋嘴,而后从嘴里和鼻子里呼出的白烟,感觉很奇妙。

那个靠在爷爷怀里的静儿,无忧无虑,天真无邪,抚着您的胡茬,就能暖到您的心窝。那个时候,静儿的心里,没有疼痛,只有欢乐。

爷爷,如果您现在真的就在我旁边,看到我的婚姻、我的孩子、我的生活,看到我看似有成的事业,看到我不放过一丁点时间,坐在电脑前噼里啪啦地写各种各样的文字……爷爷,您会对我说什么呢?我好想知道。

爷爷,您看,我曾写下这么多温暖的文字,这么多真情的文字,这么多善良的文字,这么多无奈的文字,还有,这么多不堪的文字。可我始终不知道该怎么写您走后留在我心里的,时不时就会冒出来戳一下我心的悲苦和无助。

后妈

我从小跟着爸爸和奶奶长大。

小时候,我问爸爸要妈妈,也问奶奶要妈妈,他们总是告诉我,我妈去了很远的地方挣钱,等我长大了就会回来。我天天在大门外望着,每到快过年的时候,小丽她爸妈从外面打工回来,小亮爸妈也回来了,小珊爸妈在过年的前一天也进了村,只有我,腊月三十天快黑了,还在村头看着远方的路。

我慢慢长大了,感觉妈妈再不回来,我就要疯了。那一年,还是腊月三十的那一天,我站在村头等着我妈。天擦黑了,爸爸喊我回家,我不,我要等我妈;奶奶来拉我回家,我不,我要等到我妈;爸爸奶奶一起来哄我,让我去家里等,一直站在外面会冻坏,妈妈来了也会心疼。我就不。我不回去,冻死才好呢,我妈回来看了心疼死她,谁让她老不回来!

我爸要把我抱起来,我双脚一顿乱踢。我就不回去,我妈再不回来,我就死在这儿。反正她也不管我,我就把她闺女冻死,看她到底回不回来。爸爸和奶奶没招了,只得告诉我,"你妈没了,生你的时候就死了,是难产。"

我愣怔怔地看着他们,不敢相信。我等了我妈那么多年,多想她回来看看我啊,可你们告诉我她死了。我感觉我要发狂,使劲蹾地面,使劲踢旁边的树,卡着嗓子哇哇大哭:"你们都是骗子,你们骗我妈出去打工了,现在又骗我妈死了。你们说什么我也不信,我要等我妈!妈呀,你去哪儿了呀?妈呀,你长得什么样啊?妈呀,我多想看看你啊……"我哭到几乎昏厥,我爸红着眼睛把我扛回去,奶奶跟在后面抹着眼泪。

其实,我相信了,我妈死了。否则他们会把妈找回来,而不看着我难受得要死,跟着我一起哭。后来奶奶告诉我说,我妈生下我,就看了我一眼,连抱一下我都没来得及,人就去了。

我默默想象我妈看我时的样子。她还看过我一眼呢,我一眼都没见过我妈。妈呀,你知道我多想你吗?后来,我想着我妈是为了生我死的,就感觉我妈好爱我,如果她还活着,肯定比小丽、小亮、小珊他们的妈妈都要好。

从那以后,我不去村头看了,那条伸向远方的路不会走来我的妈妈。我再也不在那里等了,就算等一辈子,都不会等来我的妈妈。

那一年,我七岁。

我九岁那年,爸爸领着一个女人进了门,让我喊她"妈妈"。她长得不胖不瘦、不高不矮,不好看也不难看,但眼睛很亮,含笑带露地望着我。我想喊,喊不出来。我很想体会一下,我喊一声"妈",有个人甜甜地答应,该是怎么样的滋味。可我真的不好意思喊,我在她的注视下羞红了脸。

爸爸在一旁催促:"小秋,赶紧喊妈呀,以后你就有妈妈了。"

我酝酿着勇气,正想喊出来的时候,只听她对爸爸说:"不要逼孩子嘛!孩子还小,和我又不熟悉,慢慢来,等我娘俩亲近亲近再说。"

我低着头翻了翻眼皮,心想,她真是多嘴呀,没人逼我嘛,正要喊出口的时候打岔。真是的!

她牵着我的手跟她一起坐下,然后拿出她给我买的衣服和书包。

"真好看!"我情不自禁地说。

"你喜欢?"她眼睛里带着喜悦。

"嗯,喜欢。"我笑着点点头。

其实她不知道,我当时心里在想,这些如果是我亲妈给我买的,我肯定就是这样高兴,也会说这样的话。

后来,我和小伙伴们一起上下学,一起玩。小丽说她妈给她买的头花很漂亮,我说我妈给我买的书包是城里小孩背的那种;小亮说他妈给他买的玩具很好玩,我说我妈给我买的铅笔盒带弹簧,轻轻一按就打开,很高级;小珊说她妈给她新做了棉袄,我说我妈给我做的红棉鞋上面还绣了个猫头,特好看。

我说得多了,他们就一起攻击我,"你那是后妈,我们都是亲妈。"然后,我就和他们打架,把他们一个个撂倒,相互抱着在地上打着滚厮打。我不松手,把小丽的手给掐破了,把小亮的脸给捏肿了,把小珊的新棉袄上糊上一大片泥巴。事后,他们的妈都带着他们找到我家来,跟我爸告状。

我爸当着他们的面训斥我,让我给他们道歉。后妈在旁边护着我，防止我爸揍我。我爸看我不服气的样子，气得直瞪眼睛："你不服是吧？看你个丫头跟个野小子差不多，还不给人道歉！"

后妈扯扯我爸的袖子："你就不会好好跟孩子说话？"接着问我："小秋，他们怎么你了？为什么要打他们？"我梗着脖子，气哼哼地说："他们都跟我显摆妈，笑我亲妈死了，笑我家的是后妈！我就要打，谁要是以后再说这样的话，哼，我还打！"

她听了以后，冲着那些人一瞪眼睛："后妈怎么了？后妈就不是妈了吗？后妈比你们亲妈差吗？欺负我们家小秋没亲妈，是吗？你们要是再欺负人，别说小秋打你们，我跟小秋一块打你们。"说完，她抓起我的手，领我进屋了，晾着那些来讨说法的人站在大门外和我爸面面相觑。

后来，我听见爸爸在外面跟人家说："唉，小秋这孩子……她妈来了以后，总护着她，把她惯坏了。我会好好管教她，你们以后在一块玩别老说小秋亲妈死了的事，好好在一块玩。"那些小伙伴的亲妈们也算讨了个没趣，领着孩子走了。

那天晚上吃饭的时候，我瞅了一个空，见后妈碗里的粥喝完了，赶紧放下筷子凑上去，说："妈，我给你盛！"她愣了，爸爸愣了，奶奶也愣了。我赶紧拿着她的碗进了厨房，当我端着粥出来的时候，正见爸爸帮她擦眼泪。我把粥放在她面前，坐到自己座位上，低着头吸溜吸溜地喝粥，恨不得把脸塞碗里去。

是的，那是我第一次喊她妈，很羞，很紧张，也很甜！

我和她越来越亲近，渐渐和她调皮，和她逗乐，搂着她的脖子，挠她的痒痒。我觉得，我要是和亲妈在一起就应该是这个样子。

是的，我是快乐的，幸福的。

她没来的时候，小伙伴笑话我，说我奶奶给我扎得小辫好土气，像原来地主老财家里的受气小丫头。自从她来了，我的羊角辫上扎着粉红色的花，两条小辫又顺又滑，别人说我的辫子漂亮得都要翘上天了。

她没来的时候，我像个野孩子，爸爸和奶奶都管不了我，整天上蹿下跳的像个野小子。自从她来了，我穿的衣服漂亮干净，脸洗得也白。我再也不像原来那样在土里爬泥里滚了，我舍不得弄脏衣服，也怕她会生气。

别人都说我变了，越来越文静了，越来越像个姑娘了。每次别人这样夸我，我总是说，我本来就是个姑娘。说完就跑，跑回家里看着她烧火做饭，我会在灶台前坐下来帮她添柴。

有妈的日子真好，既温暖又踏实。

日子一天天过去，我一天天长大，她一天天变老。

前几年奶奶去世了，走的时候跟我说，"秋，你要听你妈的话，有她在，我放心，她是掏心掏肺地拿你当自个亲闺女待啊！"我说，"奶奶，我知道的。"

送走奶奶之后，我和她经常安静地坐着。

一次，我对她说："你应该和爸爸生个孩子，你们早就该生个孩子的。"

她说："以前生过，以后不生了，有你就够了。"我不解地望着她。

她继续说："我有过一个女儿，比你小三岁，那年我舍下她，和她爸爸去城里打工，奶奶在家里看孩子。那天，她奶奶骑着电动车带她去地里看玉米棒子长得怎么样。到了地头上以后，她奶奶让她在电动车上等着，自己去地里头，电动车的钥匙就在车上插着，电没关，孩子拧了电动车把，然后连人带车冲到旁边的小河沟里，等她奶奶出来发现时，孩子已经没了。"说着，她落下泪来。

我抱着她的肩膀，心里好疼。

她继续说："我非常后悔，干吗非要舍下孩子出去挣钱呀！我感觉是我害死了女儿。她奶奶也很自责，她爸爸也很痛苦。我又怪她奶奶太粗心。我们之间的隔阂越来越深，矛盾越来越多，就为这，我离婚了。后来遇到你爸，再后来咱俩成了母女，上天又给了我一个女儿。"

我把她抱在怀里，学着她疼爱我的样子来安抚她。

我说："妈，上天也夺走了我妈，又给了我一个妈。也许我妈在天上遇见了妹妹，也许她们也像我们现在这样依偎在一起。"

她一下哭出声来，然后立刻止住了，点点头。她的泪水落在我们相互握着的双手上。

后来我上大学了，回去陪伴她的日子越来越少，每次电话里她总是嘱咐我："不能吃凉的。不能图漂亮在大冷天穿个裙子。要是有男孩子追你，一定要擦亮眼睛，一定要告诉妈，我给你把关……"在她的喋喋不休里，我体会着一个做女儿的幸福。

我跟她说："您放心吧，只要我谈男朋友，绝对会第一时间告诉妈妈，并让妈妈帮我把关。"

她听了以后说："好，这就好。"

我又跟她说："我和同窗的姐妹没什么两样，她们的妈也总是唠叨她们，我的妈也是这样，天下的妈妈都这样，是吧，妈？"

她听了以后，"扑哧"一下笑了，问，"嫌妈唠叨了？"

我说："不，听妈唠叨是一种享受。"

她问："享受什么？"

我说:"享受母爱啊!"
是的,我一直在享受着母爱,她给我的母爱。
母爱是一场春雨,润物无声,绵长悠远。
母爱是一眼清泉,<u>丝丝缕缕</u>,缓缓不绝。
母爱是一束阳光,如笑意盈盈,温暖而炽热。
我也像爱生命那样爱着她,尽管她是我的后妈。

被姑姑托起的人生

我自幼跟着爷爷奶奶生活。爸爸妈妈在北京开馒头坊，天天很忙。逢年过节才会回来看我，但都来去匆匆。

我十岁那年的过年前夕，爸妈把馒头坊转让出去备好各种各样的年货，欢天喜地地要回家过年。那时，妈妈怀孕已经六个月了。

车祸发生在路上，爸妈是连夜往家赶。由于对路况不太熟悉，爸爸提前在一个高速路口下车，那个地方离我老家还有七八十里路的样子。当时是早上六点左右，天刚蒙蒙亮，路上没有行人。爸爸应该是把车开得很快，由于对路况不熟，在一个急转弯的桥那里，来不及打方向，车子直接飞进河里。当时的河水并不是很多，但爸爸的车已经翻过来，水也灌进了车里。

被人发现的时候，爸妈都已没了生命迹象。两尸三命。妈妈肚子里的孩子不知道是弟弟，还是妹妹，还没来得及到这世上看一眼，就和父母一起离开了。

爷爷由于之前得过脑血栓，虽然抢救过来，但说话不如以前利索了，经常是啰啰半天我还听不清说什么。头两年，都是爷爷骑着电动车送我上学，得病以后，我就自己骑自行车上学了。我们村里有六七个孩子差不多大，上学一块走，有的小孩家里没有人送，也是自己骑自行车去，但是一块去的必有两三个家长跟着。所以家里也放心，从家到学校也就四五里路的样子。

爸妈出事时是腊月二十七。警察根据他们的身份证信息，将电话打到村长家，村长到我家通报爸妈在路上出事了，让家人赶紧去，没直接说人已经不在了。

奶奶焦灼万分，赶紧给姑姑打电话。姑姑比我爸大三岁，嫁到了邻村。姑姑和姑父也是开馒头坊的，在天津，已在头一天回来了，当天还特地来看了我们，吃了晚饭才回去的。

姑姑接到电话后，和姑父直接开着他们的面包车过来了。奶奶非要跟去，姑姑不让，让她在家里陪爷爷。我当时也要跟去，姑姑犹豫了一下，就让我上车了。

赶到现场的时候，爸妈的遗体已被抬上来了，躺在满是干枯杂草的地上，身上蒙着白布。我和姑姑姑父走到爸妈身边，警察掀起布来让我们看，是不是我们的家人。我们都有些懵。姑姑问："没事是吧，不用送医院吗？"那个警察看了我们一眼说："120已经来过了，生命体征已经没有了。"

我脑中一片空白。当时，我一直在家里欢喜雀跃地等待爸妈回家过年，似乎还没从期待中醒过来。

姑姑先看看我爸，接着又掀开我妈脸上的布，愣了一下，接着"哇"地就哭了："强啊，玲啊，你俩醒醒啊！"她的两只手分别摇着我爸妈的肩,接着又跪着对警察说:"求求你们,赶紧救救他们,俺兄弟媳妇肚子里还有个孩子啊!"

警察低垂了一下眼睛,说,"救护车已经来过了,如果能救的话肯定不会这么放弃的。一会儿殡仪车就会来,你们赶紧准备一下。"

姑姑用手摸摸我妈的脸,又摸摸我爸的脸,像在摸自己的孩子似的,边摸边说:"玲啊,强啊,睁开眼看看呐!我和芊芊来了,来接你们了,咱们不是要回家过年吗?"

警察在旁边说:"节哀吧!"

姑姑突然对着天空哭着大喊:"老天爷啊!你个王八蛋啊!你还我的人啊!三口人啊!"

路边围观的好多人都哭了,吸着鼻涕,抹着眼泪说可怜啊,可惜啊……

刚刚十岁的我,内心充满了恐惧,不知道该怎么做,不知道该怎么说,除了哭。

泪水滂沱中,我看见姑姑哭得更凶,几乎瘫在妈妈身上。她用一只手抚摸着妈妈的肚子,边哭边说:"还有个孩子啊——"

我看着姑姑哭,似乎也在懵懂中意识到爸妈已经死了。我挨着姑姑跪下来,使劲抱着姑姑的胳膊。

殡仪车来了。

姑姑好像一下子想起来什么,哭着对我说:"芊芊,你摸摸你妈,赶紧跟你妈说几句话,你妈肯定还没走远。"姑姑抓住我的手,然后拿起妈妈的手,跟我说:"芊芊,我教你,我怎么说,你就怎么说,你妈她能听见,得让她走得放心。"

姑姑抹了把脸上的鼻涕眼泪,深吸一口气,看着妈妈说:"玲啊,你放心走吧!你们带着小宝一起去了,三个人在一起要好好的,别挂念芊芊。我会待芊芊像自己亲闺女一样,将她好好抚养成人。"

我学着姑姑的样子,握着妈妈的另一只手,她的手好凉好凉。我泣不成声地说:"妈妈,你放心走吧!你们带着小宝宝,你们三个人要好好的,我有姑姑照顾,你放心吧!"我想起以前被妈妈搂在怀里的日子,趴在妈妈身上,哭着一声声地叫"妈妈"。

姑姑放开妈妈,又扑到我爸身上,两只手抱着他的脸,号哭:"强啊,你怎么就这么狠心走了啊!你让姐咋跟爹妈交代啊!我怎么跟爸说,怎么跟妈说啊?没了你,姐怎么活啊?"姑姑哭得肝肠寸断,上气不接下气,几乎瘫在地上。

姑父流着眼泪拍着妻子的后背:"坚强点,你不能倒下,还有爸妈呢,还有芊芊呢!"

看到殡仪馆的人和警察都在旁边站着,姑姑擦了一下鼻涕眼泪,缓了口气,对我爸说:"强啊,你走吧,你放心走吧!既然你不要我们了,就踏踏实实走吧!芊芊有我呢,你放心,我咋养我的孩子,就咋养芊芊。"

我跪在一旁,哭得鼻涕眼泪顺着下巴往下淌,张着嘴,喘不上气来,有气无力地歪倒在地上,嘴里依然发出嘤嘤的哭声。我有种要窒息的感觉,感觉都快没有办法呼吸了,只是张着嘴,不能合上。

姑姑把我拉起来,擦掉我的鼻涕眼泪,我的头靠在姑姑怀里,我们都坐在地上。那个时候,我和姑姑似乎就在相依为命。是的,相依为命。我们都只剩下了半条命。

殡仪馆的车把爸妈拉走了,姑姑一只手揽着我,另一只手对着车离开的方向伸出去,像要抓住什么似的。

当时，爸爸开的那辆车是他一个朋友处理给他的二手车，买过来以后也没买保险，这起交通事故我们家自然不会得到什么赔偿。

爷爷知道爸妈的死讯后，脑血栓复发，被送到医院。奶奶像是被抽走了灵魂，整天发呆。我天天守着奶奶，怕她像爷爷一样突然躺下。

姑父在医院里照顾爷爷，姑姑强打起精气神儿安排我爸妈的丧事。

那个春节，我们是泡在泪水里度过的。

爸妈下葬一个月后，爷爷也咽了气。两个月里，家里出了两回丧事，送走了四个亲人。

春天来了，我们全家在那个春天里悲凉刺骨。

姑姑一直在家里守着我们。我的表哥宁宁，也就是姑姑的孩子，比我大一岁，跟着姑姑在天津的打工子弟学校上学。姑父带着宁宁哥提前回去上学了。

爷爷头七过后，姑姑就开始给我着手办理转学手续。听奶奶说过，在天津上学会花好多钱，当时给表哥办入学的时候，光给学校交赞助费就交了好几万。后来我的二爷爷过来。二爷爷是我爷爷的弟弟，向来不怎么上我们的门。我听奶奶说，当时爷爷的爸妈去世得早，爷爷就挑起长兄如父的担子，一直很努力地生活，后来给二爷爷盖了三间房子，娶了媳妇。前些年，他跟我爷爷奶奶还走动，在爷爷第一次得脑血栓以后，他家就不怎么跟我们来往了。即便爷爷出殡时，他作为家属也只是在旁边看着，并没有哭过。我爷爷是他的亲哥哥啊，所以在我心里，二爷爷是个无情的人。他从来没抱过我，我再小些的时候还迈着小腿向他家里跑，去他家玩，可他从来不跟我玩。在他家里这也不让我动,那也不让我摸,我便渐渐不去了。

现在,我姑姑要带着我和奶奶去天津,他却过来了,是要我们院门的钥匙,说以后这房子空着也是空着,他想借用。平时棒子秸秆啊、玉米芯啊、烧柴啊,他说这些东西把他家的院子都占满了,没个下脚的地儿,现在正好,我们家的院子没人了,他可以用起来。

姑姑说:"不行!这房子、这院子得给芊芊保护好,芊芊她爸妈虽然都没了,可还有我妈和芊芊呢!谁也不能用。"

二爷爷说,"芊芊是个女娃,早晚要嫁人的嘛!过几年,你妈要是走了,芊芊再一嫁人,这地场还能带她婆家去?到头来还是归我嘛!"

当时我心里就想,二爷爷真不要脸,他就是欺负人,想占我们的房子。

姑姑不依,"谁也别打这房子的主意,现在还有我妈呢!我妈且不死呢,我妈长命百岁,非气死那些盼她早死的人!就算以后我妈再活个几十年死了,到时候芊芊也长大了,芊芊有权力处置这房子。别人?甭想!"

二爷爷碰了一鼻子灰,气哼哼地走了。

他不敢惹我姑,我姑厉害着呢,像男人,一个唾沫一个坑,顶天立地,气急了会骂人,也会打人。

就这样,我跟姑姑来到天津上学,哥哥有什么,我就有什么。姑姑真的把我当成女儿来养。

我在老家上学几年从来没学过什么才艺,因为老家条件有限,根本就没有这样那样的辅导班。到天津以后,姑姑给我报了舞蹈班,报了古筝班。姑姑说,女孩一定要有女孩该有的气质,将来不要像她一样,就知道做馒头,不会唱不会跳,没个女人样。

姑姑摸着我的头说："芊芊，你要从心里对自己说，我是这个家的千金大小姐，是这个家的未来，一定要活出最精彩的姿态给别人看。其实，这也是为了成就你自己。"

我点点头，在心里说，"我要好好学习，取得最好的成绩来报答姑姑。"

平时，我和奶奶一起睡，姑姑每晚都过来躺我身边陪我一会儿。姑姑的怀抱就像妈妈的一样温暖，让我能安下心来，踏踏实实地睡觉。为此，哥哥吃过醋，说姑姑总是不陪他。她摸着哥哥的头说："宁宁，你要记住，妈妈对你和芊芊的爱是一样的，你比她大一岁，你要时刻记得，芊芊是你的妹妹，我们要一起爱她。"哥哥像大人一样向姑姑拍着胸脯保证，"我一定会保护好妹妹。"

就这样，我在姑姑一家人的呵护下一天天长大，在外人看来，我和别的孩子没什么两样。

有时候，姑姑带着我和哥哥出去，别人会很羡慕地对姑姑说："哇，你好有福气，儿女双全，孩子都长得那么好看！"

姑姑笑笑，摸摸我的头。

其实在外人面前，我对姑姑什么都不喊，怕一喊"姑姑"，别人就知道我不是姑姑的孩子。我愿意让别人以为我是姑姑的孩子。

其实，我很想喊姑姑一声"妈妈"，可我不好意思。

一天，我跟姑姑说，"这里的人都喊姑姑叫姑妈，以后我也也要喊姑妈。"姑姑说，"行，喊啥都行。"

上高一那年，奶奶不行了。也许是思乡心切，她想回老家生活。我和哥哥也要面临高考，我们的户口都在老家，高考时也要回户口所在地。索性，姑妈和姑父直接关了馒头坊，全家从天津搬了回来。姑妈跑前跑后为我和哥哥找学校，又花了不少钱。最后，我和哥哥都在县里的中学读书。哥哥读高二，我读高一。

回来没多长时间，奶奶就去世了。姑妈一直把奶奶照顾得很好，老人走得很安静，很安详。

给奶奶出殡的时候，我们安静了很多，没像几年前，送爸爸、妈妈、爷爷走的那样撕心裂肺地哭。姑妈说，奶奶是寿终正寝。

我升高三那年，哥哥考上了一本大学。作为庆祝，我们全家一起出去旅游了一次。

哥哥考上大学的余温还没散去，又一桩喜事来临——我们老家开始建设新农村。全村都要统一拆迁，统一规划，我家的院子能换一套楼房，如果不要房子，可以按正房的面积折成钱。我家正房是五间大瓦房，每间房子的间量在十八平方左右，每平米按一千四百元补偿。

我征求姑妈的意见，姑妈让我要房子。她说："有房子就有根，不管将来走到哪里，都知道家里还有个属于自己的窝，心里就会踏实。姑妈会一直供你读到大学毕业，钱的事情你不用考虑。将来你要是成家了，用不到这套房子的时候再考虑怎么处理，到时候，你说了算。"

我让房管会的人把房子登记在姑妈名下，姑妈一听就急了，说："你是咱家的香火，房子就该你继承，不管你是男是女，都是咱家香火的延续！"

所以，房子还在我的名下。

我考上大学的第二年，房子下来了。半年以后，房产证也下来了。说实话，有没有这套房子，我的心里都踏实。

因为,我有我的姑妈。

因为有姑妈,我的青春得以多彩。

因为有姑妈,我的意志得以坚定。

因为有姑妈,我的性格得以勇敢。

因为有姑妈,我的前途得以光明。

因为有姑妈,我的一切,才得以都是最好的模样。

她有一个出轨的母亲

小语想去看看自己的母亲。十年了,她想象不出母亲现在的样子。

她永远记得十年前母亲离去的情景。

那时,妈妈孤傲美丽,跟着爸爸的日子养尊处优。爸爸对她很好,但她总是不快乐的样子,她对爸爸从来都是淡淡的。终于有一天,妈妈要和爸爸离婚,她要去追求自己的真爱。爸爸大发雷霆,断掉了妈妈所有的经济来源。

是的,妈妈是依附爸爸生活的。爸爸是贸易公司的老板,妈妈只是个家庭主妇。

妈妈拉着小语的手说:"等你长大了,就会明白妈妈了。"

小语扭过头去,不理妈妈。是的,她恨妈妈。到底什么样的爱情,能让妈妈狠心抛下自己,抛下爸爸,什么都不要,只收拾了一箱子衣物，就投向她的新生活。

妈妈说那是世上最懂她的男人，懂她的美，懂她的静，懂她的追求和向往。

小语恨那个男人，恨那个从自己和爸爸身边把妈妈夺走的男人；她也恨妈妈，恨她背叛爸爸，背叛自己的婚姻。

这么多年，小语和爸爸一起生活，彼此间从来不提起妈妈。

小语曾怕有后妈进门，打破父女俩的平静生活，但爸爸没有再婚。她有时看到他一个人寂寞的样子，也希望会有一个人陪着爸爸。

如今，小语大学毕业了。她想去看看妈妈，看看她到底过着什么样的美好生活，竟然可以十年不回来。她难道不思念自己的亲生女儿吗？小语也想看看那个把妈妈抢走的男人，他到底是何方神圣，凭的又是什么？

小语把这一想法告诉了爸爸。他先是沉默了一会儿，然后到书房拿出一个地址交给女儿。

原来，这些年爸爸一直知道妈妈在哪里。

爸爸说，那个男人是他们共同的同学。他很爱妈妈，爸爸也很爱妈妈，可是妈妈只喜欢那个男人，和爸爸只是淡淡的朋友之情。爸爸不甘心，他的长相和那个男人不相上下，物质条件也比那个男人好得多。爸爸家里一直做贸易，家境优渥得很，当年许多女孩对他芳心暗许，但爸爸只对妈妈情有独钟。

看着妈妈和另一个男人眼神交汇，情波流转，爸爸心如刀绞。妈妈和那个男人并未公开男女关系，但大家心知肚明，以后走到一起是水到渠成的事。可爸爸不甘心，不甘心自己心爱的女孩投入别人的怀抱。他一直在寻找机会占有妈妈。

毕业不久，爸爸找机会"偶遇"妈妈，然后热情地请她吃饭。其间，爸爸在妈妈喝的啤酒里做了手脚，然后把她带到自己独居的小公寓里，占有了她。

爸爸说，那是妈妈的第一次，然后就怀上了小语。

听到这里，小语的心猛地揪了起来。

爸爸居然强奸了妈妈！

小语的泪就这样流了下来。

爸爸说，"孩子，对不起，你长大了，我该把所有的实情告诉你，别恨你妈妈，爸爸一直在忏悔，请相信我。我一直是爱你妈妈的，以前爱，现在也爱，以后还会爱，但我再也不会去打扰她的生活。"

妈妈一直误以为是自己喝醉了，才跟爸爸回了家，进而发生了不该发生的事情。当时，她受到的打击很大，爸爸一直陪着她，怕她想不开。后来，她把这件事如实告诉了那个男人。他没有责备妈妈，而是将爸爸揍了一顿，带着妈妈离去了。妈妈是个善良的女人，是连走路都怕踩死蚂蚁的那种人。当她知道自己怀孕后，又回来了，主动向爸爸求婚。她跟那个男人说自己配不上他，让他去找别人。

爸爸说："你知道吗，孩子，你妈妈就是天使一样的女孩子，美丽善良，像一朵白莲安静地绽放。"

"我一直是爱你妈妈的，以前爱，现在也爱，以后还会爱。"最后，他仍在重申这句话。

"可她不爱我，从来没爱过我。她跟那个男人从没断过联系。对方去了一个县城做老师，一直未娶，等着你妈妈。他俩的书信来往从没避讳过我的眼睛。终于在你上初中那年，你妈和我提出了离婚。我以为有了你，我会将她一辈子拴住，可她下定了决心，不想让那个男人再等下去。他等了她十多年，人生没有多少个十年可以用来如此等待。孩子,你去吧,去看看你妈吧!她应该过得很好,至少比爸爸好!"

在县城的一所普通中学,小语找到职工宿舍楼,妈妈和那个男人就生活在里面。这里看起来非常简陋。这么多年来,妈妈过得真的幸福吗?

当小语怀着一种难以言状的心情敲开眼前这扇门时,深呼吸了一下。

来开门的是一个八九岁的小男孩,看到小语先是奇怪地"咦"了一声,然后上下看了看她,忽然高兴地叫起来:"姐姐?!"

小语的心跳了一下,他认识我?

小男孩冲房间里喊:"爸爸妈妈,是姐姐,是姐姐来了。"

一对中年夫妇走过来。小语认出妈妈,她还是那么美丽优雅,但比十年前老了很多,皮肤松了,眼角也有了纹路。那个男人个子高高的,很消瘦,架着一副眼镜,很斯文。

"小语来了,快进来。"妈妈很意外,却也很平静,好像她和女儿之间并未隔着分离的十年。

小语想叫"妈妈",但是喉咙里努力了好几次,还是喊不出来。

小语被他们请进房间,在沙发上坐下。

那男人端来一杯果汁:"来,小语,喝点水。"他叫得那么自然,好像对待熟悉的人。

小语礼貌地说了声"谢谢"。

墙面的隔断上有两幅照片,一副是妈妈和这个男人还有小男孩的全家福,另一幅是小语,照片里的她长发飘扬,一脸微笑,站在大学门口。是四年前到学校报到时,爸爸给她拍下的。

小语站起来,走到照片跟前,静静地凝视着自己。

"是你爸爸给我的。"妈妈在她身后轻轻地说。

"我去买菜。小林,跟爸爸一块去。"

小男孩不依:"我要在家跟姐姐玩,我不出去。"

"没事,让他在家待着吧!"妈妈平静地对那个男人说。

男人出去了,一时有些冷场。

"姐姐,这里还有好多你的照片。你看,这一本全都是。"小林不知从哪里拿来一个相册,举到小语面前。

小语将册子接过来。照片从她出生时开始,一直到现在。从她出生到现在的照片,妈妈都有。

"坐下看吧!"妈妈平静地说。"小林,你进房间写作业。"

"哦。"小男孩不情愿地离开了。

"当初我和你爸离婚时,出于气愤,他提出过一个要求,就是不能见你。当然,妈妈也知道,你不想见妈妈,你恨妈妈。"

小语心里咚地跳了一下。

妈妈接着说:"后来,过了大约有两年吧,你爸就开始给我寄你的照片,每年都寄,不打电话,也不写信,就只寄照片。"

"你和爸爸的事情我都知道了。"小语突兀地说。

"哦。"妈妈有些意外。

"爸爸应该是不想让我误会你,然后……然后,不想让我恨你。"小语说这些话的时候眼睛始终停留在相册上,不敢抬头看妈妈。

"爸爸一直没再成家。"小语又说。

"哦。"妈妈的语气淡淡的。

"爸爸一直是爱您的。"小语小声地说。

"我知道。"

"我的出生在您的意料之外,所以,是我改变了您的生活。"

"别这么想,小语,怀上你虽然是意外,但妈妈从没想过要抛弃你。妈妈有了你就要对你负责。"

"可爸爸是强……"

"你知道?"

"爸爸说的,说当时在您的酒里下了迷药……"小语咬住嘴唇。

"我知道,是你爸以为我不知道。"

是的,一直以来,爸爸还以为妈妈蒙在鼓里。

"小语,你爸不是坏人。我更愿意理解为他是因为爱我而一时糊涂。妈妈因为对酒精过敏从不饮酒,就算喝啤酒也不会超过一小杯。那时你爸请我吃饭,那杯啤酒我只饮了一口,醒来以后就明白了。

"这件事,你叔叔也是知道的。我恨过,也想过报警……可是,小语,强奸罪是要被判三到十年的。你爸是个好人,虽然他对妈妈做了错事,虽然我当时也非常恨他,但我不希望他的人生毁在这件事上。

"后来我发现怀上了你,感觉对不住你叔叔。虽然他不嫌弃我,可我感觉配不上他了,所以跟了你爸,其实也是为了生下你。你叔叔一直不成家,一直在等我,这是我当时没想到的。我们志同道合,兴趣相投,也都追求完美。我们是真心相爱的。

"小语,妈妈从没想过要抛弃你,哪怕你的到来是那么意外。你就像妈妈生命里凭空降临的天使。我承认不爱你爸爸,可是我爱你。只是你叔叔十几年一直在等我,妈妈也不能抛弃他。人生无法两全。我没想到你爸会把实情告诉你,他是这个世界上最怕失去你的人,但妈妈谢谢他,他是为了让你不再恨妈妈,才如此做。他是爱你的,爸爸妈妈都是爱你的。"

说到这里,妈妈哭了。小语曾跟妈妈一起生活过十三年。那十三年,她从没见妈妈哭过。

小语释然了。爸爸妈妈都是爱自己的,那个男人——妈妈现在的丈夫,也是个好人。这一切都不怪妈妈,也不怪那个男人。

怪爸爸吗？小语对爸爸怨不起来。

"妈妈,谢谢你。"小语抓住妈妈的手。

妈妈一怔。显然,这声"妈妈"让她措手不及。

"妈妈,谢谢你生下我。"

一阵开门声,男人买菜回来了。

妈妈对小语说:"我跟你叔叔去做饭。小林,你出来陪姐姐玩。"

"哎——"小林高兴地跑了出来。

妈妈和男人一同向厨房走去。

"妈妈——"小语喊道。

妈妈和男人同时转身。

"辛苦你和叔叔了。"

"哦。不辛苦,不辛苦。"男人一直很平静的脸上增添了一丝感动。

"姐姐,你过来,你到我房间里来。"小林不由分说地把小语拉了进去。

"姐姐,你看,这是你的床。姐姐,我一直都好想你哦！"

一个卧室,两个单人床,中间被小林的写字桌隔开。

靠着床的墙上贴着好几张小语的照片,有她七八岁时的、十三四岁时的、十七八岁时的、二十岁时的,还有她今年毕业时的照片。

小语的心里突然涌上许许多多的幸福。

"小林,你现在上几年级了？"

"二年级。"

"你一直都知道我吗？"

"是啊！爸妈说你在外地上学，我就一直等，等着你回来。姐姐，我好想你啊！有时候想你想得都哭了，还会在你床上偷偷躺着。"说完，小林脸红了。

小语在粉色小床上坐下来，小林顺势依偎在她怀里。看着小林和自己如此亲昵，小语心里生出一种久违的亲情。这个男孩的眉眼像极了母亲，有着极好的教养。

他俩有共同的妈妈，是的，妈妈。他俩在同一个母体里孕育，她和他血脉相连。

小语感觉上天是如此厚待她，让她有这么多亲人。

她想，虽然以后要常常陪爸爸，但也要常来这里，不定期地也要在这张小床上睡上几晚。这里的房间虽小，但真的什么都不缺，尤其是，爱。

站在爱情之外

未婚夫大中被抓之前,小童是有预感的。

大中很仗义,竟然帮着哥们儿去捉奸。哥们儿的老婆和别人偷情,被发现了。

小童给大中打电话的时候,他和那哥们儿正赶往捉奸的路上,不听小童的劝阻,匆匆就挂了电话。她当时就有种不好的预感。

大中的那个哥们儿小童是认识的,整天吃喝玩乐,标准的社会混混。小童不让大中和他来往,大中不听,说自己不会跟着那家伙混,就想跟他把关系处好点,万一在这个城市遇到什么事,可以让人家帮衬帮衬。听说去捉奸,大中头脑一热,带着所谓的正义感奔赴而去。

小童一直在等,等到很晚大中也没回来,手机也打不通。

小童一个人在黑暗里睁着眼睛脑补了很多捉奸现场的画面，甚至想到大中的哥们儿冲动下用棍子打死了奸夫淫妇，然后大中成了帮凶等等。

两天后，警局的人来了，小童才知道整个事情的来龙去脉。

大中的哥们儿其实是和他老婆在玩仙人跳。女的在网上找人约会开房，有人上钩后，定好时间和地点，男的就带人去捉奸，就为讹人点钱财。那哥们儿怕一个人去唬不住对方，又怕计划败露，直接叫了大中去帮忙。大中真以为哥们儿被戴了绿帽，路上就义愤填膺的。

到了地方，两人闯进去。那个"奸夫"直接懵了，没半点反抗就直接求饶，本就想找点刺激，没想到被人抓住了。那哥们儿眼看讹钱的伎俩要成功，正要谈价钱，蒙在鼓里的大中踹了那男人一脚，对方的眼角直接撞到床头柜上。大事不好，眼睛出了血。

酒店老板见有人吵闹直接就报了警。

玩仙人跳的那两口子，赶紧把实情全对警察透了底，说只是想要点钱，根本没想着伤人，人也不是他们伤的，是大中自己干的。现在那人还在医院，闹不好眼睛要报废，大中这一脚要是直接把人致残，他将面临五年以上的有期徒刑。

小童直接蒙圈了。她已经怀孕三个月，正准备和大中结婚呢！

双方的父母都急匆匆地赶来了。

大中的父母一直不喜欢小童，没有为什么，就是感觉儿子在外面找的可以直接同居的女孩靠不住。小童去过大中家两次，大中父母都对她不冷不热的，也没说因为小童来家里，多做两个菜啥的，就是家常便饭。

小童的老家离大中老家也就二三十里路的距离，他俩曾经是初中同学，后来都没好好上学，初中毕业就出来打工了。再后来，两人在同学聚会上见到，才知道彼此在同一个城市，慢慢就走到了一起。

　　小童从未想过什么爱情啊，尊重啊，理想啊，追求啊，这些深层次的问题。她感觉跟大中在一起挺快乐，两个人嘛，在一起快乐就够了。当意识到大中父母不喜欢自己时，她也向男友抱怨过。大中说："结婚以后，你是和我过，又不是和我父母过，我对你好就行了，老年人的思想太顽固，操心那些干啥！"

　　小童觉得有理，反正以后和大中生活在一起，管他呢，两人乐呵就行了。

　　怀孕以后，两人就打算结婚。小童父母那边想要六万彩礼，大中父母不想给，就说你们也不用给嫁妆了。这事谁也不愿妥协，就这么一直拖着，过去两个月了，还没把婚事定下来。

　　现在大中要被判刑了，大中父母着急了，冲小童一口一个"闺女"地叫着，要她别急，先把孩子生下来；还说彩礼钱早准备好了，本来这两天就要给小童递过来，没想到儿子被人利用，出了这样的事情。

　　小童的妈妈一直冷冷地看着大中的父母，后来挡住了他们递来银行卡的手。据说，那里有他们要的六万元彩礼。

　　小童妈妈说："当时提出要彩礼，也不是我们老两口要，这钱还是要给大中和小童的，我们只是希望你们表个态度而已，对我们闺女重视的态度。现在这钱你们自己先收着吧，生孩子的事情我们还要商量商量，小童这孩子从小让我们惯坏了，活得没心没肺的，事情既然都发生了，也别着急，你们好好考虑考虑，我们也好好寻思寻思……"

就这样，小童跟着父母回来了。

大中父母来过两次，每次水果牛奶提来一大堆，老泪纵横，说自己的儿子傻，又说大中那个哥们儿太缺德，害了大中，也说自己的儿子讲义气，对朋友忠心，将来对小童和孩子会更忠心，还说小童和肚子里未出生的孙子是他们老两口的希望，小童就是他们家的大恩人，云云。

小童得到了未来公婆前所未有的关心和重视。

这天，小童坐在院子里晒太阳，腹部已开始隆起。妈爸让她尽快流掉孩子，开始新的生活。小童舍不得，拿不定主意。

前几天，她收到通知，受害人的眼睛已经瞎了。大中打人致残，会被判五年以上徒刑。小童望着阳光，阳光透出来的全部都是迷茫。

院子里突然闯进几个人，还有人扛着摄像机，有人举着话筒。大中父母在前面带路，来到小童身边，抓着她的胳膊对着来人说："这就是我未过门的好儿媳，我儿子一出事，我们家给人看病就花了好多钱了。我这儿媳妇连彩礼都不要，你看她大着个肚子，多不容易啊……"

小童愣愣地看着来人，有个女的把话筒举到她的面前，滔滔不绝起来："我们是××电台××栏目组的。听二位老人说你的未婚夫因遭人蒙蔽，出于正义感而误伤别人，现正面临牢狱之灾，你依然愿意生下肚子里的孩子。你对老人的疼爱和对生命的负责让我们感动。今天，我们特地来采访你，如果后期有什么困难，我们栏目组可以帮你解决。比如你生产时的医院，孩子将来的奶粉、纸尿裤等，我们都可以赞助，你的勇气让我们敬佩！"

小童听懂了，这些人是大中父母找来的，这样的高调让她觉得难堪。她从没说过要生下孩子,只是没拿定主意,大中父母就是因为心里不踏实,所以找来了电台的人。

小童感觉特别屈辱,满脸通红,眼泪在眼眶里打转。二十二岁的她还不知道如何应对这突如其来的关心,不,是绑架,对她进行的道德绑架。

大中父母说得涕泪俱下,连电台的人都被感动了。

小童爸妈冲出来,护着女儿大声道:"这是干什么?你们闯进来经过我们家人同意了吗?生不生孩子是我闺女的自由,用不着你们干涉,你们要是敢播出去,我们就告你们侵犯个人隐私。"

小童妈妈又转向大中父母道:"我知道你们可怜,也替大中感到惋惜,可你们作为父母应该反省一下,大中是个实诚孩子,也很愚钝,做事莽撞冲动,交朋友没有立场。这也是你们做家长的在教育上出了问题。他要是被判个七八年十来年,我们小童怎么办?一直做单身妈妈吗?让她一直守活寡?你们给过小童什么?凭什么指望我的女儿做如此大的牺牲?你儿子本就变成了囚犯,凭什么再搭进去我闺女的大好时光?"

大中妈妈突然跪下,冲小童哭道:"闺女,看在大中的面子上,你把孩子生下来吧!"

小童妈妈一把把小童挡在身后,冲大中父母喊:"别再整什么幺蛾子,这孩子我们不生,我们明天就去流产!"

听到妈妈坚定的言辞,小童的心突然就放松了一下。

大中父母和电台的人被小童爸妈赶了出去。小童听见那个记者尴尬地责怪那两个老人:"大叔大婶,你们怎么不讲清楚实情呢……"

小童看着父母把门重重地关上,将一切嘈杂关在门外。

此时，院子里阳光明媚，小童看着爸妈向她走来。这一刻，小童感觉自己长大了，她开始明白什么是爱，开始明白什么是无奈，什么是现实，什么是凄凉，也开始明白命运应该如何掌握。

虽然，这样的认知来得晚了些，但是一切还来得及！

哥哥

二十三年前,青青十岁。那年春天,做电工的爸爸从电线杆上摔下来。正和小伙伴们玩的青青听说后,急命地往出事地点跑,鞋都跑掉了。到了地方,青青看到爸爸的头枕着一片带血的乱石子,人已经咽气了。十五岁的哥哥跪在爸爸遗体旁惨白着脸,哭得满脸都是鼻涕眼泪。妈妈晚青青一步赶过来,看到丈夫后,整个人就崩溃了,直接用头往电线杆上撞,被周围的人纷纷拉住。

就这样,爸爸没了,妈妈的精神受了刺激,时好时坏。正念初三的哥哥退了学,既要照顾妈妈,又要照顾妹妹,供妹妹上学。十五岁的哥哥成了家里的顶梁柱。

家里有几亩薄地,哥哥天天带着妈妈下地干活。妈妈精神好的时候,可以干点活,不好的时候,就坐在地头自言自语,或者对着死去的丈夫说话。

农闲时,哥哥去求村里的一个老木匠,给人家做学徒工,帮忙做桌椅板凳衣柜饭橱等家具。

青青一直在上学,哥哥让她好好读书,再苦再累也会供她。哥哥说,只有这样才能改变命运,离开这个又苦又穷的地方。哥哥对青青的生活起居照顾得无微不至,用他青涩的肩膀扛起了父母两人的角色。

初中以后,青青开始住校。开学那天,哥哥用自行车驮着被褥、书包、暖瓶等,把她送到学校。这天,青青上身穿着粉色纱料的短袖小褂,下着哥哥给她买的黑色健美裤,干净清爽得像个优渥家庭的女孩。

二十年前的那件小褂,青青至今都保留着。哥哥当时跟人家布料店说尽好话,按三块钱一米扯了一块布给青青做的。记得拿着那块布,拉着青青到裁缝店量尺寸时,哥哥跟裁缝大婶比画着,"领口这里要做一个同样颜色的蝴蝶结,肩膀这里的袖子要有点鼓的,像泡泡那样。"

衣服做出来,穿在青青身上后,妈妈嘿嘿地笑着说"好看",哥哥像变魔术一样又给青青拿出一条黑色健美裤。穿上后,青青变成了很洋气的女孩。哥哥用手捋着青青的马尾辫说,"到学校里好好学习,想买什么就跟我说,有哥在,咱青青不会比任何别的孩子过得差。"

住校生每月都要给学校的食堂交粮食,然后凭粮票在食堂里打馒头吃。每周,青青都要带一大瓶萝卜咸菜到学校,每顿饭只打两个馒头就着咸菜吃。食堂里还提供包子,炒菜是没有的,但会做一大锅胡辣汤。这些青青从来不吃,就为了省下几斤粮食,让哥哥不那么辛苦。

青青每天花一毛钱在学校的锅炉房里打一暖瓶开水，可以喝两天。冬天，她都是用冷水洗脸，舍不得用热水，暖瓶里的热水只用来喝。每周，哥哥都会给青青几块钱零花钱，她只拿两块，多了不要。青青跟哥哥说，"这两块钱我都花不完。"

青青一开学就找班主任求情，初中三年的课本一本都不订，她用哥哥用过的旧课本。旧课本里的内容偶尔也有和新课本不一样的地方，她都拿本子照着同学的课本抄下来，也没多大影响。

每周六周天回家的时候，哥哥总是变着法儿为青青改善伙食。其实也没什么改善的，家里穷得买不起菜和肉，顶多是哥哥把萝卜咸菜切丝或丁或片，然后用油炒了吃，那也感觉香好多。有时候，哥哥也会到地里掰了嫩棒子，或是挖两块地瓜，给青青蒸着吃或煮着吃，让她改善口味。最幸福的是每年收了麦子后，每到傍晚地里开始往外钻知了猴，哥哥便拿着手电筒到处去抓，一晚上能抓几十个，再把知了猴洗干净，用盐腌起来，一夏天能攒一脸盆。每当青青从学校回来，哥哥就会给她煎知了猴或烤知了猴吃。这是整个初中时期，全家唯一吃到的"肉"。

大约在青青刚读初三时，一天，哥哥到学校来找青青，她正在宿舍和同学们吃饭。哥哥给青青带来一双白球鞋，还有一斤喷香的油条。青青快乐得不得了。哥哥悄悄告诉她，自己的木工手艺学好了，老木匠现在每月给他一百五十块钱的工钱。青青夸哥哥真棒。以前，老木匠每天给哥哥两块钱，他都攒起来，花在青青念书上。哥哥腼腆地笑着嘱咐妹妹要好好学习，他们的日子会越过越好。

考上高中那年，青青十六岁，哥哥二十一岁。青青开学要交一千五百元的学杂费，哥哥手里钱不够，卖了家里的余粮也凑不齐。于是，他就去亲戚邻居家借。像青青这样的家庭，在大多人看来就是无底洞，没人肯借，还都劝哥哥，让妹子退学吧，女孩念那么多书没用，不如早点出去打工挣钱，兄妹两个一块多攒点钱，哥哥还能早点讨个媳妇。

两天后，哥哥把钱凑齐了。青青至今记得哥哥笑着把钱交到她手上时，脸色惨白，额头上挂着虚汗。多年后，青青才明白，当时哥哥是到医院卖血了。她向哥哥求证的时候，他说："没办法啊！咱家太穷了，没人肯借。别人感觉你念书要花钱，我到找媳妇的年龄了也要花钱，没人感觉咱有能力还钱。"青青趴在哥哥肩膀上哭，"当年你卖血的时候，我怎么就没想到呢！也没让你吃点好的，哪怕给你冲碗糖水喝呢！"哥哥摸摸青青的头，"你那时还是个孩子，我不告诉你，你怎么会知道呢？"

青青到县里读高中的时候，哥哥在县城周边找了一家家具厂打工。厂子里提供免费住宿，但因为带着母亲，哥哥还是在厂子外面租了间小房子，房租每个月二十元，大约有十五平方的样子，里面就放两张床，一个书桌。学校每学期的住宿费是两百六十元，青青舍不得交，就做走读生和哥哥、妈妈住在出租屋里。

高中的课程很紧，每天早上五点，哥哥都准时喊醒她，让她起来吃饭，然后去上学。高中三年，每一顿早餐都是哥哥做的，有时是面条，单独给青青卧个鸡蛋；有时是喝粥吃馒头，配点小咸菜。中午和下午，她在学校食堂吃，花四毛钱买两个馒头，再花两毛钱买一小碟大锅菜，吃着也不错。每天晚上十点下晚自习以后，青青回到出租屋，总会有哥哥准备好的饭菜。青青感觉在生活上自己从来没受过委屈。

夏天，哥哥白天在家具厂做工，晚上就到县城广场上去摆摊卖刨冰，也叫"冰粥"，就是用机器把冰磨碎，盛到碗里，然后浇上各种口味的果汁，上面再撒一层碎花生米或红小豆、葡萄干什么的。生意好的时候，一晚上能卖二三十碗，每碗五毛钱，三个夏天光卖刨冰的钱，哥哥就攒了近五千块。

　　青青至今记得那刨冰的味道。偶尔去摊位帮忙时，哥哥总是先做一碗让她坐下来吃。青青总是先把上面的那层葡萄干和红小豆吃完，再一勺一勺去吃用果汁拌好的冰，边吃边看哥哥忙碌的样子。她觉得所有的日子都是甜的，有哥哥在，一点都不苦。哥哥做的刨冰应该是天下最美味的食物。多年以后，青青在大都市吃遍各种各样的冰粥，总觉得没有哥哥做出来的味道好。

　　再后来，青青考上省城的大学，哥哥早已攒够了她入学的学费。他带着母亲来到省城，在青青学校附近租了两间房子。青青依然和哥哥、妈妈住在一起。她在学校申请了特困生补助，节假日也去打工。青青对哥哥说，"哥，你该攒钱娶媳妇了，以后上学的钱我自己挣。"哥哥笑笑，"找媳妇不着急，只要你好好学习，你是哥的希望。"

　　哥哥买了辆三轮车，天天带着他那些木工工具去跑建材市场。市场里有专门定做门窗和橱柜的店铺，他跟老板做各种各样的争取，承揽安装工程。凭借自己的憨厚和真诚，还真就揽到了活，需要帮手就在市场旁边找两个打短工懂木工活的人一起干。哥哥干活认真仔细，店铺的老板收到客户满意的反馈，更愿意和他合作了。活越接越多，钱越挣越多，哥哥也在建材市场租下一间店铺，专门承揽家具和门窗的安装工程。

　　一开始，店里就哥哥自己，来活了就喊着几个长期合作的短工一起去做；后来活多了，需要安排时间、安排工人了，他就聘请了一个女孩，在店铺里接电话和安排各种工程的时间。哥哥是个踏实认真、任劳任怨的人，时间一长，那女孩对他暗生情愫，倒追起了自己的老板。在青青毕业这一年，这个女孩成了她的嫂子。

也在这一年，哥哥在省城买了房子，再也不用带着妈妈到处租房了。自从嫂子生下一个大胖小子后，妈妈多年时好时坏的精神好了很多，常被孙子逗得哈哈乐。如今，孙子上小学了，妈妈天天乐呵呵地接送孩子。

青青本科毕业以后，报考了研究生，继续深造。从爸爸去世到研究生毕业，青青读了十四年书，哥哥给了她一个完整的青春，没留下一丝遗憾的青春；给了她亦父亦母亦兄，比海还要深厚的情感。

二十七岁的时候，青青结婚了。婚后，青青和老公产生了一些矛盾。哥哥知道后对妹夫说："不想过了，是吧？行，当初怎么把青青从我家里接走的，你就再怎么把她给我送回来。趁着现在还年轻，赶紧离婚，再重新各自找各自的幸福，两不耽误。要是你不想离，好，从今往后你给我好好对青青，好好过日子，不能让她受委屈，若等她年老珠黄再想抛弃她，我绝不饶你。"

其实，青青和老公的矛盾就是鸡毛蒜皮的生活琐事，完全上升不到离婚的程度。老公见哥哥的态度，直接服了软，表示类似的错误不会再犯。青青至今记得哥哥训老公时的样子，那气势，让青青感觉哥哥就是她头顶的天，有他在，天永远塌不下来。

如今，三十三岁的青青是一家企业的高管，老公当年留校任职，去年评上了教授。今年，青青的儿子要上小学了，岁月静好，一切安然。

哥哥的女儿在四个月前降生。他经常抱着女儿眉开眼笑地说，"我多有福气啊！儿女双全。"

每当看到哥哥开心的样子，青青心里就会涌出满满的温暖。哥哥是天下最棒的人，不光会制造财富，更会制造幸福和希望。

和恶婆婆过招

张芸感觉自己的命太苦,怎么摊上大林他妈这么个恶婆婆?她一定是天下最恶、最难对付、最嚣张跋扈、最抠、最会算计的婆婆。

张芸纳闷,都是农村家庭,婆家的经济条件甚至还不如娘家,自己也就是图她儿子大林是个实诚人,她凭什么低看自己?凭什么高高在上?凭什么!凭什么!

几年前,张芸和大林在同一家饭店打工,大林是厨师,她是前台收银。两人都是特别憨厚朴实之人,一来二去就对上眼了。

从他俩谈恋爱起,老板就睁一只眼闭一只眼,任其发展,结婚的时候还给了红包,送了祝福。

张芸和大林两人在这个饭店打工多年,一直干得很踏实。老板也很看好他们,觉得二人做事让人放心。

张芸怀孕六个多月的时候，老板委婉地劝她回家休息。是呀，挺着个大肚子在前台的确不好看。

张芸一不上班感觉挺可惜的，工资没得挣，天天没事等着生孩子也挺无聊。怀孕八个多月的时候，张芸回了老家。她是想着，万一生了，在城里也没个人照顾，自己已经不能上班了，总不能让大林也请假天天给她伺候月子吧！只要生孩子的时候，大林能赶回来，守在她身边就行。

孩子没生之前，张芸和婆婆相处挺融洽的，烧火做饭都是张芸来做。她总说："我活动活动，生孩子的时候好生。"公公婆婆还蛮高兴的，夸儿媳做饭好吃。其实真没做什么好饭菜，有时炒个白菜，炖个土豆，家里平时只有这些菜，而且也不多。

公公牙不好，每次张芸都提前盛出一份来，然后留一部分在锅里再咕噜一会儿，炖烂乎些，公公吃起来不那么费劲。公公虽没当面夸过张芸啥的，但能看出老头儿挺高兴的。婆婆有时候还说公公一句："瞧，你牙口不好，还有特殊待遇。"张芸听到以后就笑一下。公公不吱声，只默默地把自己那份菜全部吃完，连汤都喝掉。

可是，好景不长。

张芸生了孩子以后，委屈的日子就来了。

当时，羊水破了。张芸告诉婆婆后，家里先给大林打了电话，又打了120，直奔县医院。

在医院等了两个多小时，张芸也没有盆骨开缝的迹象，但羊水在渐渐流失。医生做了决定："剖腹产吧！要是等羊水流没了，也没把孩子生下来，大人小孩都会有危险。"

动手术前的十分钟，大林急匆匆赶回来了。

两口子的感情还是不错的。张芸要被推进手术室的时候，大林抓着她的手说:"老婆,让你受苦了,不要怕疼哈,有我在什么也不要怕,放心吧!"

婆婆在一旁看着,大概是第一次看到儿子对另外一个女人如此呵护吧,便呲嗒大林:"每个女人都生孩子,有啥苦的?你有啥可担心的?赶紧让她进去吧!"

后来张芸想起婆婆的话,猛然明白,婆婆是吃醋了,当年她生孩子的时候公公肯定没对她这么柔情过。看到儿子这么温柔地对待一个认识刚两年的女人,婆婆心里肯定是极度不平衡的。

剖腹产,张芸添了个八斤多的胖闺女。

从手术室推出来的时候,孩子已经在婆婆怀里抱着了。大林上来拉着她的手,轻声说:"老婆,你辛苦了,想吃点啥,我去给你定。"

医生说:"没排气之前不能进食,排气以后先给她喝点清淡的小米粥。"

婆婆在那里欢喜地看着怀里的小孩,一个劲地夸:"长得真白,真俊,随你爸。"

麻醉药劲过了以后,张芸感觉浑身都疼。那段时间,医院里的产妇特别多,病房里一共住着三个,人来人往的,都是七嘴八舌的说话声,吵得张芸心烦意乱,血压飙升到180,心慌得不行。

护士过来看了一眼,说:"血压都升这么高了,你必须休息,其他人都小点声说话,让她睡点觉。"

"护士,我刀口疼得睡不着,你们有没有止疼药,给我打一针吧!我心里慌得很,很难受。"

护士赶紧出去,几分钟后拿着一个针剂过来要给张芸注射。

婆婆拦住:"你打的啥?"

"杜冷丁,止疼的。"

"这一针得多少钱？"

护士瞪她一眼："都这时候了，你还关心钱呢？人都难受成什么样了，想给她放镇痛泵，你说我们为了多收费不同意，现在打针还心疼钱。人重要还是钱重要？你看她血压都升到多少了？再不赶紧止住疼，让她休息，她生命都有危险。没听见她说心慌吗？"

小护士当着满屋子人的面将老太太好一顿训。

婆婆被抢白得有些尴尬，剜了张芸一眼："哼，同样是生孩子，就你娇气！打吧打吧，都用过麻醉药了，还要杜冷丁，真是乱花钱。"

张芸痛苦地闭上了眼睛。

后来婆婆出去了，大林附在张芸耳边说："媳妇，你别生气哈，我妈节省习惯了，她是心疼钱，你忍着点，以后我加倍对你好，把你受的委屈都补回来。"

张芸看在老公的面子上不跟老太太计较，谁让她是自己老公的亲妈呢！

出院后在家里过月子，张芸受的委屈三天三夜都说不完。孩子夜里哭，张芸整夜抱着孩子。孩子白天睡得香甜，张芸想跟着睡点，可不一会儿婆婆就进来了，摸摸孩子说："臭丫头，光知道睡，也不和奶奶玩一会儿。"

又过了一会儿，大姑姐的孩子又进来了："妗妗，妗妗，小妹妹醒了没有，她还不吃奶吗？"大姑姐的孩子那年五岁，大林的姐姐和姐夫都在外面工地上打工，没法带孩子，姐姐的婆婆早年就去世了，所以孩子一直是姥姥给带着。张芸挺喜欢那孩子的，眼睛大大的，挺乖。他也挺喜欢张芸刚生的小妹妹，总进来看孩子。所以，张芸白天也休息不好。

她是生完孩子一星期后出的院，大林给孩子过完十二天，就回城里的饭店上班了。

大林在的时候还好，大林走了，婆婆就有些嚣张了。

张芸在里屋坐月子，婆婆在外屋给孩子洗尿布，边洗边骂："臭丫头，你的屎、你的尿我都不嫌弃，现在这么尽心尽力地伺候你，到时等我老了，我能沾你一点光就烧高香了。"

张芸知道婆婆是骂给她听的，话里话外是想让她记住自己伺候月子的功劳。每次听婆婆这么指桑骂槐，她都在屋里不吱声，她心里烦躁得很。谁知，婆婆得寸进尺，越骂越难听："你个臭丫头，天天在床上躺着享清福，我儿子都捞不着歇着，天天在外面颠大勺，拼死拼活地挣钱，我老了老了还要伺候你个小东西，我们娘儿俩该你们的，还是欠你们的……"

婆婆说过的难听话太多了。

张芸听着有时真想冲出来跟她大吵一顿，好像自己多愿意让人伺候似的，这不是过月子吗？否则谁愿意受这窝囊气？

反正现在能下床了，做手术的刀口也不那么疼了，孩子再换下来尿布，张芸直接洗了，不能沾凉水，她就在凉水里兑上半壶热水。婆婆看见了赶紧抢下来道："你怎么能做这些！坐月子养不好，大林还不埋怨我？你是故意给我招恶名吧！"

张芸忍住气，平静地说："没事，我加了热水的，不沾凉没事的。"

"这一天下来要换多少尿布？得用多少热水？烧热水不得烧煤球啊！煤球不得花钱买啊！"

张芸想，幸亏自己坐月子是在春天，房间里不冷，这要赶在冬天，屋里要生炉子烧煤取暖的，婆婆还不得心疼死。

当然，张芸不敢反驳，在心里恨恨地想："爱说啥说啥吧，等我熬出月子去，啥也不用你干！让你在我面前耀武扬威！让你在我面前张牙舞爪！我呸！"

忍吧忍吧，都快要忍无可忍了。

婆婆提供的饮食也越来越差劲，以前大林在家时还杀过一只老母鸡，炖了一锅鸡汤，盛好晾在一个大盆里。每顿饭都给张芸单独盛一碗热一热，连汤带肉的全吃掉。大林走后，那盆鸡汤也随之喝完了。张芸以为婆婆还会给她做点有营养的，但是，但是，真是妄想，太异想天开了！

从此以后，张芸除了每天两个鸡蛋外，就是吃馒头，吃婆婆炖的白菜汤，白菜汤里没有一点荤腥。有时，放点葱花放点盐，煮一锅面条，每人盛一碗，就这么囫囵个吃。

一次，张芸忍不住了，跟婆婆说："妈，我不爱吃面条，咱做点别的吃吧！"

婆婆脸一拉，堵她一句："行，没想到你还是个挑食的馋嘴子。"

张芸心里气啊，要不是厨房在院里另外一个小屋，她肯定跑出去自己做饭。可春天的风狂得很，自己还在月子里，再怎么生气也不能拿自己的身体置气，月子里要是着了风，受罪的可是自己。张芸想，等出了月子，我再也不用看你脸色了，熬吧，没多少天了。可带孩子夜里根本就休息不好，白天又不得安静，张芸那段时间真是心力交瘁。

有时，张芸深感后怕，自己当时没得产后抑郁症自杀，真是幸运。

张芸说不爱吃面条，婆婆这次真没给她做面条，而是给她做了一碗炒馒头丁。

张芸愣了："这，这么干，怎么吃啊？"

"就这么吃就行，炒之前我用盐水泡了一下，有盐味。"

"怎么也没放点菜什么的炒一起啊？"张芸小心翼翼地说。

婆婆的脸一下子又拉下来了，冲着张芸训开了："这春天青黄不接的时候哪来的菜？剩下的几棵大白菜都抽薹开花不能吃了，还有三个土豆生的芽子都有手指长了，我能给你吃？我可不想毒害性命。集上倒是有卖新鲜蔬菜的，可是贵得很，谁吃得起？咱平常老百姓过日子，还想天天山珍海味呐？"

婆婆气呼呼地走了，那碗炒馒头丁就给张芸放在床头的小桌上。张芸含着眼泪吃掉了。她得吃饭，否则孩子怎么办？孩子还吃奶呢！

张芸拼命喝水，想让奶水多一些。这几天，婆婆也不熬小米稀饭了，奶水越来越少。

傍晚，大姑姐的孩子从幼儿园回来，趴在床头看张芸喂孩子。婴儿在张芸怀里喷喷有味地吸着奶头。

大姑姐的孩子咽了两口唾沫，问："妗妗，奶水甜吗？"

张芸笑了："你想吃吗？"

孩子有些不好意思："我就是问问什么味儿。"

此时，婆婆正好进来，剜一眼外孙子，对张芸说："天天问我他妗妗的奶水甜不甜，都快馋死了。"

张芸笑笑说："你吸两口吧！"

婆婆也笑了："你妗妗让你吃你就吃两口尝尝吧，解解馋。"

小男孩红着脸把嘴凑上来，吸了两下，然后咂么咂么嘴咽了下去，腼腆地说："没味儿，就是温乎的。"

张芸和婆婆都笑了。婆婆看张芸的目光变得柔和了很多，接着对外孙子说："也就是你妗妗脾气好，要换别人试试，谁让你吸啊！"

"姥姥，我今天晚上想喝小米稀饭。"

婆婆的脸又黑了："小米那么贵，能天天喝吗？就是妗妗生孩子，我狠心买了五斤小米，还能天天喝？以后谁也别想喝小米稀饭，五块钱一斤呢！穷人家的孩子就过穷人家的日子，天天想着享福，你当自己是皇帝呢！"

小外孙哭了。

张芸从婆婆瞬间变黑的脸里看到了"穷凶极恶"这几个字。

张芸心里恨恨地想，喝个小米稀饭就是富人家过的日子了？你家生活标准真够低的！

晚饭又是一人一碗带咸味的面条。

张芸心里的怒火一股一股地往上冒。她深呼吸，再深呼吸，怒火被她一点点地压下去。

第二天，张芸突然就没奶水了，孩子饿得哇哇大哭。

婆婆慌了手脚。张芸听见婆婆在院子里冲公公喊："赶紧给诊所打电话让医生来看看，她没奶了，孩子饿得光哭。"

公公发怒了："不给菜吃，不给稀饭喝，能有奶水吗？你这是伺候月子吗？你这是胡闹！"

婆婆好像一愣。是的，婆婆人很强势，一直都是她当家，一直都是她跟公公大呼小叫，公公从来对咋咋呼呼的婆婆视而不见，对她的唠叨充耳不闻。张芸以前从来没听到公公对婆婆喊过。

婆婆气哼哼地说："你不当家不知柴米贵！"

公公打断婆婆的话："赶紧给我点钱，我给孩子买奶粉去。"

张芸听到公公推电动车的声音。婆婆不会骑电动车，买啥东西都是公公跑腿，但钱由婆婆攥着，花多少给多少。

张芸忍了这么多天的泪，突然就涌了出来。她感觉这个家就是苦海，无边无际的苦海，随时一个黑浪头打过来就能将她吞噬。婆婆也生过两个孩子，也坐过月子，她怎么能这样呢？

诊所的医生来了，看了看情况问："断奶这么突然？"

张芸说："前两天就见少了，今天突然一点也没了。"

医生好像看出点门道，对婆婆说："婶子，你给她炖点羊肉吃，让她多喝点汤，那个有营养，下奶也快。"

婆婆的脸一下就黑了，但这次没说话。

医生继续说："也可以买几个猪蹄给她炖炖，坐月子营养得跟上。多吃点有营养的东西奶水才会充足。"

"现在的年轻人真娇贵，我以前坐月子，也没吃好的，也没喝好的，两个孩子吃奶吃到两岁多，都会满地跑了才断奶。"婆婆怨声载道。

医生笑笑："您那个年代哪能跟现在比啊！您看您孙女这么胖，吃得也多，您就不怕把娃娃给饿坏了？"

邻居张二婶来了，一进门就问："我看见医生上你家来了，就过来看看，这是家里谁咋地了？"

婆婆说："这不是她嘛，突然没奶水了。"

"吆，多吃点好的呀！"

"是呀，我这就去给她称肉去。她是馋奶子，不吃好的不来奶，还得天天鸡鸭鱼肉伺候着，谁不生孩子啊？没见过这样的！你是不知道，别人剖腹产都没事，她就不行，当天就要人家给她打杜冷丁，说疼得受不了，别人怎么就能受了呢？都是穷人家的孩子，身子骨就比别人娇贵，比别人多花钱。"

张芸忍着，咬着嘴唇忍着，心里想：你等着，等你用到我的那一天，我也这么对你。不，我加倍奉还！我天天喂你喝凉水，也让你尝尝天天看人脸色的滋味。

到底羊肉、猪蹄都没买。婆婆让公公拿了三十块钱，称了一刀猪肉回来，给她炖汤喝。公公给买的那包奶粉要喝完的时候，张芸的奶水慢慢也有了。

总算熬出了月子，没等过几天，张芸就抱着孩子来城里了，反正在哪儿都是自己带孩子，不用在家里看婆婆的脸色。

就这样，张芸一天天熬出来了。

后来逢年过节，一家三口回去和老人住几天。那几天都是张芸和大林烧火做饭，爷爷奶奶只管抱着孩子玩，倒是也没发生过什么矛盾。但是，张芸知道，她再也跟婆婆亲不起来了，永远亲不起来了。她永远记得月子里婆婆是如何在精神和身体上虐待她的。

后来，大姑姐的孩子被接走了，跟着他父母去所在的城市上小学了。婆婆提过几次让张芸把孩子交给她来带，张芸不同意。

女儿三岁的时候，在城里就近上了幼儿园。为了接送女儿，张芸没去找工作，盘下附近的一家水果店，卖起了水果。接女儿的时候，她把卷帘门一拉，来来去去二十分钟的工夫，回来再继续营业。

张芸脾气随和，待人接物都有礼有节，生意做得挺红火，一个月下来的盈利比大林在饭店里做厨师两个月的工资还要高。后来，大林也辞职了，把相邻的菜店也兑下来，经过简单的装修后，两口子专门经营水果店。到了放学的点儿，也不用再关门了，一个人在店里守着，另一个人骑电动车把女儿从幼儿园接回来。

日子过得平静而幸福。

就在这一年，公公在老家突发脑梗，张芸和大林在医院里守了一个星期，公公还是去世了。婆婆一下子老了很多，整个人都萎靡了，也不怎么说话。

公公下葬的当天晚上，张芸听见婆婆带着哭腔对大林说：

"你爸没享福的命啊！我呲嗒数落了他一辈子，他一辈子不爱搭理我，我就天天跟他急，冲他喊，对他骂，天天跟他置气，就想让他对我服软。不管我说什么，他都跟没听见一样，天天当我不存在啊，临了临了，说没就没了。"

张芸听着难受，先去把孩子哄睡了。

再到婆婆这屋里来，在门口听见婆婆说："我后悔啊！一辈子逮谁凶谁，逮谁跟谁置气，我再想改改自己的脾气，跟你爸和和气气地说说话，永远都没这个机会喽！"

张芸倚在门框上抹了一下眼泪。

大林和张芸商量："把妈接到城里和咱一块住吧！"

张芸看着婆婆忽然花白了好多的头发，心里泛着酸说："嗯，让妈跟咱一块去城里住。"

婆婆有些犹豫："现在你们做买卖都用的是电子秤，我也不会认。孩子上学要骑电动车去送，我也不会骑。我啥也干不了，到那里光给你们添麻烦，我还是不去了。"

婆婆原来到他们那里去过，说是想看孙女，都是头天去，第二天就回来了，每次都说："我老了，我不能待在这里讨人嫌。"

自从公公去世，婆婆的精神似乎一下子就垮了，看起来有些风烛残年的样子。张芸以前积压在心里对婆婆的怨气也不知跑哪里去了。

张芸挽住婆婆的胳膊："妈，你还是跟我们去吧！到那里我们什么都不让您干，您天天在店里坐着就行，就光看着别丢东西。有时我和大林忙不过来，总有人拿了东西没给钱就走了的。"其实店里各个角落都安了监控，她这么说，就是想让老人找到存在感，踏踏实实地跟他们住到城里去。

果然，婆婆一听："怎么能不给钱就走呢？行，我去那里给你们看着,要是碰到这样的人,我非熊他不可。"

大林感激地冲妻子笑了笑。

婆婆跟他们到了城里以后,日子过得还算平静,但婆婆总是批评他们每顿饭做菜太多,不懂得节省。每当这时,张芸啥话也不说,倒是大林跟他妈说:"大人孩子都累了一天,得增加营养,要是天天透支,把身体给耗坏了,以后还怎么挣钱?"老太太听了,也就不说啥了。

一天,女儿说:"妈妈,我今天想喝小米稀饭。"

张芸心里愣了一下,她见婆婆也愣了一下。

张芸去了厨房,想起婆婆曾经不给她菜吃,不给她稀饭喝,只让她吃用盐水泡过的炒得干干的馒头丁。心里无尽的委屈都涌了上来。

婆婆进来了:"芸呐,你去歇着,我来做吧!"

自从公公去世以后,婆婆跟她说话从没高声过。

"不用,妈,省事着呢!我把米淘好,把电饭锅插上就行了。您去歇着吧,我再炒俩菜,一会儿就好。"

大林进来了:"妈妈,您去陪孩子玩吧!我们俩做饭就行,一会儿就好。你出去吧!"

婆婆想了想,对大林说:"大林呐,妈脾气不好,你可别学我。你爸活着的时候,我天天跟他置气,压了他一辈子。现在我后悔啊!我总觉得你爸那病是让我气的!"

"妈,您想多了,都是命。我爸都走了,您可得好好的,可不能让我爹妈都没了呀!"大林听不得老妈说这个,一听就要落泪。

婆婆看了看儿子,又看了看儿媳妇,欲言又止地出去了。

等张芸做好饭,发现婆婆在卫生间里洗什么东西,急忙走过去。婆婆在洗张芸的袜子,她刚才进门换拖鞋时,顺手把袜子脱下来,放在了鞋里。

张芸有些惊慌:"妈,我自己来就行。"

"芸呐,我为你做点事心里还得劲儿点,以前我……"

"妈,您说啥呢?咱是一家人,您养了那么好一个儿子给我做老公,我得感激您一辈子呢!您什么也不要多想,以前啥事都没有,您要健健康康的,咱现在日子越来越好了,咱得好好过呢!"

说这些话的时候,张芸真的感觉以前那些事不算啥了。虽然当年心里是真委屈,也真恨得牙根儿痒。就在刚才,女儿说要喝小米稀饭时,她心里想起坐月子时的事情,还满心委屈。

婆婆只是强势,只是节省,只是嘴厉害了点。是的,当年过月子吃不好喝不好,可公公婆婆也没吃过啥好的啊!就那三十块钱的猪肉,公婆一口也没吃,全都给她炖了肉汤,让她一个人吃了啊!婆婆现在如此软弱和示好,她的心一下子化成了一摊水。

婆婆的男人没了,以后唯一的依靠就是自己的儿子了,她是怕得罪她,怕遭到儿子儿媳的嫌弃吧!

此刻,张芸心里感到很心疼,也许是对婆婆充满了怜悯。

这两个毫不相干的女人,因为大林这一个男人,有了千丝万缕的联系。她们都爱这个男人。

爱,从来没有缺失,只是存在形式各有差异。唯有相互关怀,相互感化,相互谅解,才是过日子该有的招数;也唯有如此,才能把日子过得踏实、平淡和安稳。

吵架

我和我爹吵过不少架。

那时也不知自己哪里来的这么大的气性，不吵不痛快，好像和我爹对着吵，活得才算顺畅。

小时候，我都听我爹的，有时心里逆反得要命，也不敢大喊大叫，只能乖乖的，因为我一反抗，我爹就把我拎到大门口让我站着。爹不发话让我进屋，我能在外面站一宿。当然，我从没在外面待过一宿，因为每次我爹感觉差不多了，就会喊一声"进来吧"，然后我就进去，而且还会老实很多。

真正意义上和我爹第一次吵架，是因为考大学时选专业。我选的汉语，我爹非要让我选什么电脑之类的，说那个前景广，发展前途大。我不听，非选汉语。我爹说，要学语言，你也应该选英语，一个中国人，学汉语算是什么事？从小就说的话还整不明白吗？我爹还说，这是外国人来中国才要学的专业，云云。我非不听，就不听，就要学汉语。我爸气得脸发红，"好！你就不听吧！以后有你后悔的时候。"我说："我从来不做后悔的事！"

其实，我现在就特后悔当时和我爸吵。现在想想，自己真混蛋，为啥不能撒撒娇好好跟爹说话呢，十七八岁为了彰显个性就知道喊。

那次，我赢了，因为我爸知道就算再吵下去，我也不会改专业，想学的东西背着他照样学。

第二次吵架是我去支教，我爸爸特别反对，高声冲我嚷嚷："我花那么多钱供你念书是为了让你脱离农村，好啊，你毕业了，反而要到那鸟不拉屎的地方去，比咱这里还穷！要是知道你越活越回去，我当初供你念个啥劲？不准去！"

我也喊："我要去拯救那里的贫穷，让越来越多的人变得有知识有文化，让他们越来越有眼界，这是我的梦想！我就要去！"

还是我赢了。其实我爸知道，就是打死我我都不会妥协，想走的路如果不经历一遍，我是不会甘心的。

启程那天，我爸开着我家的柴油三轮车去镇上的汽车站送我。我要坐汽车去市里，再去坐火车，到大西北去。我坐在我爸旁边，他驾驶着方向盘，气哼哼的样子，只看路，不看我。

汽车要启动的时候，我爸站在车窗外看着我，很幽怨的样子。我举起手对爸爸挥了挥，看到他的眼睛立刻红了，也举起手来对我挥动。他眼里的泪水马上要流出来的样子。我的鼻头一下子就酸了。我跟我爸的性格太像，他只对我妈温柔，我学着他对我的样子对他强硬。

支教那段时间，我爸经常给我寄吃的，腊肉啊，扒鸡啊，大枣啊，反正在他心里我就生活在难民区，什么好东西也吃不到的样子。我不敢告诉他,我把他寄给我的东西大都分给了我的学生们,看着学生们拿着那些好吃的,既惊喜又惊奇的样子,我既心疼又心酸。看着他们或狼吞虎咽或舍不得吃,我就感觉我的能力太渺小了,我能为他们做什么呢?有的学生家里连温饱都成问题,我到底如何改变他们的命运?

再一次是我支教回来后先在单位上了一段时间班,然后要辞职去北京闯荡。那次吵得最凶,我爸本以为我吃过苦后会学会安定,踏踏实实地工作,按部就班地恋爱、结婚、生子。可我就是干不下去了,非要辞职。

那次把我爸气得都哭了,直接在我面前掉眼泪,说我太不让人省心了,比别人家养五个孩子还让人操心。折腾,折腾,一个闺女家家的就知道折腾,什么时候是个头啊!

我也哭了,说自己真干不下去了,太失望了,这工作没乐趣,没成就感,再干下去就疯了。我说:"爸,你就放了我吧!"

当然,还是我赢了。

临去北京的时候,我爸的话也软了下来,"去吧!那是首都,到那里见识见识也好。只是出门在外,一切都要注意。"然后他老人家苦笑一下说,"你说你倔得跟头驴似的,万一哪天要是让人给卖了,我可咋整?"

我鼻头一酸,摸摸我爹刚剃的光头,跟他说着自以为幽默的话,"你闺女又不是傻驴,哪天我卖个别人试试,让你见识见识。你闺女的智商高着呢!"我爹听了没笑,我也没笑,心里淌着酸水。

这次我非不让我爸送我,让村里一个人开着面包车把我送到长途汽车站。我怕看见爸和我挥手时的眼睛。一想到那个情景我就想哭,更别说让我看见了。我也不想让他见我流泪。我是强硬的，一直都希望在我爸心里是强硬的，无坚不摧。

我从来没想过我会抑郁，在北京五年，有两年时间我是在高度焦虑中度过的。这些我从来不敢跟家里说，永远在父母面前保持天高云淡的姿态，让他们感觉我海阔天空，我宏图大展，我的未来不可估量。那两年，我在我爸面前一直伪装。我怕他看出我的脆弱。

家里人现在都爱看我的文章，连我八岁的小侄女都关注了我的公众号，经常拿着手机磕磕绊绊地给我爸妈读我写的文章。中秋节我回去时，我爸还夸我写得好，都是实事，看着平常，写出来感人。

我估计关于我曾经在抑郁症里挣扎的文章，他们也看到了。我这几天都不敢给爹妈打电话，怕他们问起当年我在北京垂死挣扎的事情。也就是我的抑郁好了以后，我不大和我爸吵架了，有事慢慢说。

比方说当时我和大帅相遇，相互惊艳，互生情愫，在电话里卿卿我我了三个月就要结婚。我爸当时是犹豫的，感觉我太草率了，也觉得同一个村里的人低头不见抬头见的，都太熟了，程序上不太好处理。再就是我跟大帅之间的文化差异。我爸感觉我一大学生嫁给连高一还没上完的大帅，有些不般配。

这次我爸没跟我吵，只是把他这些顾虑告诉了我。我也没跟我爸吵。我哄他："嫁在自己村里多好啊，就像你的大儿子虽跟你分开家过了，不在一起吃饭，可能天天看到啊！再说我从小性子野，去哪里你们也不放心，就留在你们跟前，你们也不用挂念我，以后还能帮我看孩子。"我笑嘻嘻地讨好地跟我爸一条一条地摆好处。爸白我一眼，没说话，我知道我爸同意了。

从此，我们父女俩的关系从此进入了前所未有的甜蜜期。

前几天，我正在写文章时，我爸在微信上给我打视频，问我："干吗呢？"

我说："写小说呢！"

我爸说："不能天天写，别把我闺女的脑子给累坏了。"

我说："不写咋办，我的公众号上等着文章更新呢！"

我爹摸摸自己的头，像是思考怎么才能帮到我。他转脸看看我妈，又对着我说："让你妈帮你写。"

我看到我妈在视频的另一边扭过头，白了我爸一眼。

我直接笑崩了，说："你宝贝我妈那么多年，好啊，现在怕我累坏要把任务强加给她啊？你怎么不给我写？"

我爸嘿嘿一笑说："我才念到三年级，你妈念到六年级呢！她认字比我多。"

我听见我妈在那边嘟囔一句："四五十年了，学过的字儿早都忘了。"

我和我爸之间再也没有要吵架的气氛，我们岁月静好，我们共享天伦。

我在手机的这一端开心地笑。爸爸也笑，咧着没有牙的干瘪嘴，腮帮子塌陷。

其实我爹不知道，我是多么怀念跟他吵架的光阴。那个时候，爸爸高大魁梧，声如洪钟，双臂一挥，势如破竹。

我爸，现在老了。

咱俩不结婚,我也可以爱你一辈子

在儿子小帅两三岁的时候,我曾经逗他:"宝贝,我给你生个小弟弟或者小妹妹,你感觉如何?"

儿子眨巴眨巴眼睛想了想说:"妈妈,我不要小弟弟、小妹妹。我有娇娇了。"娇娇是我弟弟的女儿,比我儿子小四十五天,两人一起长大的。

"那你还缺个弟弟呢!我给你生个弟弟好不好?"

"小孩生下来是不是光会哭?"

"有时候哭,有时候睡觉,有时候吃奶,也不是光哭。"

"那你还是给我生俩小猫吧!"

"小猫?俩?"

"嗯,我要两个小猫,我一个,给娇娇一个。"

儿子的话把我给整疯了:"儿啊,你妈没那功能啊!"

"要不你给我生一个飞机。我开着飞机带着娇娇到天上玩去,我俩可以在白云里捉迷藏。"

"嗯嗯,好吧,妈妈努努力,看看哪辈子能给你生出飞机来。"

两只小猫、一架飞机……在孩子眼里我是万能的,想要啥,生就行。

不过,我真羡慕我儿子和我侄女娇娇的感情,不论干吗,都会想着对方,两小无猜的表兄妹,堪比一个娘胎里出来的亲兄妹,从小有这样一个伙伴真的挺好的。

还有一件事,是在小帅大约三岁的时候吧,我给我儿子洗手。他指着我手上的戒指问:"这个结婚的时候才能有吗?"

"嗯,是的。"

然后,他像个小大人似的说:"以后我给娇娇买一个。"

"以后?啥时候?"

"我跟娇娇结婚的时候。"

呃,事发突然,让我惶恐。

"儿子,你和娇娇不能结婚。"

"为什么?"

"因为她是你妹妹,你是她哥哥,你们是亲人,亲人之间是不能结婚的。"

"你和爸爸是亲人,我姥姥和我姥爷是亲人,我舅舅和我舅妈是亲人,为什么你们都可以结婚,不让我和娇娇结婚?"

唉,孩子一连串的责问搞得我像个老巫婆。

我耐心地跟孩子解释:"要结婚的人呢,得是原来不认识的两个人,没有亲情关系,没有血缘关系的男女;在认识以后,两个人之间相互喜欢,然后才能结婚。比如,你姥爷和你姥姥以前就不认识,中间通过媒人介绍以后,他俩见了第一面,然后相互喜欢，然后结婚。后来生了我和你舅舅，我和你舅舅也是一个男的一个女的，我们俩也很喜欢对方，很爱对方啊，但是我们是亲人，亲人不能结婚，那是犯法的，所以别人介绍我认识了你爸爸……"

"你跟我爸爸从小就认识。"

我……

我和我爱人大帅是一个村的，我俩同岁，从小就认识，从小就是同学。唉，我给自己挖了坑，还要自己填。于是，我绞尽脑汁地搜罗心里的那点说辞，在儿子面前填坑——

"是的，我和你爸爸从小就认识，但是他不是我的亲人啊，他姓李，我姓王。"

"我姓李，娇娇姓王。"

呃，这坑一个接着一个。

"是的，可是你和娇娇是亲人啊！我们是一家人，一家人有血缘关系，不能结婚。"

"什么叫血缘关系？"

"我是你姥姥生的，我身上流着你姥姥的血；你舅舅也是你姥姥生的，你舅舅身上也流着你姥姥的血。我和你舅舅身上的血是一样的，然后他的血给了娇娇，我的血给了你，所以你和娇娇身上流着都是一样的亲人的血，这就是血缘关系。有血缘关系就不能结婚，所以你和娇娇不能结婚。你俩从小就是亲人，亲人之间结婚是犯法的。你像姥爷和姥姥，舅舅和舅妈，还有我和你爸爸，我们都是结了婚以后才成为亲人的。"

"哦。"儿子点点头，似懂非懂地不问了。

后来，我和儿子到我妈那里去的时候，娇娇正在画画，两个小孩欢欢喜喜地趴在桌子上一起画。

我在旁边跟我妈讲了我儿子想给娇娇买戒指，要跟娇娇结婚的事情，讲到一半的时候，娇娇把画板一摔，横眉冷对着我："我就要和我哥哥结婚，你为什么不让我们结？"

好嘛，搞得我像个恶婆婆。我一脸凌乱地看着这两个我最疼爱的小孩，愣了一下神过后，我清了清嗓子，准备再讲一遍亲人不能结婚的原因。还没开口呢，小帅抓住娇娇的手说："娇娇，咱是亲人，亲人不能结婚，结婚犯法。妈妈都给我讲清楚了。"

"啊？犯法啊？"

"对，犯法的事咱就不干了。就算咱俩不结婚，我也可以一直喜欢你，爱你一辈子的，因为亲人和亲人可以永远相爱。等以后咱俩都长大了，你找个大帅哥结婚，我找个大美女结婚。要是帅哥敢欺负你，我就一脚把他踹一个大跟头，踹得他趴在地上哭。"儿子手脚并用地比画着。

娇娇随即欢乐起来："好好好！哥哥，我也会一直喜欢你，一直爱你的，要是你娶的大美女欺负你，我也帮你打她，哈哈哈哈……"

好嘛，两个孩子之间爱情和亲情的切换，比输入法还要自如。

喜欢啊，爱啊，他们毫不避讳，孩子的爱真好啊！爱得理直气壮，不怕大肆宣扬。

我这个人脾气不好，尤其对孩子，缺乏应有的耐性。有时，我真的会揍孩子。自从小帅上小学后，学习任务多了，各种活动也多了，需要家长配合的地方也很多，我总感觉被孩子占用了很多时间，很多时候忙得焦头烂额。

有时，孩子的学习成绩忽高忽低，我就会无比焦虑，找出各种题让他做，希望他触类旁通，能举一反三，很少站在孩子的角度去为他考虑。孩子做不好，我就会忍不住揍他几下，手起手落那么几下,孩子眼里噙着眼泪,在我面前不敢哭,强忍着。

其实看到孩子的眼泪,我的心就会缩紧,然后后悔。于是总有这样的局面:揍完孩子以后,孩子在自己的房间里继续做作业,我躲到书房里坐在电脑前,看着自己的一双贱爪子在那里懊悔。可没过几分钟,孩子就过来敲门了,微笑着对我说:"妈妈,我又重新做了一遍,你看看吧!这次应该对了吧?"孩子刚才被我揍哭了,现在还微笑着对我,让我内心无地自容——他怎么从来就不记我的仇呢?

一次我跟儿子说:"儿子,对不起,妈妈看你做作业不认真,控制不住情绪,是妈妈错了,不该打你,请你原谅妈妈!"

儿子听了以后眼圈红了,看着我懊悔的样子好像有些心疼,安慰我说:"没事的,妈妈,是我不好,惹你生气了,你打就打几次吧!反正打不死我,也就疼一会儿,就像现在我身上已经不疼了,你心里别难受。"

我心里化成一摊水了。我儿多大度啊,我儿不记恨我,我儿不讨厌我,我儿眼里我不是太糟糕,刚打完他,他还担心我心里难受。母子之间到底是一种怎样的缘分?我前世是不是拯救了银河系啊,老天才会赐这么暖心的小男人来爱我?

作为妈妈,有时候明明是自己的欲望在作怪,总顶着为孩子好的话,要求他做这,要求他做那。总拿自己的孩子跟别人家的孩子比,自己的孩子考了多少分,舞蹈几级了,素描几级了,书法几级了,别人家的孩子比自己的孩子高了多少,一旦自己的孩子低于别人,我就会有挫败感。想来,还是自己的心态有问题,我的爱成了捆绑孩子的一种枷锁。

其实,孩子比我会爱,比我懂爱。

很长一段时间,我的睡眠不好,经常是睁眼到天亮。失眠给我造成的痛苦是无法言说的，我会心慌，会气短，头会很痛，眼睛很模糊，可怎么努力就是睡不着。于是，我买了一些促进睡眠的药物，每天晚上都吃，一片不管用，就吃两片，两片不管用就再加量，有时吃六七片。儿子有时问我："妈妈，这种药吃了不是对人不好吗？我听说吃这种药会死掉，你别吃了，好不好？"

我对儿子说："妈妈吃这几片没事的，吃几十片上百片才会死人呢！妈妈只是为了睡个好觉，睡着以后妈妈不会心慌，身体会好受一些。"

"哦。"儿子的眼睛里闪着担忧。

一天，儿子对我说："妈妈，我们明天学习邓小平爷爷的文章，我需要用一下手机查一下邓爷爷的资料。"

儿子查资料的手机是我替换下来不用的旧手机，就这，我平时也不让他玩，怕他上网玩游戏上了瘾，刹不住车。所以手机平时都放在我的书桌上，他要用的时候就会过来拿，用完再给我送过来。

儿子这天把手机拿走后，我中间有个什么事走出书房，正好路过他房间的门口，听见他在里面嘟囔着什么死啊活啊的话。我有些纳闷，推开他房间的门。此时，儿子正趴在床上，拿着手机，听见我进来，一下子把手机扔到一边，坐起来，有些惊慌地看着我。我的第一感觉，他肯定是在玩游戏。他一旦不是用手机在查询学习资料，我就会很严厉地批评他。这次，我突然闯进来给了他一个措手不及，一定是心里害怕了。

手机屏幕还在旁边亮着，我压住心里的火气，把手机拿过来看。

瞬间，我的心里就溃不成军了。

手机画面正是百度的搜索页面，语音输入上面显示着：我妈妈一次吃五片安眠药会死吗？

这么长时间以来，我每天吃药，儿子每天担心，他担心我会死。他问过我，我说我不会死，他还是担心，于是自己在网上偷偷找答案。

我忍住心头的百般滋味，摸着儿子的头说："妈妈不会死的，以后妈妈不吃药了，天天和你一起睡，慢慢睡，你别担心了，好不好？"

"嗯。"

"儿子，你记住，妈妈会一直陪着你长大，将来还要看着你找女朋友，看着你结婚，等将来你有了小孩，妈妈还要做奶奶呢！所以妈妈还会活很长很长时间的。"

儿子轻轻地点了点头。

"安心学习吧！妈妈爱你。"说完，我在儿子的额头上亲了一下。

"妈妈，我永远永远都爱你。"

瞧，我儿子说他永远爱我，这个可爱帅气的小男人，他永远爱我，多么幸福的事情啊！

前几天，我们一帮朋友聚会，有两个朋友是带着二胎去的，一个男孩，一个女孩，都是一岁多。儿子特别喜欢这两个小朋友，一会儿帮他们拿甜点，一会儿帮他们倒果汁，还会细心地拿着纸巾给两个小朋友擦手擦嘴。

好几个叔叔阿姨都夸我儿子是小暖男，还逗我儿子说："你既然这么喜欢小弟弟、小妹妹，让你妈妈也给你生一个吧！"

儿子笑着摇摇头，挺出乎大家意料的，于是都七嘴八舌地问我儿子：

"为什么呀？怕有了小弟弟、小妹妹抢你的玩具吗？""怕有了小孩以后跟你抢爸爸妈妈吗？""你是不是怕你的好吃的都被弟弟妹妹抢走啊?""你是不是怕你妈妈将来不爱你了呀?""现在的小孩占有欲都可强了,就怕有了小弟弟小妹妹以后吃亏。"

……

儿子一直摇头,问得越来越多,我越发看到儿子的无助。

我以前问过儿子,想不想要个小弟弟或小妹妹,想不想家里再多个小孩陪伴他。我记得他当时犹豫了好半天才说,还是不要了吧!其实,我也没有生二胎的打算,怕顾不过来,还耽误了对儿子的教育。所以,也没把这件事往心上放。

看着大家七嘴八舌越说越过分,我心里有些反感,很不愿意听到大人把自己的猜想强加到孩子身上。于是,我一把把儿子拉到怀里,轻轻地问他:"妈妈看得出你很喜欢弟弟妹妹,但你又不想要,告诉我们真正的原因是什么?"

"妈妈,我不想让你死。"儿子眼里含着泪。

"妈妈怎么会死呢?"儿子的说法出乎我的意料。

"生小孩的时候要把肚子用刀刺开。那么大一个孩子取出来需要好大的口子,你就被刀给刺死了。"儿子的泪落下来。

当年我生儿子的时候是剖腹产,儿子看过我肚子上的伤疤,曾摸着问过我这疤是怎么来的,我都告诉了他。大家听了儿子的话后,呵呵呵地乐。

我对儿子说:"生小孩不会死的,妈妈把你生下来了,这不一直好好的吗?"

"现在跟以前不一样了,现在生,大人和小孩只让活一个。"

"谁说的?"

"我在电视上看到的。妈妈,你要是生小弟弟、小妹妹的时候,大人不让你活怎么办?我是小孩,爸爸不带我去医院看你,我该怎么办？我要是偷偷跑去了，我选择让妈妈活，医生要是不听我的怎么办？"

我心里早就被融化掉了。

任何时候我儿子都是爱我的。在儿子心里，我这个当妈的占尽了他的大部分生命。

孩子的爱如此细腻，如此纯真，如此坦诚，他们比我们大人更懂得去爱，更珍惜爱，懂得守护爱。

他对表妹说："咱俩不结婚，我也可以爱你一辈子的。"

他对妈妈说："妈妈，我永远都爱你。"

儿子，你爱得赤裸，爱得坦诚，爱得真挚。

我也是第一次当妈妈，好些时候需要儿子你多担待，多指教呢！